늑대지만 해치지 않아요

늑대지만 해치지 않아요

03

우유양 로맨스판타지 소설

블라썸

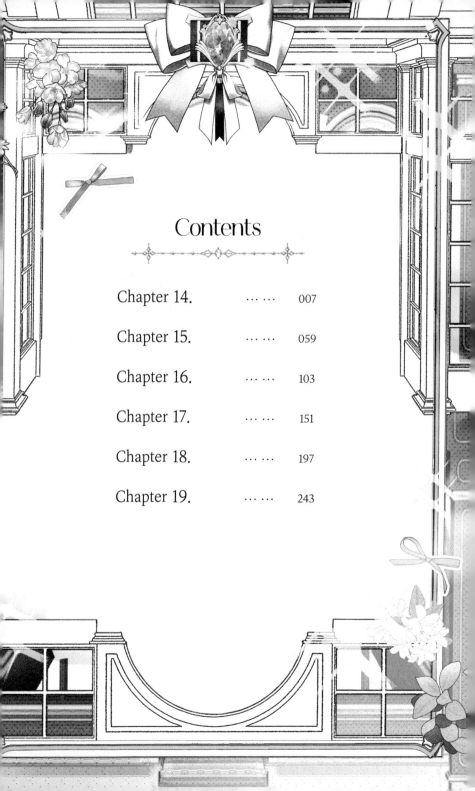

Contents

Chapter 14.

늑대지만 해치지 않아요

로만이 나에게로 왔다. 밤에, 위험을 무릅쓰고. ……라고 해도 좋을까? 정말로 들키면 죽을 테니 말이다. 그러니까 '죽음을 각오하고'라고 해도 좋겠다.

"로만."

나는 나를 만나러 와 준 왕자님의 두 뺨에 손을 붙이고 진하게 키스해 주었다.

"루시."

로만이 내 손 안에서 흐물흐물 녹아내렸다.

"정말 보고 싶었어."

마치 천 년 동안 보지 못했다는 것처럼 로만이 말했다. 어젯밤으로 거슬러 올라가도 채 24시간이 지나지 않은 밤이었다.

"나도 보고 싶었어."

진심이었다. 똣. 칼리드는 아무 도움도 되지 못해서 미안하다고 말했지만, 그 단어는 내게 꽤 도움이 되었다.

'이래도 될까? 로만과 완벽하게 마음이 같지도 않으면서? 내가 로만을 속이고 있는 게 아닐까?'

로만이 미래를 약속하는 말을 할 때마다 '그럴 수 없어.' 하고 억누르기에는 충분한 말이었다.

'나도 너와 미래를 함께하고 싶어.'

그 마음만큼은 진심이었다. 미래는 어찌될지 모르겠지만, 그래도 나는 돛은 로만을 향해 펼쳐 놓고 있을 거라고 생각했다. 그렇게 생각하니 로만의 말을 들어도 죄책감이 덜했다.

"난 정말 너랑 결혼하고 싶어."

이런 말을 들어도 말이다.

"나도 그래."

어제, 진심으로 '평생을 너와 함께할 수 있다면 삶이 얼마나 즐거울까?' 하고 생각했다. 그건 있을 수 없는 일이라고 마음 한구석에서 속삭였지만, 그 말을 무시하기로 했다.

'내 마음만큼은 진심이야.'

불안감이 방 안의 코끼리처럼 점점 부피를 늘려 가든 말든 말이다.

나는 미래에 일어날 어떤 '예정된 일'을 아주 먼 미래의 일이라고 여기고, 저 멀리 치워 버리기로 했다.

'그래, 진심이야…… 그렇게 되진 않겠지만 말이야.'

우리가 만약 로미오와 줄리엣이라면, 이미 결말을 알고 있잖아.

아침 식사를 가족과 함께하지 못하는 일이 잦아졌다. 나는 그래서 로만이 날 찾아오는 게 좋으면서도, 다시 학교로 돌아갈 날이 되자 너무너무 안심했다.

'다행이다.'

이제 한편으로는 로만, 다른 한편으로는 가족을 속이고 있다는 죄책감을 끝낼 수 있어서였다.

'휴. 아무 일 없이 방학이 끝나서 정말 정말 다행이야.'

결과적으론 아무 일도 일어나지 않았다. 정말 다행이었다.

"이렇게 배웅 안 나오셔도 괜찮은데요. 혼자 갈 수 있어요."

독립을 하던 날도 바빠서 오지 못했던 부모님이, 어째서인지 시간을 내서 배웅을 해 주셨다. 루이도 시간이 난다며 나를 따라왔다.

'로만이랑 같이 가나 궁금한 거지?'

나는 쓴웃음을 지었다. 그 금발 속의 머리가 무슨 생각을 하는지 알 수 있을 것 같아서였다.

"힘든 일 있으면 연락하고, 알았지?"

게이트 줄로 걸어가려는데, 엄마가 나를 손짓으로 부르더니 두 팔을 벌려 꼬옥 끌어안아 주었다.

나는 라운지에서 내가 오기만을 목 빠지게 기다리고 있을 로만을 상상하고 있다가, 엄마의 포옹에 깜짝 놀라 마주 끌어안았다.

"엄마, 잘 다녀올게요."

나는 엄마의 품에 안긴 채 루이랑 눈이 마주쳤다.

'이게 무슨 일이야?'

나는 루이한테 눈으로 물었다. 루이는 어깨를 으쓱하고 말았다.

"……그렇게 된 거야."

운동장의 콘크리트 계단에 앉은 엠마는 말똥말똥 눈을 뜬 채 날 경악스러운 눈으로 바라보았다.

"왜?"

"그래서 야, 너…… 진도를 너희 집에서 나간 거야? 다? ABCDEFG…… Z까지?"

"아니, 무슨, 그런 거 아냐. 그냥 얘기만 했어."

사실은 얘기보단 더 심한 걸 많이 했다. 여기저기 만져 보기도 하고, 벗겨 보기도 하고. 나는 얼굴이 다 빨개졌다.

"얘기만?"

엠마가 눈을 가늘게 뜨고 나를 바라보았다. 나는 쭈그려 앉아 고개를 무릎에 묻었다.

"아니…… 얘기보단 쪼금 더 했어."

"정말 소리 없는 개가 더 위험하다더니……."

엠마는 헛웃음을 흘리며 운동장을 바라보았다. 내가 물었다.

"너넨 화해했어?"

이젠 엠마의 얼굴이 빨개질 차례였다. 나는 알 수 있었다.

"너희도 뭔가 더 하긴 했구나? Z까지?"

"뭘 그렇게까지! 그냥…… 뭐, 한 D……."

'D가 뭐지?'

그럴 생각은 없었지만, 결과적으로 방학 때 엠마에게 내 정체를 고백해서 다행이었다. 나는 방학 때 있었던 일을 주절주절 떠들었다.

로만과 루이가 만난 이야기, 루이가 로만을 무슨 음식물 쓰레기같이 바라본 이야기, 로만이 실망한 이야기 등등…….

"루시, 있잖아."

엠마가 물었다.

"너나 로만이나 네 동생한테 왜 이렇게 쩔쩔매는 거야?"

나는 곰곰이 생각했다.

"제일 큰 이유는, 동생이 나중 우리 프라이드의 리더가 될 테니까?"

"프라이드?"

"응, 사자들 모임. 원래 먹이 피라미드 위로 올라갈수록 숫자가 적잖아. 우리 가문은 제대로 치자면 진짜 50명도 안 돼."

인원수가 적다는 건, 달리 말하면 이 적은 인원에 부와 권력이 편중되어 있다는 거다. 그중 우리 집안은 더하고.

"그중 우리 집안이…… 뭐 아무튼 복잡한 이야기야."

"그래, 듣기만 해도 잘 모르겠다. 거긴 참……."

"어쨌든 로만 잘못은 아니야."

나는 한숨을 내쉬었다. 사실 루이가 로만을 싫어하는 건, 내가 여기 오기 전 사건이 있긴 했지만…… 루이는 한번 생긴 선입견을 좀처럼 풀려고 하지 않았다.

"로만이 늑대라서 싫어하는 거면 그건 편견인데. 쟤 되게 순하고 귀엽다고. 너만 해도 그렇잖아. 칼리드도 뱀이긴 하지만……."

"아냐, 내 남친은 사귀면 사귈수록 내 편견을 강화시켜 주는 인간이야. 저 새끼 음흉하고, 진짜 사귀면 사귈수록 속을 모르겠어."

엠마가 딱 잘라서 말했다.

"제 얘기를 안 해. 들킬 때마다 딱 하나씩 허물 벗는 게 무슨 양파 같다니까."

"그래?"

"그래, 거의 3년을 여친한테 집안을 숨기는 게 말이 되냐? 저 실뱀 새끼, 나 좋아하는 거 눈에 안 보였음 진작 찼다, 내가."

엠마가 방학 때 쌓인 분이 안 풀렸는지 씨근덕거렸다.

'앗.'

괜히 불똥이 튈까 두려워진 나는 입을 꾹 다물었다.

'화제를 돌리자.'

문득 저 멀리서 풋볼을 하고 있던 남자애들이 눈에 들어왔다. 눈에 익은 애 둘이 붙어 있었다. 로만과 칼리드였다.

"엠마, 저기 좀 봐."

내가 말했다.

"둘이 뭐 하는 거야?"

엠마가 내 시선을 따라가더니 눈을 가늘게 떴다. 나는 엠마와 같은 풍경을 바라보았다.

"이야기?"

공은 땅바닥에 구르고 있고, 주변에 사람이 몰려 있다. 둘은 운동은 안 하고 알 수 없는 손짓을 하고 있었다.

"그렇게 다정해 보이지는…… 싸우는 거 같은데? 야! 칼리!"

엠마가 총알처럼 뛰쳐나가며 소리를 질렀다.

"칼리, 이 새끼야!"

"로만! 안 돼! 하지 마!"

정말이었다. 둘이 서로의 멱살을 붙잡았다. 나와 엠마는 허둥지둥 달려가기 시작했다.

개학만 하면 머리 아플 일은 끝나는 줄 알았지.

아니었다. 지금까지는 서로 안 좋아하는 티는 냈으나 그래도 표면적으론 데면데면한 관계를 유지했던 둘은, 새 학기에 수업이 다 겹치기 시작했다.

단둘이 말이다. 이게 다 둘 다 경영학과를 목표로 하고 있기 때문인 것 같긴 했는데, 친해지기는커녕…….

"저게 먼저 시비를 걸잖아."

내가 다가가자 로만이 억울한 얼굴로 호소했다.

"시비? 시비이? 네가 먼저 공을 내 머리에다 던졌잖아, 새끼야!"

"그럼 공을 던지지 누굴 던져, 널?"

"저 새끼 이를 다 뽑아 놔야—!"

칼리드가 끓어오르는 분노를 참지 못하고 머리칼을 헝클어뜨렸다.

"야, 붙자! 붙어, 이 새끼야! 내가 쫄 거 같아!"

"너 그만 안 해?"

그리고 엠마가 소리를 지르고……. 이게 몇 번째인지 모르겠다. 둘은 마치 서로 함께하기만 기다렸다는 듯, 붙었다 하면 싸우기 시작했다. 마치 영역 싸움을 하는 짐승들처럼 말이다.

"왜 그랬어?"

"아니, 쟤가……."

다행인 것은 말리면 말려지긴 한다는 것일까? 저쪽에서도 이야기가 한창이었다. 엠마가 머리칼을 쓸어 올리며 말했다.

"칼리드. 미안해, 해."

"……."

칼리드는 입을 꾹 다물고 눈을 하늘 위로 치떴다. '내가 왜?' 하는 표정이었다.

"로만, 네가 먼저 사과해야지. 공을 던졌다며."

내가 말했다.

"미안해."

정말 말은 넙죽넙죽 잘하지. 일단 로만이 미안하다고 말을 하긴 했다.

"입만 미안하다고 하지. 저게 미안한 인간 태도야?"

역시나 칼리드는 사과를 받아 주지 않았다.

"칼리드, 너 몇 살이냐? 루시, 미안해."

"아니, 내가 미안해."

"루시, 네가 미안할 게 뭐 있어?"

이건 유치원생을 둔 학부모의 대화가 아니었다. 어엿한 또래 남자친구를 둔 두 고등학생 친구의 대화지.

'넌 그냥 가만히 있어.'

난 발끈한 로만한테 입 모양으로 말했다. 남자친구 때문에 친구를 잃고 싶지 않았다. 저 옆에선 엠마도 마찬가지인지 칼리드의 등짝을 마구 때리고 있었다. 한숨이 다 나오는 광경이었다.

"밤길 조심해라."

"너나 해라. 밥 먹다 체하지나 말고. 누가 뭐 탔을 줄 어떻게 알아?"

"루시, 봐 봐, 쟤가 있잖아……."

로만이 내게 이르듯이 말했다. 심지어 먼저 시작했으면서.

'나한테 일러 봤자 난 칼리드 못 이긴다고.'

나는 칼리드한테 또 사과했다.

"미안, 얘가 왜 이럴까. 로만 넌 입 다물고 가자. 칼리드 밤길 조심 안 해도 돼. 내가 단속할게."

"그래, 그 새끼 목줄 좀 채워, 대형견도 입마개를 하는데."

"……."

나는 엠마를 바라보았다. 엠마가 고개를 끄덕이더니 칼리드의 등짝을 세게 내리쳤다.

"악!"

"칼리, 너 지금 내 앞에서 살인 예고 하니? 로만이 죽으면 내가 증인 선서 해야 돼?"

"야, 씨…… 너 진짜 내 말 왜 안 믿어? 쟤가 내 머리에 먼저 공을 던졌다니까? 세 번이나? 나 착하게 살고 싶어, 진짜야!"

둘은 살기 어린 눈빛과 함께 서로의 안부를 교환한 뒤, 우리 손에 붙들려 헤어졌다.

'산 하나 넘으면 또 산 하나 나오는구나. 인생이란…….'

집에 돌아온 나는 소파에 앉아 한숨을 내쉬었다.

"루시."

'방학만 끝나면 평화가 찾아올 줄 알았어.'

루이가 가고 났더니 싸움판이 왔다. 내가 계속 한숨만 쉬고 있자, 로만이 눈치를 보며 슬금슬금 내 엉덩이 옆에 다가와 붙었다. 둘이 있으면 이렇게 순한데 말이지.

"너희 도대체 왜 그러는 거야?"

칼리드와 둘이 있으면 도대체 왜 이럴까?

"네가 먼저 시작한 거지, 맞지? 너 그럼 내가 정말 속상해."

나는 로만한테 물었다.

"……나는."

저저, 오리 입술 내미는 거 봐.

"거짓말할 생각 마. 아까 칼리드한테 공 던지는 거 다 봤어."

"……."

사실 거짓말이긴 했지만 로만이 꾹, 하고 입을 다물었다.

'네가 시비 건 거 맞구나.'

억울해 죽겠다는 듯한 칼리드의 눈빛도 그렇거니와, 전에 로만이 무어라 할때 칼리드가 참고 넘어가는 듯한 모습을 몇 번 봤지만……. 억장이 무너졌다. 나는 너무 당황스러웠다.

"이러면 엠마한테 내가 뭐가 되니? 너 나 힘들게 하려고 이래?"

"아니, 그게, 나는……."

내 말에 로만은 억울한 듯이 끼잉, 웅얼웅얼하다 꾹 입을 다물었다.

"……."

"왜 그래? 칼리드와 무슨 문제 있어? 내가 중재해 줄게, 대화 좀 하자."

나는 로만의 무릎을 탁탁 두드렸다. 그러자 로만은 무엇인가 꾹 참듯이 고개를 팩 돌렸다.

"너 그런 애 아니잖아. 왜 사람을 공으로 때리고 그래? 어?"

말하면서 새삼 칼리드가 엄청 아팠겠다, 생각했다. 그거 되게 딱딱한데.

'쟤 저번에도 농구공 던지지 않았나?'

로만은 한참이나 아무 말이 없었다.

"……."

"왜에. 응?"

내가 물었다.

"그럼 칼리드한테 물어봐? 너희 둘이 무슨 문제가 있는지?"

"……."

로만은 나와 눈을 마주치려 들지 않았다. 나는 결국 칼리드한테 전화했다.

"칼리드."

역시나 쿠션 토크가 없는 칼리드는 내 전화를 받자마자 말했다.

[야, 네 남친 좀 어떻게 해 봐! 걔 진짜 광견병이라도 걸린 거 아냐? 내 두개 골 나가면 책임질 거냐고!]

스피커폰을 켰는데 칼리드가 처음부터 로만 이야기를 들먹이고 나왔다.

"저 X발 새끼."

로만이 중얼거렸다.

'어?'

방금 욕했어? 나는 놀라서 로만을 바라보았다.

[뭐야? 지금 그 개새끼 옆에 있지? 야, 너 날 적으로 만들고, 제정신이냐? 집 안이 깡패다, 뭐 이거야?]

스피커폰에선 계속 칼리드의 목소리가 흘러나왔다.

[너 말이야, 질투하는 새끼는 X나 매력 없거든? 루시한테 안 차이려거든 나 한테 기는 게 좋을 거다.]

난 얘가 이렇게 음산하게 협박 잘하는 줄 몰랐다.

[내가 한번 너희 이간질하려고 마음먹어 봐? 난 너같이 무식하게 내 손 안 써, 내 세 치 혀로 널 지옥— 악!]

칼리드가 비명을 질렀다.

[얘가 먼저 긁었대. 방금 전처럼 이렇게. 뻔하지 뭐. 하…….]

뒤이어 엠마의 목소리가 들렸다.

[미안하다. 내가 잘 관리할게. 얘가 막 성품이 나쁘고…… 휴, 잘 모르겠다. 아마 그러지는 않을 거야, 알지?]

"알지."

저 멀리서 '아— 나 시비 안 걸었다고.' 하는 칼리드의 발악이 들려왔다.

띠롱—.

전화가 끊겼다. 나는 로만을 바라보았다. 로만은 여전히 울망울망한 눈으로 나를 바라보고 있었다.

"뭘 잘했다고 그런 눈으로 봐?"

내 말에 호두 턱이 된 로만의 입술이 떨렸다.

"왜 그런 거야? 나 화내?"

"질투 나."

로만이 웅얼, 하고 말했다.

"솔직히…… 쟤가 너한테 저러는 것도 질투 난다고. 너무 친한 척하는 거 아냐? 뭘 책임져?"

로만이 그렇게 말하고 고개를 푹 숙였다.

"질투, 칼리드를?"

"엠마……."

"어?"

"엠마도……."

"어?"

"걔네한테 왜 그렇게 잘해 줘? 아까도 칼리드 편만 들고……."

로만이 울먹거렸다.

"나한테도 잘해 줘. 아니, 나한테만 잘해 주면 안 돼……?"

질투라니. 나는 너무 놀라서 할 말이 없었다.

질투. 그게 얼마나 사람을 괴롭히는 감정인 줄 안다. 로만이 전학 오고 몇 달을 직접 겪었다. 그 감정은 로만과 사귀기 직전 내내 날 괴롭혀서, 날 울게 하고 슬프게 했다.

'난 쟤네들이랑 입학했을 때부터 친했는데?'

하지만 이제 와서? 네가 쟤들한테 왜? 그게 내 솔직한 감상이었다. 나는 로만의 두 뺨을 쥐었다.

"칼리드랑 엠마를? 진짜로?"

로만은 고개를 끄덕끄덕했다.

"도대체 왜?"

"방학 끝나니까 다시 너희 셋만 뭉쳐 다니잖아."

그때 내가 로만을 질투했던 건, 로만이 나한테 무심하고 차갑다고 생각해서였다. 다른 사람들한테 나보다 더 다정했다고 생각해서였다.

"……."

"따돌림당하는 것 같고, 너한테 나보다 칼리드나 엠마가 더 큰 존재로 느껴지는 것 같고 그래……."

아니라고 말하려 했는데, 로만이 먼저 선수를 쳤다.

"넌 아니라고 말하겠지만, 그냥 마음이 좀 그래. 네 울타리 안에 있는 사람들이 다 날 안 좋아하는데…… 그건 내 잘못이야."

난 그 말에 입을 다물었다.

'단순히 칼리드와 싸운 게 아니구나.'

내가 그때 느꼈던 온갖 감정들을 지금 로만이 고스란히 느끼고 있는 것 같았다.

"걔들이 나한테 감정 안 좋은 거 알아. 그땐 내가 정말 잘못했어, 너한테 상처 주고. 일부러든 그렇지 않든."

로만이 말했다.

"그게 다 지금 돌아오는 것 같아."

나는 가만히 로만의 말을 들었다.

"사실 훨씬 전부터 질투 났는데, 꾹 참고 있었어. 그리고 저 배…… 칼리드는 전부터 쭉 나한테 시비였다고."

로만이 눈치를 보듯 물었다.

"그것도…… 안 믿겨?"

"그건 믿겨."

칼리드라면 아마 그랬을 것이다. 솔직히 살살 긁었을 것 같았다. 그러니까 공이 날아갔겠지. 로만이 이유도 없이 그냥 던지진 않았을 거 아닌가.

"나한테 잘못했지?"

"응."

로만은 고개를 끄덕끄덕했다.

"네가 지금 벌 받나 보다."

"응."

로만은 눈을 꾹 감고 물었다.

"정말, 한심하지. 내가 싫어?"

축 처진 저 귀 좀 봐. 나는 로만의 머리를 쓰다듬었다.

"아니."

그리고 로만을 꼭 끌어안아 주었다.

"그냥 이상해, 난 지금 네가 제일 소중한데. 걔네들보다 더."

나는 예전에 질투하던 내가 듣고 싶었던 말을 로만한테 해 주었다. 질투는, 그러한 관계가 실제로 존재하든 존재하지 않든, 소중한 애정 관계가 위협받는다는 생각만으로 촉발되니까.

"내 애정이 부족했던 것 같은 느낌도 들고. 내가 널 외롭게 했어?"

"그런 건 아닌데⋯⋯."

내가 안아 준 건데 로만이 나를 마주 끌어안자 체격 차 때문에 내가 매달린 꼴이 되었다.

"그냥 옛날엔 있잖아, 내가 네 유일한 친구였는데."

"지금은 남자친구잖아, 이 역할이 싫어?"

"아니. 정말 좋지, 너무 좋아."

로만이 내 어깨에 코끝을 묻으며 말했다.

"잃고 싶지 않아. 이 역할."

"⋯⋯."

"그냥 지금이 정말 좋아서 그런지, 다른 사람한테 뺏기는 건 아닐까 하는 두려움이 들어. 네가 너무 좋아서 그런가 봐."

나는 로만의 머리칼을 쓰다듬었다.

"네가 점점 더 좋아져, 그래서 널 잃고 싶지 않나 봐."

로만이 내 등을 꼭 끌어안았다.

"너도 나한테 그래 줬으면 좋겠어."

내가 말했다.

"질투해도 돼."

나는 이 순간이 영원했으면 싶었다.

"그럴 자격 있으니까. 남자친구잖아. 얼마든지 질투해, 받아 줄게."

로만이 내 것이고, 내가 로만의 것이라고 주장할 수 있는 이 순간이 말이다.

"그러면 자연스럽게, 사라지게 될 거야. 네가 우리 관계를 믿게 되면."

다음 날 아침, 구교사 건물 복도에서 칼리드는 팔짱을 끼며 헛웃음을 흘렸다.

"그래서 질투 나서 날 때렸다고? 우리 둘이 숨어서 얘기 나눠야 하는 이유도 지금 그거야?"

"미안해. 내가."

나는 그날 저녁에 자전거 타고 시내에 나가서 산 고급 초콜릿을 내밀었다.

"앞으론 아마 안 그럴 거야. 그럴 때마다 그냥 나한테 와서 솔직하게 질투하라고 했거든. 이거 엠마 주고, 네 것도 있어."

칼리드는 눈썹을 치켜뜬 채 초콜릿을 바라보다 내게 고개를 숙이며 속삭였다.

"조심해, 그거 의처증 초기 증세 아니냐? 바스커빌가 예전에 정신병력 의혹 있지 않았어?"

"진짜 그만해. 혼난다."

유령개 같은 뜬소문이라니까. 내 주변 사람들은 왜 그 소문을 맹신하는지 모르겠다.

"로만은 그냥 평범한 남자애야."

"저 문짝만 한 새끼를 평범하다고 하는 건 아마 너뿐일 거야. 질투 한 번 더 하면 사람 죽이겠네. 무서워서 나 같은 소시민은 어디 살겠어?"

그렇게 말하는 칼리드도 솔직히 소시민은 아니다.

"걔가 그래도 말은 잘 들어."

나는 속으로 한숨을 내쉬었다.

'엄살. 진짜 무서웠으면 긁지도 못했을 거면서.'

나는 화제를 돌렸다.

"방학 때 엠마랑은 잘 풀었어?"

그 말에 칼리드의 눈이 샐쭉하니 찢어졌다.

"그게 말이지."

웃느라 말이다.

"난 진짜 네가 신기하다. 무슨 얘기를 그렇게 잘해 준 거야?"

그때였다. 저 먼 곳에서 우리를 갈라놓는 목소리가 들렸다.

"왜 너희 둘이 가까이 붙어 있어?"

고개를 돌려 보니 로만이 뚜벅뚜벅 걸어오고 있었다. 어제 말한 대로 로만은 잘 표출하기로 한 모양이었다.

"지랄이다. 더러워서 피하지, 내가."

칼리드가 고개를 절레절레 저었다.

'에휴.'

나는 속으로 한숨을 쉬고는, 어제 약속했던 대로 로만한테 다가가 끌어안아 주었다.

"착하다."

로만이 질투할 때마다 이래 주기로 했다.

"내가 제일 좋아하는 건 너야, 알잖아."

로만은 칼리드한테 으르렁거리려다 반사적으로 날 꼭 끌어안았다.

"알지?"

"응."

로만은 순한 양처럼 대답했다.

"알지, 루시."

나중에 보니 메시지가 한 통 와 있었다.

「애 키우냐?」

이런 식으로 로만을 굶겼겠구나, 나는 생각했다. 공작 시간에 찰흙을 만지며 엠마가 말했다.

"나는 솔직히 걔네 둘 동족 혐오 같아."

토대가 되는 철사 위에 흙을 찰싹찰싹 붙이며 내가 물었다.

"동족 혐오?"

"진짜 동족이란 건 아닌데…… 비슷한 애들끼리 만나면 회까닥하는 거 있잖아."

엠마가 귀를 쫑긋하며 흙 묻은 검지를 머리에 대고 빙빙 돌렸다.

"말로는 자기가 쿨하다고 하지, 칼리드도 질투 진짜 심해."

"어떻게?"

"그걸 어떻게라고 말하기가 힘들다. 좀 음흉해야지……."

엠마는 한숨을 내쉬며 말했다.

"애 키우는 거 같다니까."

나는 나도 모르게 격하게 고개를 끄덕인 다음, 모양을 잡아 가며 한숨을 내쉬었다.

"질투 말고도 외롭기도 한가 봐, 친구도 안 만들고."

"작년에 사람들 그렇게 많이 끌고 다녔으면서?"

"그게…… 앗."

그건 내 질투심 유발하려 그런 거고, 실은 걔들하고 친구 하기 싫었대. 나는 이렇게 말할 수는 없어서 흙 묻은 손으로 얼굴을 긁어 버렸다.

"아무튼 우리끼리 놀면 따돌림당하는 거 같고 그렇대."

"……."

엠마는 고개를 갸웃했다.

"그럼 방법이 있지 않나?"

그렇다, 방법이 있었다. 점심시간, 한 테이블에 앉은 우리가 말했다.

"그래서 이렇게 되었습니다."

"난 좋아. 사실 같이 밥 먹은 게 처음도 아니고. 칼리드와 로만은 이번 학기 과목도 많이 겹치지?"

칼리드와 로만은 넋이 반쯤 나간 얼굴로 서로를 바라보았다. 엠마가 말했다.

"사이좋게 지내면 좋겠다."

"그래. 로만, 눈 풀어야지?"

두 쌍의 눈에서 불꽃이 튀었다.

"칼리드?"

"로만?"

"아니, 이게 무슨 일―."

"루시―."

둘은 서로를 노려보다 동시에 우리한테 호소하려 들었다.

'그러게. 이렇게 보니 닮은 구석이 있네.'

엠마가 먼저 나직하게 중얼거렸다.

"그렇게 싫음 헤어지든가."

싸늘한 얼굴로 말이다.

"나랑 헤어지면 여기서 밥 안 먹어도 되잖아, 그치?"

"……"

뭐라 더 말하려던 칼리드는 순간 충격받은 얼굴로 입을 다물었다. 칼리드의 얼굴이 창백해졌다. 로만이 그 광경을 보고 코웃음을 치려다 나랑 눈이 마주쳤다.

"……"

상황의 심각성을 눈치챈 로만도 입을 다물었다. 엠마가 손뼉을 짝, 하고 쳤다.

"자, 마음에 안 들어 봤자 이렇게 엮였는데 어쩌겠어. 헤어질 수도 없는데. 그러니까 그냥 사이좋게 지내자, 알겠지?"

"……"

"아님 여기서 사랑이 깨지든가 말이야. 아무도 강요하지 않아. 자, 싫은 사람은 일어나."

아무도 일어나지 않았다. 꼼짝없이 입을 다물게 된 늑대와 뱀을 보며, 난 지금 토끼와 한편이어서 정말 다행이란 생각을 했다.

하지만 함께 점심을 먹고 일어나 돌아가는 길이었다.

"루시."

로만이 호소했다.

"난 싫어. 처음 봤을 때부터 난―."

"……."

나는 입을 꾹 다물고 엠마와 같은 방법으로 나가기로 했다. 내 눈빛을 알아차렸는지, 별말도 하지 않았는데 로만이 겁에 질린 얼굴로 중얼거렸다.

"헤어지자고 할 건 아니지?"

"너 하는 거 봐서."

나는 로만의 두 손을 꼭 쥐었다.

"어떻게 사람이 좋은 거만 하고 살아. 너도 노력해 줬으면 좋겠어."

로만의 얼굴이 새파랗게 질렸다.

"나는 너와 칼리드가 우리 남자친구인 것 외에도 닮은 구석이 있다고 생각해. 그것만 극복하면, 좋은 친구가 될 수 있을 거야."

내가 눈을 맞추려 하자 로만이 시선을 피했다.

"노력하기 싫어? 나도 이렇게 널 위해 노력하는데?"

내가 로만의 시선을 따라가며 물었다.

"쟤만―."

로만이 웅얼거렸다.

"쟤만 안 긁으면…… 노력은 해 볼게."

그다음부터 둘은 겉으로나마 사이좋게 지내게 되었다.

"진작 이럴 걸 그랬다."

"그러게."

평화가 찾아왔다. 그 나름대로 말이다. 나중에 일어난 일을 생각해 보니, 이때 둘을 사이좋게 만들어서 얼마나 다행이었는지 몰랐다.

별로 대단한 변화를 바란 건 아니었다. 둘이 갑자기 사이가 좋아져서 손을 잡고 다닌다거나 더블데이트를 할 수 있는 사이가 된다든가. 그런 일은 애초에 바라지도 않았다. 우린 그냥…… 싸우지만 않아 줬으면 좋겠다고 생각했다.

"얼마 전까지 걔네 둘이서 머리채 잡는 거 뜯어말리는 게 일이었는데 말이야."

왜냐하면 둘이 싸우기 시작하는 순간, 어쩐지 선생님보다도 우리에게 연락이 먼저 오기 때문이었다.

"요즘 한가하지 않냐."

엠마가 말했다.

"그러게."

내 말대로 정말 닮은 구석이 있긴 있었는지, 둘은 요즘 그럭저럭 잘 지내게 되었다.

"수업 들으러 같이 움직이기도 한다고 하더라."

"신기하네."

"저번엔 밤에 누굴 만나러 간다고 하더라고. 누구냐고 캐물으니까 바스커빌이라는 거야."

"오……."

하긴, 내가 둘이 어떻게 친해진 거냐고 물었더니 로만도 정색했었다.

"안 친해! 아니, 네 생각 같진 않아."

그 난리를 치고 이제 와 친하게 지낸다고 말하려니, 좀 쑥스러운 모양이었다.

"막상 걔네가 친해지니까…… 무슨 얘기 하는지 궁금하지 않아?"

나는 카페의 테이블에 팔꿈치를 얹고 턱을 괴었다.

"무슨 얘기를 할까……."

"생각해 보니 다들 부잣집 도련님인 거잖아. 그런 데서 뭔가 통했나?"

'무슨 얘길 하겠니? 우리처럼, 우리 얘기를 하겠지. 여친 뒷담화 같은 거 아니냐?'라고 생각하던 나는 순간 움찔했다.

"네 이야기 하는 거 아냐."

엠마가 피식 웃었다. 그렇다. 엠마와 나는 요즘 만나면 칼리드와 로만 이야기만 하고 있었다. 이상하게…… 그렇게 되었다. 보통은 엠마가 분노를 토하고 내가 맞장구치는 식이었다.

"걘 사생활이 없어."

엠마가 이를 꽉 깨물며 말했다.

"아니, 야, 아무리 중학생 때 깨달음을 얻고 친구들이랑 절연했다 한들, 뭐 혼자만의 시간이 필요하다거나 그래야 하지 않나?"

"……."

"허구한 날 만나재. 공부도 같이 해야 되고 밥도 같이 먹어야 되고. 난 요즘 그나마 칼리가 로만이랑 쑥덕거려서 숨통이 트인다."

"엠마."

"응?"

지금도 엠마랑 파르페 먹으러 간다는 걸 억지로 억지로, 떼어 놓고 오는 길이었던 나는 그 말에 가슴 아프게 공감했다.

"나도 그래."

난 혹시나 누가 들을까 무서워서 엠마한테 속삭였다.

"로만은…… 분리 불안 장애가 있는 거 같아."

"⋯⋯저런."

"내가 어딜⋯⋯ 가는 꼴을 못 봐."

'나도 데려가, 가만히 있을게, 응? 질투 안 하게 해 준다며!' 하는 로만의 목소리가 아직도 귀에서 왕왕거린다. 엠마도 속삭였다.

"우리 잘못 걸린 거 아니냐?"

매혹의 어쩌고저쩌고하는 파르페가 나왔다.

"이게 정상적인 연애야?"

엠마의 말을 기점으로 동시에 오싹해진 우리는 묵묵히 거대한 파르페를 떠먹기 시작했다.

"게다가 또 너무 성급하고⋯⋯."

툭 던지듯이 엠마가 말한 건 파르페를 한 반쯤 먹은 뒤였다.

"뭐가?"

'ABCDE' 하는 진도 문제인 걸까?

엠마가 더 말하지 않았는데도 나는 공감했다. 갑자기 진도가 그 방학 이래로 쭈욱, 나가서 나는 요즘 로만과 둘이 있기가 무서웠다. 스윽, 하고 휩쓸려 버릴까 말이다. 내가 말을 꺼내려는데 엠마가 말했다.

"나 있잖아."

"응."

"프러포즈 받았어."

"뿌우!"

나는 먹던 파르페를 뱉었다.

"괜찮아?"

초코 파르페가 엠마의 얼굴에 다 튀어서 얼룩덜룩했다. 엠마는 침착하게 냅킨으로 얼굴을 닦으며 말했다.

"그래, 너도 황당하지?"

"아, 진짜, 진짜 미안."

"그래, 지금 네 심정이 내 심정이다."

나는 입을 냅킨으로 닦았다. 코가 매웠다.

"하도 결혼, 결혼 하는 걸 놔뒀더니, 얼마 전에 결혼식이랑 신혼여행 패키지 팸플릿을 들고 와서는 지금 예약하면 싸다고 하잖아, 미친 새끼가."

"……."

"눈을 봤는데, 얼렁뚱땅 어, 어, 하면 그대로 진행시켜 버리겠단 표정이었어, 진심이었다고."

나는 할 말을 잃었다.

"다시 한번 말하지만, 나 정말 잘못 걸린 거 아니니? 그 크리스마스 때 키스하지 말았어야 했던 거 아냐?"

[나도 엠마에게 가끔 그런 말 해. 장난처럼, '우리 아이는 몇 낳을까?' 하는 말 있잖아.]

[그런데 솔직히, 그런 말 하면서 난 늘 진심으로 그 말이 이뤄지길 바라.]

나는 칼리드와의 전화 통화 내용을 떠올렸다. 칼리드는 정말 진심 만만이었던 것 같은데.

'내가 불을 지핀 건가?'

그 생각을 한 동시에 난 더 입을 꽉 다물었다. 절대로 이 일에 대해 말할 생각은 없었다.

"왜? 칼리드 싫어?"

"싫고 좋고를 말할 문제가 아니지. 우리 아직 인생 4분의 1도 살았을까 말까야."

엠마가 황당한 얼굴로 말했다.

"앞으로 우리 미래가 얼마나 창창한데. 대학만 가도 세계관이 바뀌잖아. 루시."

나는 그 말에 움찔했다.

"진짜 칼리드 너무 좋지. 눈치도 빨라. 나도 좋아해 줘. 아마 그렇게 대단한 배경인 애 못 만날 거야."

엠마는 입술을 삐죽거렸다.

"사람 마음이 늘 같은 게 아닌데. 나뿐만 아니라 칼리드 마음이 변할 수도 있는 거고."

"우린 지금 결혼해도 그렇게 이르진 않아서……."

"그래?"

내 말에 엠마가 조금 시무룩했다.

"응."

보통 서로 점찍으면 어렸을 때 약혼부터 하고, 졸업하면 날 좋을 때 결혼하는 것이 거의 공식이었다.

"아."

잠시 후, 뭔가 떠오른 듯 엠마가 놀란 얼굴로 물었다.

"그렇구나, 그럼 너희도……."

나는 고개를 설레설레 저었다.

"어?"

내 어색한 미소에 엠마는 멈칫했다.

"그래서 로만이 여기 온 거 아냐? 그럼?"

"으응……."

나는 살짝 찡그리듯 웃으며 아무렇지도 않다는 듯 말하려 했는데, 그게 잘되지 않았다. 얼굴 근육이 굳는 게 스스로도 느껴졌다.

"그냥 연애만 하는 거지."

나는 머뭇머뭇 말했다.

"난 아마 로만이랑은…… 안 될 거야."

돛은 무슨 돛.

나는 새삼 외면하고 싶은 현실을 다시금 깨달았다. 방 안에 코끼리가 돌아다니고 있고 그게 가끔 내 발을 밟는데도, 나는 모르는 척, 코끼리가 없는 척, 그 현실을 무시하고 있었다. 코끼리가 날 깔아뭉개기 전까지 말이다.

'아, 더는 묻지 마.'

하지만 엠마는 날 위로하려 했다.

"그래도…… 둘 다, 아직 없는 거지? 그, 상대 같은 거. 그렇지?"

나는 고개를 끄덕끄덕했다.

"그럼 뭐가 문제야, 로만이 널 그렇게 좋아하는데? 둘이 좋아하면, 잘만 하면……."

안 될 걸 안다. 아주 많은, 복잡해서 풀기 엄두가 안 나는 문제들이 있다.

"나도 로만 좋아해. 그렇지만 있잖아."

그럴 상황이 아니었는데 갑자기 눈물이 났다.

"아마 우린 안 될 거야."

난 울기 시작했다.

"난 얼굴도 모르고 날 좋아하지도 않는 남자와 결혼하게 될걸."

우리 가문 사람들 모두가 다들 그래 왔으니까.

'로만이 좋아, 난 로만 말곤 없다고 생각해. 하지만 현실적으로 우린 아마 안 될 거야.'

나는 더 이상 그 누구도 실망시키고 싶지 않았다.

"루시, 루시, 미안해."

당황한 얼굴로 다가오는 엠마가 보였다.

"울지 마. 루시, 내가 그런 줄도 모르고."

그 시각. 칼리드와 로만은 수컷 공작새 같은 화려한 미모를 뽐내며, 지루한 표정으로 카페에 앉아 있었다.

'루시와 함께 왔으면 좋았을 텐데.'

왜 이렇게 점점 기분이 저조해져 가는 건지 모르겠다고 로만은 생각했다. 할 말이 있고 없고는 둘째 치고 말이다. 맞은편을 쳐다보니 아마 똑같은 생각을 하고 있는 듯한 칼리드가 보였다.

"결혼하고 싶다."

소파에 푹 파묻힌 칼리드가 말했다.

"나도."

거봐, 똑같지 않은가. 빨대로 애꿎은 비엔나커피만 휘휘 저으며 로만은 생각했다.

"지금 둘이서 뭐 하고 있을까?"

로만이 말했다.

"뭘 하겠어, 우리 욕이나 하고 앉아 있겠지. 우리가 없어야 할 수 있는 이야기 말이야."

칼리드가 긴 손톱을 지루하다는 듯 매만지며 한숨을 내쉬었다.

"루시는 안 그럴 거야."

'너희 엠마나 그렇지 않을까?' 하고 로만은 생각했다.

"말도 안 되는 소리 하고 있다. 여자에 대한 환상 있냐?"

"어쨌든 루시는 안 그럴 거야."

"네 맘대로 생각해라. 그래."

둘은 지금 여자친구가 없는 시간을 때우기 위해 이런 이야기나 하고 있었다. 칼리드가 문득 생각난 듯 화제를 돌렸다.

"요즘 신혼여행 트렌드는, 레저라고 하던데. 자연 경관을 보고 즐기는 것뿐만 아니라 직접 참여하는……."

또 결혼 이야기였다.

"레저는 무슨, 경치 좋은 데서 단둘이 있는 게 최고지. 나는 섬을 통째로 쓸 거야. 개인 소유인 데가 있거든. 한 한 달 정도……."

로만의 말에 칼리드가 샐쭉 웃었다.

"루시가 너랑 단둘이 한 달씩이나 있고는 싶대?"

"너 또 긁는다?"

"아니, 뭐."

칼리드가 어깨를 내렸다.

"엠마는 요즘 나랑 둘이 있는 게 지겹다고 그러니까 말이야……."

시무룩한 얼굴. 그 말에 로만은 움찔했다.

"너넨 아직도 허니문이야?"

"……."

허세를 부리려다 로만은 포기했다. 여기 둘밖에 없는데 그런 걸 부려서 무엇 하겠는가?

"나도 요즘 좀…… 그런 느낌도 들고."

그냥 신세 한탄이나 하는 게 낫지.

"진짜 너무해. 이렇게 좋아하는데."

칼리드가 웅얼거렸다. 둘은 순식간에 침울해졌다.

"결혼하고 싶다."

"나도."

로만 바스커빌과 칼리드 린든. 이 물과 기름 같은 둘이 친해진 건, 아주 사소한 계기를 통해서였다. 로만과 칼리드가 같이 듣는 어느 수업 시간이었다.

"야."

수업에 집중하기 싫다는 듯 의자를 삐걱대던 칼리드가 로만한테 말을 걸었다.

"왜."

로만은 대꾸하기 싫었지만, 나중에 칼리드가 루시한테 이를까 봐 뭐 씹은 표정으로 대답했다. 옆자리에 앉은 칼리드가 빤히, 칠판을 쳐다보며 중얼거렸다.

"하…… 너한테 이런 말 하긴 정말 쪽팔린데……."

로만은 미간을 찌푸렸다.

"엠마랑 루시 너무하지 않냐?"

칼리드가 말했다.

"뭐가?"

또 무슨 기상천외한 방법으로 시비를 걸려고? 루시의 이름에 로만은 이제 오만상을 다 썼다.

"너랑 나랑 이렇게 붙여 놓는 거 말이야."

칼리드가 말했다.

"나도 너 싫고, 너도 나 싫은데, 밥도 같이 먹게 해. 체육 땐 같이 짝 지어서 움직이라고 해. 같은 편 먹으라고 해."

엠마에 대한 불만이 줄줄 흘러나왔다.

"또 이렇게 수업 땐 옆자리 앉으라고 해. 우리가 이걸 들어야 할 이유가 뭐냐? 나 곱게 자랐어."

"……."

"우리 아빠도 나한테 이렇게 이래라 저래라는 못 했는데. 내가 제 애완동물도 아니고."

그건 로만도 마찬가지긴 했다.

'그래서?'

하지만 지금 이 이야기가 뭐에 대한 포석인지 알 수 없어, 로만은 인상을 찌푸린 채 시선을 반대편으로 돌렸다.

'뭐 어쩌라고?'

무시하자, 로만은 생각했다. 옆에서 또 칼리드의 가느다란 한숨 소리가 들려왔다.

"내가 아무래도 엠마를 너무 사랑하나 봐."

그 말에 로만은 움찔했다.

"아무리 생각해도 미치게 사랑하지 않고선 이럴 수가 없어."

"……."

"나 전엔 이런 적 한 번도 없었거든? 걔가 내 운명 같고 그래, 엠마는 코웃음을 치지만 말이야."

"……."

"어떻게 헤어지잔 말을 해?"

그 말에 로만이 움찔했다. 눈으로 말하긴 했어도…… 저도 그런 협박을 당해 지금 옆에 앉은 놈 신세 한탄이나 들어 주고 있다.

"맨날 그거로 쥐고 흔든다고. 근데 난 또 그거에 흔들리기나 하고. 하…… 요즘 인생이 뭔가 싶다."

이전엔 이런 일은 있을 수가 없다고 생각했다.

"나도."

로만이 결국 충동을 참지 못하고 말했다.

"루시 아니면 너 같은 거 가만 안 뒀지."

"……."

"……."

명백한 도발이었는데도 둘은 침울해졌다. 순간, 거대한 동질감이 둘의 머리 위로 피어올랐던 것이다. 쉬운 인생 살다가 만난 결코 쉽지 않은 여자친구를 두고 있다는…….

"너 다음 시간 엠마랑 루시랑 겹치는 거 없지 않냐?"

37

"어."

"그럼 수업 쨀래?"

칼리드가 말했고 로만은 고개를 끄덕였다.

"그래서 봉투를 열어 보니 수표가……."

"야, 레오파르디 무섭네. 그게 열다섯이 할 일이야?"

"미쳤지, 나 드라마인 줄 알았다니까?"

둘은 오후 수업을 풀로 쨌다. 하지만 그렇다고 해서 서로 의기투합을 했다거나 서로의 공통점에 감명을 받아 평가가 바뀌었던 건 아니었다. 동질감에도 불구하고, 둘은 여전히 서로가 싫었다.

하지만 이 일을 계기로 대화 상대가 지금까지 절실히 필요했다는 자각은 했다. 정확히 말하면 연애 하소연 상대 말이다.

이후 둘은 연애가 막막해질 때마다 붙어 다니며 서로를 아주 효율적으로 이용해 먹기 시작했다. 즉, 감정 쓰레기통으로 말이다.

"둘이 요즘 친하게 지낸다며?"

어느 날 루시가 물었다.

"아냐!"

로만은 발끈했다.

"나 걔랑 안 친하거든?"

하지만 남들한테 그렇게 보이는 게 당연했다. 서로 으르렁거리면서도 자기 여자친구에 대해 할 말이 많아 뻔질나게 붙어 다녔으니 말이다.

"그래서 뭐가 문제인데?"

로만이 한숨을 쉬었다.

"진도가 안 나가."

둘은 고민을 상담하는 데 있어 규칙도 정했다. 규칙이 없으면 멱살 잡고 싸울 것이 분명했기 때문이다.

서로 이야기 주도권을 가지는 데 있어 30분이 넘지 않아야 한다. 또 일단 말을 하면 진심이든 아니든 호응해 주어야 하고, 또 둘의 이야기는 둘만의 비밀로 한다. 이 정도였다.

"뭐 얼마나 했는데."

뽀뽀는 했냐는 투로 칼리드가 물었다.

"그걸 너한테 말할까?"

로만은 발끈했다.

"아니, 미안하다. 나도 사실 안 듣고 싶어. 루시는 친구라고, 친구의 성적 사생활은 진짜 알고 싶지 않아……."

칼리드는 하지만 이내 인상을 찌푸리고 고개를 갸웃했다.

"뭐 얼마나 진도가 안 나가면 그게 고민이야? 내가 루시 친구라서 그런 게 아니라, 그건 루시한테 전적으로 맞춰 줘야 하는 거 아냐?"

정론이었다.

"뭐가 문제인데?"

"결혼하고 싶단 말이야."

로만은 한숨을 푹 내쉬었다.

"결혼하려면 빨리 진도를 나가야 한다고."

"이게 무슨 소리야?"

시간은 30분밖에 없었으므로, 로만은 배경 지식을 반쯤 생략하고 형들이 자신에게 한 이야기를 간단하게 말했다.

"……절교하자."

이야기를 다 들은 칼리드는 자리에서 벌떡 일어섰다.

"미친놈이네. 이거."

"규칙이잖아! 야! 내 편 들어 줘야 할 거 아냐!"

로만이 새파랗게 질린 얼굴로 일어났다. 칼리드는 고개를 절레절레 저었다.

"규칙은 무슨, 우정이 더 중요해. X발, 이거 놔! 모르면 몰랐지! 루시의 인생을 계획 없는 임신으로 망칠 수는 없어!"

"들어 봐! 잠깐만 들어 봐! 난 안 하겠다고 했어! 변명할 기회는 줘. 날 인간쓰레기로 만들지 말란 말야, 이 뱀 새끼야!"

로만이 칼리드의 손목을 움켜쥐었다.

"만약 한다고 해도 먼저 루시의 동의를 받을 생각이라고!"

주법에 따르면 이 나이대의 성관계는 현재 합법이긴 하다. 미친 짓이라서 그렇지…….

"됐고! 이거 안 놔?"

"루시 레오파르디잖아! 레오파르디!"

로만이 외쳤다.

"난 바스커빌이고."

그 말에 칼리드가 멈칫했다.

"이런 기적이라도 안 일어나면, 루시와 결혼을 꿈이라도 꿀 수 있을 것 같아?"

"……."

"나한테 시간이 얼마 없어. 내가 너고 루시가 엠마라고 생각을 해 봐."

그 말에 칼리드가 멈칫했다.

"일단 그 헛소리 들어는 볼게."

저 능구렁이 같은 새끼를 믿는 게 아니었다.

'간사한 뱀 새끼.'

하지만 로만은 순순히 불었다.

"우선 우리 집안은 이 혼사에 아주 긍정적이란 걸 알아 둬. 내가 루시 레오파르디한테 관심이 있을 때부터 집안사람들은 엄청 노력해 왔어."

어디 한번 개소리 늘어놔 봐라 하는 얼굴을 하는 뱀 새끼한테 말이다.

"그걸 철저하게 거부한 게 레오파르디지."

"그거…… 로비라고 생각한 거 아냐? 불법적인? 너희는 기업가고 그쪽은 정치가잖아."

말하지 않아도 대충 상황은 아는 칼리드가 실눈을 떴다.

"그럴 가능성도 있는데…… 처음부터 루시 레오파르디를 바스커빌가 막내아들의 혼인 상대로 여겨 달라고 할 수는 없잖아."

우선 가문이 먼저 친해지고…… 친해진 김에 이런저런 곁가지 이야기에 접근하는 것이 이 세계의 공식이나 마찬가지다. 하지만 가문이 가문이다 보니 첫 단추부터 난공불락인 것이다.

"만약 그러면……."

로만은 말을 하다 보니 점점 침울해졌다.

"그럼 거긴 난리가 날 테니까. 루시를 집에서 내보내지조차 않으려 들걸."

"……."

"우리 집안에서 할 수 있는 건, 그나마 루시 레오파르디가 혼인 상대로 점찍어 둘 수 있는 집안에 압력을 넣는 것뿐이야."

칼리드의 예와 마찬가지로, 사자 프라이드에도 수많은 방계가 있다. 세세하게 구분한다면 전혀 다르지만, 크게는 같은 특성으로 묶이는 프라이드 말이다.

"그나마 루시가 혼인 시장에선 인기가 없어서……."

바스커빌은 레오파르디 외의 프라이드에 압력을 넣는 게 고작이었다.

"순혈주의자들한테 말이지?"

"그래. 그래서 나온 말이야."

"혼인 시장은 어차피, 괜찮은 후계자를 만들기 위한 눈치 싸움의 장이니까. 결과물로 밀어붙이겠다, 뭐 그건가?"

칼리드의 난폭한 요약에 로만은 눈살을 찌푸렸지만, 틀린 말은 아니었다.

"내가 이걸 캐 보려고 캐 본 건 아닌데 말이야."

칼리드가 운을 떼었다.

"왜 로만 바스커빌이 여기 전학 오고 나서 사소한 기사 하나 안 났는가 살펴보니, 엠바고가 걸렸더라?"

'알고 있었어?' 하는 말에 로만이 고개를 끄덕였다.

"레오파르디 가문이 우리 둘이 가까이 있는 걸 알면 이상하다고 생각할 테니까. 너만 해도 이상하게 생각하잖아."

칼리드의 표정은 더 이상해졌다.

"보통 그렇게까지 하나?"

"뭐?"

"레오파르디가 아무리 유서 깊은 가문이라고 해도, 이 현대 사회의 왕은 바스커빌이잖아. 자본주의 사회니까 말이야."

그 말에 로만은 멈칫했다.

"내 말은 레오파르디와 왜 이렇게까지 연이 닿으려고 하냐, 이거지. 네가 루시를 좋아한다는 이유 하나만으로, 전폭적으로 지원을 해?"

"이해하지 못하는 거 알겠는데 원래 우리 가문은 그래."

"그렇다고 해도 극단적이야. 만약 루시가 아이를 낳았는데, 그 아이도 양이라면?"

"난 상관없어."

정말로 상관없었다. 하지만 그다음 한 칼리드의 말에 로만은 입을 다물어야 했다.

"너 말고 루시가 상관있지. 자기만 해도 성을 숨기고 싶을 정도로 집안에 기가 눌려 사는데, 아이까지 그래 봐. 얼마나 힘들겠어?"

거기까지 생각해 본 적은 없었다. 임신이니 뭐니 말로 입에 담으면서도, 그렇게 모든 게 피상적이었던 것이다.

"만약에, 너희 형들 말대로 한다면 더더욱 말이야. 아이 때문에 한 결혼인데 아이가 양이면. 아, 아니다. 이건 내가 할 말이 아니고⋯⋯."

칼리드는 말을 흐렸다.

"전부터 생각했는데⋯⋯ 이건 긁는 거 아니니까 화내지 말고 들어. 너희 집안은 너무 폭력적이야."

"⋯⋯."

"내 말은 극단적이란 뜻이야, 상대야 어떻든 일단 자기 손에 넣으면 모든 게 끝난 것처럼 군다고."

칼리드가 얼굴을 찌푸리며 말했다.

"루시가 어떤 곤경에 처하든, 결혼만 하면 된다는 거야? 인생은 그것보다 훨씬 긴데?"

로만은 그 말에 입을 다물었다.

"좋아하면 물론 결혼을 하고 싶어지지. 하지만 방법이 이상하잖아. 함께 산다는 건 그런 게 아닌데."

그 말에 반박하고 싶었으나 할 수가 없어서.

"가풍인지 저주인지는 모르겠지만, 그게 너희 집안에 일어나는 비극의 문제점이 아닐까?"

"⋯⋯."

로만은 한 번도 그런 식으로 생각해 본 적이 없었다.

바스커빌 가문을 맴도는 유령개 같은 저주. 아무도 보지 못했고 실체를 알 수 없으나, 물린 사람을 죽음으로 이끄는 특성.

사랑은 열병 같았다. 가지지 않는다면 견딜 수 없을 것처럼 만들었다. 한 치 앞을 볼 수 없을 정도로 맹목으로 만들었다.

"한쪽이 불행해지는 결합이라면, 결혼을 해도 무슨 소용이 있겠어?"

칼리드가 말했다.

"내가 루시 친구라서 하는 말이 아니라, 내가 너라면 루시의 슬픈 얼굴은 보고 싶지 않을 것 같아."

바스커빌은 지금까지 그런 결합을 하면서도 잘 살아왔다. 아니, 살아남아 왔다.

"내가 엠마의 슬픈 얼굴을 보기 싫어서 너랑 친해지려 노력하는 것처럼 말이야."

살고 결실을 맺어 왔으니, 지금 눈앞에 그 결과물인 로만이 있는 것이다.

루시를 영원히, 독점적으로 가질 수 있다면, 그 뒤엔 어떻게 될까? 루시를 소유할 수 있다는 사실이 너무도 달콤해서 생각하지 않은 일들이 있다.

루시는 마시면 마실수록 더더욱 목마르게 하는, 움켜쥐면 스르르 손에서 빠져나가는, 꿈결 같고 안개 같으며 바닷물 같은 사람이었다. 루시의 마음이 나와 같기만 하다면, 온 세상을 다 얻은 것 같을 줄 알았던 때가 있었다.

얻었다. 그러나 그다음에는? 가지면 가질수록 더 원하게 되는데, 그다음에는? 루시의 사랑, 루시의 살, 루시의 피와 뼈와 영혼……. 언젠가 루시의 존재 그 자체를 송두리째 삼켜 버리는 것이 아닐까? 그러고 나서도 갈증이 나 자기 자신을 좀먹게 되는 것이 아닐까?

'정말 널 사랑하는데, 이상하게 널…… 널 먹고 싶어…….'

로만은 오래도록 고기를 먹지 않아 왔다. 루시를 이해하고 싶었기 때문이다. 그러나 본능을 억누르면 억누를수록 치밀어 오르고 있었다. 식욕을 닮은 소유욕이었다.

'더 가지고 싶고, 완전히 소화하고 싶어.'

아니, '더'가 아니다. '완전히'다.

'머리칼 한 올, 피와 살과 손톱 한 점까지도…….'

완전히 내 것으로 만들고 싶다. 그 누구도 보지 못하는 곳에 가두고 싶고, 나만 바라보게 하고 싶고, 옴짝달싹하지 못하게 하고 싶다.

언젠가 열병에 시달려 죽어 가는 그의 머리맡에서 나눴던 두 형의 대화가 바로 이런 것이었나. 소유욕. 사랑과 결합되어 있어, 분리가 도무지 어려운 본능.

로만은 루시를 원했다. 그 누구와도 공유하고 싶지 않았다. 루시를 정신적으로든 육체적으로든 가두어야, 그래야만 이 갈증도 끝날 것 같다. 그건 마치 사냥과 닮은 감각이었다. 누군가 죽거나, 포기해야만 끝이 나는.

'……뭐지?'

하지만 사냥이 끝난 다음에는 무엇이 있을까? 삶은 길고, 결혼은 그녀의 몸과 영혼에 채우는 족쇄가 아니라, 그저 사랑을 거듭 약속하는 수많은 관문 중하나일 뿐이었다.

'이 감정이 뭐지?'

로만은 칼리드의 말에 한 번도 생각해 보지 않은 것에 대해 생각하게 되었다. 그의 집안사람들은 무시하거나 일부러 깊이 생각하지 않는 감정이었다.

'루시의 사랑을 얻으면 모든 게 이뤄질 것만 같았어. 지금은 얻었고, 그러니까 결혼이 하고 싶어졌고. 하지만 그다음에는……?'

사랑이 무엇인가? 그저 열병인가? 아니면, 간절한 소유욕? 성취욕?

그 이후에는 무엇이 있는가? 아무것도 없나? 그래서 송두리째 가지게 되면, 사냥하고 죽인 뒤 소화시키고 나면……. 자신이 알던 반짝이고 사랑스럽던 루시는 영원히 사라지고 마는 것일까?

그날 밤이었다.

[보고 싶어…….]

휴대전화 속에서 루시가 말했다.

[로만 갑자기 네가 보고 싶어, 정말 보고 싶어.]

무슨 일이 있었는지, 루시의 말이 떨려 오고 있었다.

"갈게."

물기에 젖어 있었다.

로만은 차 키를 집어 들었다.

'네가 부르면 나는 가야지.'

정신을 차려 보니 이미 운전 중이었다. 하늘엔 둥그런 달이 떠 있었다. 그 달이 로만한테, 이렇게 크고 휘황찬란하고, 요사스럽게 보인 일이 없었다.

'오늘.'

루시가 말했으니까. 보고 싶다고. 루시가 말하면 로만은 그 말을 들을 수밖에 없었다.

'어쩌면 오늘…… 일 거야.'

알 수 없는 예감으로 온몸이 떨렸다. 로만은 주의 깊게 운전했다. 정신을 차리지 못하면 사고가 날 것 같았기 때문에.

'때가 있다면, 루시를 쓰러뜨릴 날이 바로 오늘 아닐까?'

머릿속에 루시를 정말로 갖고 싶다고 속삭이는 본능의 목소리가 있었다.

─무슨 수를 써도 좋아, 루시만 모르게 하면 되잖아. 뭐 어때, 그 일이 루시를 피 흘리게 하겠지만, 루시는 그 일로 인해 네 게 될 거야.

사냥을 하고 싶다. 피가 뚝뚝 흐르는 고기를 먹고 싶고 원하는 걸 갖고 싶다. 그러기 위해서는 수단과 방법을 가리고 싶지 않다는 거대한 욕망이 있었다.

—뭐가 문제야? 그 애는 양이고 너는 늑대인데. 네 발톱 밑에 그 애가 쓰러지는 건 마치 운명처럼, 미리 정해져 있었어.

그건 저 위의 선조대부터 내려오는, 몸속의 피를 모두 뽑아내고 새로운 피를 수혈한다 해도 사라지지 않는 강렬한 욕구였다.

—넌 네 인생에서 추적해야 할 단 하나의 사냥감을 찾아낸 거야.

본능이 강렬히 예고했다.

—그게 뭐가 잘못되었다는 거야?

차 속에서 로만의 동공이 활짝 열렸다.

—뭐가 널 가로막고 있는데?

대대로 바스커빌가의 피를 거쳐 가며 살아온 목소리였다.

—어쩌면 루시도 원하고 있을지 모르잖아. 나한테 널 맡기면 넌 해방될 거야. 난 한 번도 실패한 적이 없는데, 뭘 억누르고 있어?

그걸 로만이 거부할 수 있을까? 누군가 직접 로만의 귀에 대고 속삭이는 듯했다. 마치, 달빛이 그를 뒤집어쓰는 듯한 밤이었다.

로만은 그 소리가 시끄러워서 견딜 수 없었다. 그러나 동시에 그 소리에 귀를 기울이고 싶었다. 아직 아무 일도 일어나지 않았는데 피가 끓어올랐다.

"루시……."

문이 열리자마자 루시가 로만을 끌어안았다. 루시의 눈이 빨갰고, 몸에선 달콤한 냄새가 났다. 루시의 몸 안에서 혈관 속으로 피를 뿜어내는 심장을, 로만은 그녀의 피부 밖에서도 생생히 느낄 수 있었다.

무슨 일이야, 하고 물을 필요도 없었다. 루시의 눈을 들여다본 순간, 로만은 지금 그녀가 아주 약해졌고, 이때를 틈타 비집고 들어가야 한다는 걸 알았다. 본능적으로…….

로만은 말없이 커다란 손으로 루시의 등을 꽉 끌어안았다. 루시의 입술이, 피부가, 뜨거워진 숨이 로만에게 얼마나 큰 쾌감을 가져다주는지 이미 알고 있었다. 기대와 흥분이 뒤섞인 욕망으로 로만은 그만 기절할 것 같았다. 이 상황에 모든 걸 맡겨 버리고 싶다고, 로만은 생각했다.

로만은 루시의 드러난 어깨에 한 번.

"아……."

마치 짐승의 목을 물어뜯듯이 거칠게, 루시의 목덜미에 상흔 같은 키스 마크를 남기고 혀로 핥듯이 올라가 귀를 깨물었다.

"아……."

루시의 피부가 움찔움찔 떨렸다. 하지만 거기서 거부의 의사는 느껴지지 않았다. 로만은 키스하면서 몸을 숙여, 허리에서 루시의 티셔츠를 끌어 올리며 그대로 밀어붙였다.

'괜찮지 않을까?'

검은 티셔츠가 루시의 머리와 흰 팔을 통과했다. 브래지어만 입은 그녀의 팔이 떨리며 아무 말 없이 그의 목을 끌어안았다. 로만은 벽으로 루시를 밀어붙여, 입을 맞추고, 또 맞추고, 고개를 비틀어 루시의 입 안으로 들어가 작은 입을 그의 혀로 꼭 묶었다. 그러면서 루시의 목을 끌어안았다.

혼들리는 그녀의 한숨에, 미칠 정도로 흥분했다. 로만의 입에서 그르렁거리는 울림이 새어 나왔다. 손이 루시의 목부터 창가에서 쏟아지는 달빛에 드러난 어깨, 팔뚝과 팔과 허리를 쓸어내렸다. 모든 게 자연스러웠다.

흰 테니스 스커트가 루시의 허벅지와 종아리, 발목을 통과하며 흘러내렸다. 로만은 그녀의 무릎 뒤에 손을 넣어 루시를 안아 올렸다. 루시는 말없이 로만을 끌어안은 채 숨을 몰아쉬며 어깨에 머리를 묻었다.

루시가 자신을 의지하는 일이, 짜릿했다. 혈관 속의 모든 피가 증발되는 것 같았고, 모든 감각이 예민해져서 모공 하나하나까지 열리는 듯했다. 달빛이 쏟아지며 내는 소리까지 들을 수 있을 것만 같았다. 아랫배가 당기며 아플 정도로 아래가 섰다. 그 감각으로 루시를 느끼고 싶었다.

로만은 루시를 침대에 눕혔다. 침대에는 이미 그들을 기다리고 있었다는 듯 달빛이 넉넉해 아무 조명도 필요 없었다. 로만은 루시를 꼭 끌어안았다. 제 피부로 루시의 피부를 느끼고 싶었다.

로만은, 제 티셔츠를 머리 위로 벗었다.

"루시……."

루시의 작은 몸이 그의 몸 안에 완전히 가려졌다. 마치 개기일식처럼. 로만은 드러난 루시의 온 곳에 키스했다.

"아."

그리고 드러나지 않은 곳에도 입을 맞췄다. 루시의 흰 다리가 바르작바르작 움직였다.

"아, 웃……."

침대 아래로 브래지어와 팬티가 떨어지는 소리가 들렸다.

루시.

로만은 숨을 뱉어 냈다.

"어쩌면 이렇게……."

쏟아지는 달빛 속에서 루시는 달의 여신처럼 아름다웠다.

"이렇게 예뻐……?"

도대체 그 무엇으로 이 순간을 거역할 수 있을까? 하지만 덜컥, 브레이크가 걸렸던 건 역시나 칼리드의 말 때문이었다.

"한쪽이 불행해지는 결합이라면, 결혼을 해도 무슨 소용이 있겠어?"

"……."

로만은 루시의 하얀 아랫배에 입술을 묻고 생각했다.

'한 발자국만―.'

마음속 한구석에서 본능이 절실히, 한 걸음만 더 내딛으라고― 속삭여 왔다.

'한 발자국만― 한 발자국만 더 나가면 되는데……!'

결혼, 아이, 그다음에도 우리가 행복할 수 있었으면. 평생, 끝까지, 네가 날 사랑할 수 있었으면……. 열병, 그 이상, 그다음의 것이 마치 환상처럼 여겨져도 제게 있었으면 좋겠다는…… 또, 루시에게도 있었으면 좋겠다는, 생각 때문이었다.

그 생각이 루시에게 자신을 묻으려는 로만의 뒷덜미를 잡아당겼다.

'아……!'

로만은 다시 고개를 들어 루시의 입술로 다가갔다. 그리고 거세게 빨아 당겼다. 미칠 것 같았다.

'아, 차라리……!'

로만은 갈등했다.

'내가 여자이고 네가 남자라면 좋을 텐데. 우리가 같은 양이거나 늑대였다

면…….'

그랬다면 로만은 조금도 고민하지 않았을 것이다.

'난 널 갖고 싶고, 안고 싶고, 눈에 뚜렷이 보이는 구체적인 사랑의 결과물을 갖고 싶어…….'

정말이었다. 로만이 원했다면, 그 본능의 목소리를 들었다면, 그냥 모르는 척 그 목소리에 녹아들었다면. 로만은 그날 선을 넘을 수도 있었다.

"로만……?"

그럴 가능성이 생겼을 수도 있었다. 하지만 로만은 멈췄다.

"……."

루시가 로만의 갈등을 알아차리고 반짝이는 눈으로 바라보았다.

"루시."

아직도 그 이유를 모르겠다고, 로만은 생각했다. 내가 그 순간 왜 그런 말을 했는지 알 수가 없다고.

"루시, 있잖아."

로만은 그날의 모든 일이 그저 의아하기만 했다.

"난 널 지켜 주고 싶은데."

로만이 저도 무슨 말을 하는지 이해하지 못하면서 말했다.

"그게 무엇으로부터인지 잘 모르겠어."

로만은 떨리는 목소리로 중얼거렸다.

"그게 혹시 나일까? 내가 널 해칠까?"

로만은 말을 하면서도 제가 무슨 말을 하는지 몰랐다.

"그게, 나라면 어떡하지? 널 해치는 게 나라면?"

로만이 떨면서 속삭였다.

"……."

"내가 널 해치면?"

루시는 말없이 로만의 말을 들었다.

'고기 대신 풀을 먹는 게 나 자신조차 속이려는 눈속임이면?'

로만은 이해받지 못할까 두려운 동시에.

"네가 날 선택한 걸 후회하지 않았으면 좋겠어. 평생……."

자신도 다 소화시키지 못한 이 감정을 루시가 알아챌까 봐 두려웠다. 자신의 두려움을 이해하면, 저를 무서워할까 봐. 제 곁에서 달아나 버릴까 봐.

"이리 와."

그때였다.

"나도 그러고 싶어."

루시가 로만을 꼭 끌어안았다.

"평생…… 그러고 싶은데, 그럴 수 있을까?"

어둠 속에서 루시의 목소리가 속삭였다.

"너와 평생 함께하고 싶은데?"

루시가 문질문질 로만의 머리칼을 쓰다듬었다. 축 처진 귀와 목덜미까지, 천천히, 그리고 부드럽게 말이다.

"로만, 있잖아."

루시가 속삭였다.

"난 네가 날 상처 입혀도 좋을 것 같아."

로만은 루시의 품에 안겨 이야기를 들었다.

"그게 다른 사람이 아닌 너라면, 그게 그렇게 아프게 느껴지지도 않을 것 같아. 너라면."

루시가 로만을 끌어안았다.

"괜찮아, 떨지 마. 이리 와 봐, 우리 같이 있자. 지금은 이렇게 그냥……."

로만은 그날, 마치 오랫동안 구름 속에 가려져 있던, 아주 작지만 빛나는 달을, 하늘이 아니라 루시의 마음속에서 본 것만 같았다.

"나와 함께 이 밤을 보내 줘, 천천히. 아무 걱정 하지 말고."

둘은 서로를 꼭 끌어안고 뜬 눈으로 밤을 보냈다. 가끔씩은 어루만지고, 또 키스하면서.

"오늘 내가 왜 보고 싶었어?"

"로만, 난 늘 네가 보고 싶어."

달이 지고 찬란한 태양이 떠올랐다.

"보고 있어도, 보고 싶어. 정말이야. 누군가가 이렇게 좋아질 줄 몰랐어."

아침이 밝자 어젯밤 있었던 일이 꿈처럼 느껴졌다.

"시리얼 먹고 갈래?"

루시가 말했다. 로만은 쫄래쫄래 루시를 따라 내려왔다.

"응."

정말로 이상한 밤이었다고, 로만은 생각했다. 본능과 사랑이 그의 몸속에서 동시에 울부짖던 밤.

"우리 괜찮은 거지?"

두 개의 달을 느꼈던 밤이었다.

"응, 괜찮지."

그리고 로만은 그중 하나를 선택했다.

"로만."

"응?"

"내가 얼마나 널 사랑하는지, 넌 모를 거야."

루시의 눈에서 사랑이라고밖에 이름 붙일 수 없는 감정이 넘쳐흐르는 걸 보았다.

"루시, 그건 내가 하고 싶은 말이야."

그러나 본능이 왜 본능이겠는가? 이날 아무것도 모르는 척, 뒷일은 생각지 않고 본능에 몸을 맡겼어야 했다. 이후 이런 후회를 할 날이 올 거라는 걸, 로만은 아직 몰랐다.

"어떻게 이렇게 되었는지 모르겠어."

루시의 떨림이 무엇을 두려워하고 있었는지도…….

루시가 말했다.

"난 그런 거 안 믿었는데, 널 만난 일이 마치 운명 같아."

루시는 현실이란 코끼리가 두 연인을 짓밟을까 봐 두려워하고 있었다.

"우리 괜찮겠지?"

단순한 기우는 아니었다.

그날 밤은 무엇엔가 홀렸다고밖에 믿을 수 없다. 아니면, 미리 일어날 일을 이미 강렬하게 예감했던지. 하지만 그 무슨 이유를 붙여도 이해하기 어려울 만큼, 참 이상한 밤이었다. 도대체 내 무엇이 반응한 것일까?

"로만."

그날 엠마와 말하며 깨달았다. 내가 상상하고 원하던 것은 햇살이 떠오르면 녹아 버리는 얼음 궁전 같은 것임을. 내가 만들어 낸 종이 궁전처럼 사람이 들어가 살 수는 없다는 것을.

'나도 엠마처럼 그런 고민을 하고 싶은데.'

집에 와 곰곰이 생각해 보니 점점 더 서글퍼졌다. 결국 전화를 걸었다. 보고 싶다고 말하자 로만이 한 걸음에 달려왔다.

나는 로만이 내 말에 이렇게 올 것임을 알았다. 나는 로만을 끌어안았다.

"……."

아무 말 없이…….

그러자 로만이 고개를 숙였고, 그의 커다란 손이 내 몸을 꼭 끌어안았다.

숨이 막히도록. 그런데 난 더 꼭 끌어안아 주었으면 싶었다. 아예 으스러지도록…… 아무 생각도 할 수 없도록…….

로만은 내가 받고 싶은 대로 행동했다. 나는 로만이 내 온 곳에 입 맞추고 어루만지면 어루만질수록 점점 더 원하게 되었다. 우리는 뭐라 할 것도 없이 달라붙었다.

나는 그날 어쩌면 스리슬쩍 로만의 욕망에 몸을 기대어, 넘어가 버리고 싶었는지도 몰랐다. 선이란 게 있다면, 그날 넘고 싶었다.

그게 주고받을 수 있는 건 아니지만, 내가 뭔가를 가지고 있다면 그걸 로만한테 주어 버리고 싶었다. 모두.

왜냐하면 그때는 로만에게 줄 것이 그것밖에 없는 것처럼 느껴졌으니까. 이를테면 첫 경험이라는 것.

난 막다른 벽을 엠마와의 대화에서 느꼈던 건지도 모른다. 돛을 펼쳐 놓는 것만으로는 넘을 수 없는 벽 말이다. 어쩌면 나중에 나는 이 일을 후회할 수도 있었다. 그러니까, 로만한테 지금 이 감정을 도저히 설명할 수가 없었다.

'지금 내 마음을 몰랐으면 좋겠어.'

로만은 내게 몇 번이고 키스했다. 키스하고, 키스하면서 티셔츠가 벗겨지고 스커트가 벗겨졌다. 나는 그것을 모른 체했다. 다디단 입술에 취해.

로만이 나를 안아 올렸다.

'그냥 이대로…….'

이대로 흘러가 버렸으면 싶었다. 그곳이 어디인지 몰라도 괜찮았다.

'미지의, 약혼 혹은 결혼 상대가 나타나기 전에. 널 갖고 싶어.'

내 마음이 속삭였다. 이 마음을 로만은 모르겠지.

'사랑하는 사람과 하고 싶어.'

나는 갑자기 버튼이 눌린 듯이 절박해졌다.

'이대로…….'

그냥 이대로…… 뒷일은 생각하지 않고, 어떻게든 될 것 같았다. 그런데 갑자기 로만이 멈췄다. 언제나 날 절실히 원했으면서도.

나는 의아해서 눈을 깜박깜박 떴다. 로만이 다시 내게 키스하고 속삭였다. 떨리는 목소리였다. 널 지켜 주고 싶은데, 그게 무엇으로부터인지 모르겠다고.

"그게, 나라면 어떡하지? 널 해치는 게 나라면?"

로만이 떨고 있었다. 그런데 사실 이 일로 로만을 상처 입힐지도 모르는 건 나였다.

"내가 널 해치면?"

아마 거기서 조금만 더 재촉했더라면, 안아 달라고 한 마디만 했더라면 뭔가가 달라질 수도 있었겠지.

하지만 나는 그러지 않았다. 로만을 그날 그 순간, 아주 절실하게 원했음에도 불구하고 말이다. 로만을 다치게 하고 싶지 않았으니까.

"네가 날 선택한 걸 후회하지 않았으면 좋겠어. 평생……."

나는 로만을 꼭 끌어안았다.

"이리 와. 나도 그러고 싶어."

내 품에 안겨 로만이 말했다.

"그러고 싶은데, 그럴 수 있을까? 너와 평생 함께하고 싶은데?"

"로만, 있잖아. 난 네가 날 상처 입혀도 좋을 것 같아."

진심이었다.

"그게 다른 사람이 아닌 너라면, 그게 그렇게 아프게 느껴지지도 않을 것 같아. 너라면."

그 순간, 나는 망망대해에 배 한 척 띄워 놓고 로만과 둘이서 항해하는 듯했다.

"괜찮아, 떨지 마. 이리 와 봐, 우리 같이 있자. 지금 이렇게 그냥……."

이 세계에 달과 별과 로만과 나, 우리 둘뿐인 듯싶었다.

"나와 함께 이 밤을 보내 줘, 천천히. 아무 걱정 하지 말고."

돛은 우릴 어디로 데려가 줄까.

"오늘 내가 왜 보고 싶었어?"

로만을 끌어안은 채 생각했다.

"로만, 난 늘 네가 보고 싶어."

어쩐지 이 밤, 로만을 잃어 가는 것 같다고. 아니, 이미 잃어버린 것 같다고 말이다. 왜 그런 생각을 했는지 아직도 모르겠다. 로만은 지금 여기 내 품 안에 있는데.

우리는 그날 밤 내내 끌어안고 있었다. 그리고 이따금 입을 맞췄다. 아무 말 없이, 그렇게 오랜 시간이었는데도 말이나. 참 이상한 시간이었다.

태양이 밝았고, 우리를 감쌌던 이상한 느낌은 아침 이슬처럼 사라졌다. 나는 로만과 함께 시리얼을 먹었다. 로만도 어젯밤 일어난 일 때문에 반은 어리둥절하고, 또 반은 겁이 난 듯했다.

"로만."

"응?"

"내가 얼마나 널 사랑하는지, 넌 모를 거야."

나는 웃고 말았다. 그 밤이 지나고 나니 나는 이상하게 더더욱 로만이 좋아졌다. 이유는 모르겠다.

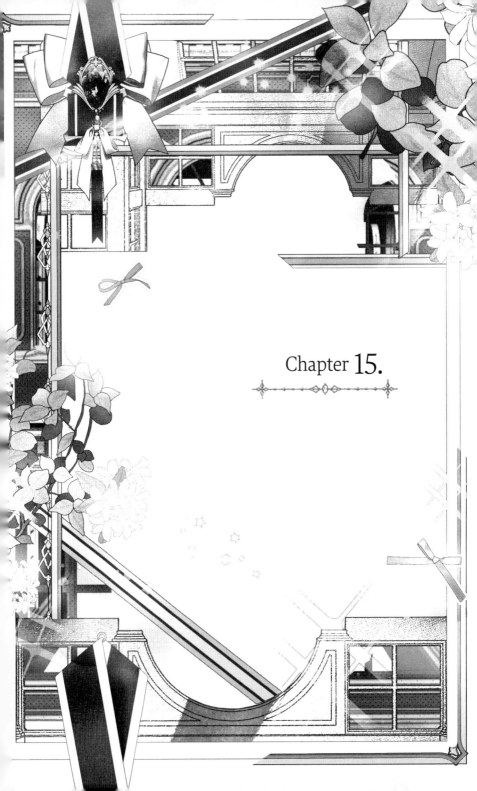

Chapter 15.

늑대지만 해치지 않아요

다시, 평범한 일상이 시작되었다.

그날 밤 일은 아예 일어나지 않은 듯했다. 태양이 빛나는 한낮에 그 일을 떠올리다, 꿈을 꾼 건 아닌가 싶을 때도 있었다. 꿈인가 싶을 정도로, 우리는 그날 일을 입에 담지 않았다.

그렇다고 해서 그 경험 때문에 뭔가 바뀐 건 아니었다. 나는 로만과 평범하게 사귀었다. 가끔 같이 공부도 하고, 맛있는 것도 먹고, 영화도 보고, 키스도 하는 나날.

'이건…….'

그러다 학기 중에 집에서 온 편지 한 통을 받았다. 읽고 나서 그 내용을 이해하기 위해 또 한 번 읽었다.

'너무 급작스러워, 학기 중이고.'

내용이 거듭 읽는다고 바뀔 리 없다는 걸 알지만, 읽고 또 읽고를 반복했다.

'학기 중인데.'

편지는 비행기 티켓을 동봉하고 있었다. 한 장, 편도 티켓이었다.

'뭐 이렇게, 급하게? 급할 일도 없는데…….'

나는 언젠가 이 일이 일어날 줄 알고는 있었지만, 아무리 그래도 너무 급작스러웠다. 편지의 내용은 이러했다. 지정한 일시 집에 도착해, '적당한 상대'와 '만남'을 가져 보는 것이 어떻겠냐는 것이었다.

'그게 뭔데?'

'적당한 상대'. 나는 그 상대가, 로만이 될 수 없다는 걸 잘 알고 있었다.

"……."

나는 한참을 앉아 있다 정신을 차리고 로만한테 전화를 걸었다.

"이번 주 약속 취소해야겠어, 집에서 부르네. 무슨 일이 있나 봐."

……하고 말이다.

"무슨 일인데?"

"나도 모르겠어."

정말로 무슨 일이 일어나고 있는지 모른다. 그러니 거짓말을 한 것은 아니다. 거짓말은 아니었지만, 나는 찌르는 듯한 통증을 느꼈다.

그날 로만의 입에서 나온 말은 사실 내가 했어야 하는 말일까? 로만을 상처 입히게 될까? 종국에는? 아니면, 내가 상처받게 될까?

그 주 거짓말처럼 집에 왔다. 공항에 도착해 보니 동생이 마중을 나와 있었다. 당연히 주말만 보내고 올 것이라고 생각했기 때문에 아무 짐도 가져오지 않았는데, 루이가 물었다.

"뭐 안 가지고 왔어?"

나는 그 말에 놀랐다.

"왜 뭘 가져 와야 돼? 아직 방학도 되지 않았는데."

"뭐 필요한 게 있을 수 있잖아."

루이와 함께 걸으며 내가 물었다.

"편지 내용 너도 알아? 그게 무슨 뜻이야? 거기에 뭐 아는 거 있어?"

"내가 아는 게 뭐가 있겠어?"

루이가 말했다.

"그래서 적당한 상대가 뭔데?"

차에 탔다. 나는 루이가 나한테 뭔가를 숨기고 있다고 느꼈다.

"만남은 뭘 뜻하는 건데?"

이 순간이 이렇게 빨리 오리라는 것을 예감했기 때문에, 나는 그날 그렇게 초조해졌던 걸까?

"어?"

언성이 높아졌다는 걸 스스로도 느낄 수 있었다.

"네가 알고 있는 게 뭔데?"

"어른들이 하는 일을 내가 어떻게 알겠어?"

루이는 인상을 찌푸렸다.

"그냥 많은 가능성을 열어 두라는 거겠지."

"학기 중에?"

"누나, 이러지 말자. 왜 아무것도 모르는 척해?"

루이는 한숨을 내쉬었다.

"사교계 데뷔며 자선 파티며, 서로의 부모님을 알고 지내는 인간끼리 한데 몰아넣는 학교들. 그 모든 게 무엇을 위해서인지 알면서 말이야."

"……."

나는 그 말에 입을 다물어 버렸다.

'남들보다 좋은 상대를 만나 짝을 짓는 것.'

그래, 알지. 알기야 아는데.

'난 그렇게 매력적인 배우자가 아니었잖아. 누군가의 상대가 될 만큼.'

나는 화를 내려다 그만 맥 빠진 한숨을 내쉬었다.

"후……."

잊어버린 척했던 그날 밤이 그때 왜 떠올랐는지 몰랐다.

'그때─.'

그 일이 왜 후회되는지는 더더욱 몰랐다.

'로만한테 줄 수 있는 게 있었다면, 눈감고 모르는 척 주어 버릴걸.'

나는 우리 집안이 그래도 꽤 말이 통한다고 생각해 왔는데, 이 일로 인해 전혀 아니라는 걸 알게 되었다.

방에 들어와 머리를 싸맸다. 로만한테 전화를 해야 했지만, 그냥 머리가 하얬다.

'뭐라고 전화를 해야 하지?'

거짓말을 하긴 싫었다. 하지만 집에서 남자 한번 만나 보라며 날 여기로 불렀다고, 난 지금 그 남자를 한번 만나 보긴 해야 한다고, 어떻게 말할 수 있을까? 앞으로 어떻게 일이 흐를지 나도 모르겠다고?

'…….'

나는 책상에 손을 대고 가만히 있었다.

'이건 너무 불합리해.'

하지만 어쩔 수 없었다.

'아니…… 너무 합리적이어서 일어난 일일까?'

어쩔 수 없다는 걸 알고 있지 않는가?

'자유연애결혼주의라지만, 언젠가 로만도 이런 일을 반복하게 되겠지?'

나는 이 일을 나중에 겪게 될 미래의 로만이 질투나기까지 했다.

'바스커빌과 레오파르디.'

그렇다. 감정에 의존하는 결혼이 오히려 지극히 비합리적이다. 사랑에 의한 결합이란 건 이 세계에선 꿈이나 마찬가지였다. 결혼은 서로가 가진 자원을 교환하며 협동조합을 만들기 위한 수단에 불과했다.

사업을 도울 배우자를 얻거나, 정치적으로 가치 있는, 사회적 지위를 높여 줄 수 있는 인간관계를 획득하고 싶을 때 사용하는 법적 수단 말이다.

'우리는 사자와 늑대, 서로에게 얻을 게 없으니까.'

머릿속에 마구 종이 울리는 듯했는데, 나는 그걸 멈추는 방법을 몰랐다.

'로만.'

즐거운 소꿉놀이, 종이접기, 연애놀음……. 그래, 불장난은 끝났지. 종이 치는 것도 같고, 무엇인가 우르르 깨지는 것도 같았는데…….

'말이 만남이지.'

그건 얼음 궁전이 무너지는 소리 같았다.

'몇 번 얼굴을 익히고 식장으로 걸어 들어가라는 거잖아.'

로만과 함께 만들었던 종이 궁전이 찢기는 소리 같기도 했다.

루시는 그날 밤 그들이 걸렸던 마법을 완전히 잊은 듯했지만, 로만은 그렇지가 않았다.

'내가 미쳤지, 왜 그랬을까?'

수업을 듣다 말고 로만은 두 손으로 얼굴을 움켜쥐었다. 형들의 비웃음이 들리는 듯했다.

─아니, 어떻게 차려진 밥상을 차? 채식하겠다고 하더니 뭐가 어떻게 된 거야?

저 멀리 본가에 있어 이 상황을 알 리 없는 그들의 목소리가 말이다.

─심지어 루시도 원했는데?

로만은 어쩐지 자괴감에 빠져들었다. 분명 루시를 정말 사랑해서 한 행동이었는데, 루시한테는 도저히 설명할 수 없었다.

그 갈등으로 더 진지한, 아주 진지하고 배타적이며 독점적인 관계로 나아가려던 행위를 멈췄던 일이, 로만은 어쩐지 부끄러워 견딜 수 없었다. 루시는 뭐라고 생각했을까?

'내가 겁이 났다고? 둘만의 진지한 관계에 더럭 두려워졌다고? 한 발 더 나가려고 했었던 일에? 내가?'

그렇지 않았다. 정말 원했던 일이고, 사실 지금도 원하고 있는데⋯⋯. 로만은 그날의 일이 돌이킬 수 없는 실수라고 생각했다.

'나 바보 아니냐고.'

그다음부터 로만은 루시 몰래 콘돔 박스를 상비해 다녔지만, 그걸 쓰는 일은 일어나지 않았다.

'하아⋯⋯.'

때는 한번 놓치면 쉽사리 다시 오지 않는 법이다.

그 일이 있고 나서 루시는 여전히 다정했고, 로만을 절대 탓하지 않았다. 하지만, 오히려 '그날 왜 그랬어?' 하는 편이 나을 듯싶었다. 며칠 뒤 로만은 문득 깨달았다.

'아.'

지금 제 옆에서 싱긋 웃고 있는 루시는 아예 그 일이 일어나지 않았다는 듯이 굴 것이란 걸 말이다.

'안 돼!'

그런데 로만은 그날 일이 자꾸만 생각이 나고, 아쉽고, 섭섭하고, 할 수만 있다면 시간을 그날 밤으로 되돌리고 싶었다.

'흑⋯⋯!'

자신도 모르게, 울음과 닮은 신음이 터져 나왔다.

'아니라고······! 나 정말 이 관계에 진지하고 싶어!'

정말 형들이란 인생에 도움이 안 되는 조언만 해 대는 존재들이다. 자기들이 조금 더 앞서 살았다고, 다 아는 양 말이다. 차라리 방학 첫날 식사 자리에서 그 얘기만 듣지 않았더라면, 물 흐르듯 자연스럽게 흘러갈 일이었는데.

'아냐, 네가 생각하는 그거 아니라고!'

로만은 말하고 싶었지만, 기회가 없었다.

전혀, 아주 전혀—!

[이번 주 약속 취소해야겠어, 집에서 부르네. 무슨 일이 있나 봐.]

루시가 갑자기 부모님의 부름을 받고 돌아가 학교에 나오지 않은 지도 일주일이 지났다. 어느 날 당황스러운 목소리로 집에 무슨 일이 생겨 가 봐야 할 것 같다는 전화를 하더니, 연락이 뚝 끊기고 만 것이다.

학교도 나오지 않은 걸 보니 당연히 저를 피하려고 한 일은 아니었겠지만, 로만은 갑자기 멀어진 이 거리감이 당황스러웠다.

"지금 그래서 이게 내 잘못이란 거야?"

이때 이런 고민을 털어놓을 상대가 이놈밖에 없다는 것은, 로만에게 있어 불행이었다.

"너희가 그날 못 한 게?"

칼리드가 말했다.

"네가 그때 섹스 못 한 게 내 잘못이라고?"

일부러 크게!

"섹스라고 안 했어!"

로만은 카페에서 흠칫해 주변을 둘러보았다.

"아니, 지금 네가 은유, 비유, 직유로 말을 하려는 게 사실 섹스잖아. 섹스 아니냐? 왜 섹스를 부끄러워하고 그래? 너도 섹스 때문에 태어났으면서?"

일부러 빈정거리는 칼리드에게 로만이 낮게 으르렁거렸다.

"죽고 싶어?"

로만은 답답했고, 꼬여 버린 이 상황을 풀고 싶었다. 그래서 둘은 만났고, 로만의 말을 들은 칼리드는 이마에 손을 얹고 조그맣게, 그러나 들으라는 듯이 혼잣말했다.

"미친놈 아냐? 아니, 내가 또 이 미친놈 얘기를 또 왜 듣고 있는 거야?"

로만이 얼굴을 감싸 쥐고 중얼거렸다.

"루시가 연락이 안 돼. 그날 일이랑 관계있는 거면 어떡해?"

"하아…… 아니, 친척이 상을 당하셨다며. 상 치르니까 연락이 안 되고 그런 거겠지."

칼리드가 말했지만 로만은 아무래도 그게 아닌 것 같았다. 학기 중만 아니었다면, 아니 사실 지금이라도 당장 루시를 보러 달려가고 싶었다.

"어떡해, 나 벌 받나 봐. 그때 내가 잘못한 거 같아, 맞지?"

그날 멈췄던 일을 다시 시작하고 싶었다. 이 어색해진 관계를 돌릴 수만 있다면 말이다.

"……몰라, 죽어 버릴 거 같아."

로만은 제가 아무 말 없이 연락을 끊었을 때 루시가 이런 심정이었나 싶었다.

"30분 넘었다. 이제 내 얘기 해도 돼?"

로만의 흐느낌에 칼리드가 손목시계를 들여다보며 말했다.

"심장이 없는 새끼."

"심장이 없으면 죽지. 야, 얼마 전에 엠마가 말이야. 진짜 자기랑 결혼할 생각이면, 한 1년만 서로 좀 떨어져서 생각할 시간을 갖자는 거야."

"그거 대단하네."

"대단하지? 그동안 다른 사람이 눈에 들어오면 다른 사람도 만나 보재. 진짜 이게 말이야, 돼지야?"

칼리드가 한숨을 쉬며 자기 자신을 진정시키려다, 실패했다.

"심장이 없는 건 개지, 어떻게 남자친구한테 이런 말을 해? 진짜 걔 미친 거 아니니?"

"그래, 그건 너무했네. 다른 남자 만나고 싶대? 눈에 들어온대?"

"미쳤냐? 그게 아니라…… 내 직관이란 걸 못 믿겠다잖아……."

칼리드는 엎드려 엉엉 우는 시늉을 했다.

"그렇게 쉽게 반한 거면, 또 쉽게 식을 거 아니냬……. 이게 도대체 무슨 소리야. 무슨 소리냐고."

어쩌면 진짜 우는지도 몰랐다.

"나는 어쩌다 그런 애한테 반해 가지고 이런 모욕을 당하는 거야."

"나도 모르겠다."

"전생에 무슨 죄를 지었나 봐. 이럴 땐 도대체 어떻게 해야 좋은 거야."

로만은 심드렁하게 대꾸했다.

"엠마 말대로 시간을 가져 보든지. 너도 연애 좀 새로 해 보고."

엎드려 있던 칼리드가 번쩍 고개를 들더니 팩 쏘아붙였다.

"루시한테 똑같은 말 들어라."

"저주 거냐, 뱀 새끼야?"

저 새끼나 저나, 어려운 상대한테 걸렸단 생각이 들었다. 너무 사랑해서 어려운 건지, 아니면 애초부터 어려운 상대인 건지 로만은 알 수가 없었다.

첫사랑이었던 것이다.

그날 밤 오랜만에 루시한테서 연락이 왔다.

"루시?"

로만은 기다리고 기다리던 전화를 받았지만, 뒤이어 나온 루시의 말에 움찔했다.

[어…… 응, 난데.]

루시의 목소리는 긴장한 듯 작았고, 잔뜩 지친 듯 들렸다.

"이번 주에는 돌아오는 거야?"

[그래야지. 응, 맞아, 그럴 거야.]

루시가 말했다.

"누가 돌아가신 건데?"

로만은 그 목소리에 걱정이 되어서 견딜 수가 없었다. 무슨 일이 일어났는지 루시는 알려 주지 않았지만, 일단 누군가가 죽어 발이 묶여 있는 듯했다. 그게 아니라면 루시가 본가에 가 있을 이유가 없을 테니까.

"네가 아는 분이야?"

잘 대해 주시는 분을 잃은 건지, 루시의 목소리는 힘이 없었다.

[응…… 나중에 다 끝나면 설명할게.]

거기 가고 싶어. 루시는 이렇게 말한 다음, 갑자기 중얼거렸다.

[로만, 사랑해.]

"나도."

거기에 자신도 사랑한다고 말했다. 그 말 외에 다른 무슨 위로를 전할 수 있었을까? 그런데 그다음 루시가 이상한 말을 했다.

[나 믿지?]

로만은 전화를 끊고 나서야 알았다.

'나 믿지?'라니? 대체 뭘?'

루시가 보고 싶다는 말을 하지 않았다는 것을 말이다. 뭔가 께름칙했다.

'내가 뭘 믿어야 하는데?'

절대로 소화되지 않는 돌을 삼킨 것처럼. 로만이 정말 도움이 되지 않는다고 생각한 해롤드한테 전화를 건 건 그 때문이었다. 이야기를 다 들은 해롤드는 한참이나 말이 없었다.

"……왜?"

[넌 그 말을 믿냐?]

'바보 아냐?' 하고 해롤드가 중얼거렸다.

"어?"

[이걸 형이 오냐오냐 키워서 이렇게 된 건가? 루시 말을 믿느냐고. 너 왜 이렇게 멍청해? 지금 루시 학교 떠난 지 얼마나 됐어?]

"그게 무슨 뜻인데?"

답답해하는 형의 물음에 로만의 체기는 배가 되었다.

[무슨 뜻이냐고?]

수화기 너머로 해롤드의 깊은 한숨 소리가 들려왔다.

[뭐겠어, 너 말고 다른 남자 만나고 있겠지.]

"어?"

[요새 시즌이잖아. 아, 누구지? 누구야? 이렇게 혹…… 내가 확인 좀 해 볼게. 우릴 뭐로 보고.]

"그게 무슨 소리야?"

[무슨 소리긴, 이해하지 못한 거야? 이해하고 싶지 않은 거야?]

해롤드가 짜증스럽게 말했다.

[본가 영애의 발이 묶여야 할 정도로 유명인사가 죽었는데, 기사 한 줄 안 나

고 우리 귀에 안 들어오는 게 지금 말이 돼?]

　로만은 그 말이 믿기지 않았다.

　[본가에서 루시를 불러들일 핑계로 그런 이유를 사용했더라도, 지금쯤이면 그게 아닌 걸 루시도 알았겠지.]

　[나 믿지?]

　[그런데 너한테 아무 말도 하지 못한 거고. 생각해 봐, 그 일이 대체 뭐겠어?]

　지치고 피곤하게 들리던 루시의 목소리.

　[학기 중에, 너도 모르게, 루시가 지금 집에 가 있는 이유가 무엇이겠느냔 말이야.]

　해롤드가 그를 다그쳤다.

　[너 지금부터 정신줄 단단히 챙겨. 우리가 어떻게든 알아서 할 테니까. 이걸 괜히 저주라고 부르는 게 아니야. 루시의 상대가 누구든 넌…….]

　로만은 해롤드의 목소리가 더 이상 귀에 들리지 않았다.

　언젠가 닥쳐 올 일이라고 생각했지만, 루이한테 로만을 소개해 주는 게 아니었다.

　'이렇게 될 줄 몰랐어.'

　아무것도 모른다고, 우린 친구일 뿐이라고 딱 잡아뗐어야 했다. 그때 팔찌를 아무것도 모른다는 듯이 풀었어야 했다.

　'그때 루이가 로만을 만났던 일이 영향을 미치지 않았을 리가 없어.'

　나는 루이가 직간접적으로 손을 썼으리란 사실을 눈치챘다. 루이는 아무것도 모르는 척했지만 말이다.

'그러지 않고서야 이렇게 빨리 일이 진행될 리가 있겠어?'

나는 침대에 누워 천장을 바라보았다.

'루이를 로만과 만나게 하는 게…… 아니었나?'

아마 방학 때부터 상대를 물색했겠지.

나는 침대에 누운 채 팔을 들어 팔찌를 바라보았다. 그럼에도 불구하고, 지금이라도 풀어야겠다는 생각은 들지 않았다.

엄마와 아빠의 말이 귓가에 맴돌았다.

"루시, 우린 네게 그저 기회를 열어 주는 거야. 너와 비슷한 사람을 만날 수 있는 기회를. 이 세상은 넓고 네가 알아야 할 사람이 있어."

거기다 대고 난 이미 좋아하는 사람이 있다고, 로만 바스커빌이라고 하면 어떻게 되는 걸까?

방해받을까? 늑대와 양의 조합이라고 손가락질당하는 건 아닐까? 부모님께는? 부모님께는 어떤 영향을 미치는 걸까?

"우리도 널 무턱대고 결혼시킬 생각은 없어, 루시."

부모님은 상대를 만나 보라고만 했다. 세 번. 그 전에 정말 아니다 싶으면 그만두고, 만일 서로 마음에 든다고 해도 당장 결혼하는 건 아니라면서.

"만나 보면 말이 통할지도 모르잖니."

나는 그 말에 반박할 말이 없다. 우리 프라이드는 다 그렇게 결혼해 왔다. 아빠와 엄마까지도.

'말은 그렇게 해도 두 가문의 이해관계가 맞으면 당장 약혼 계약서부터 작성하는 게 이 세계잖아.'

아마 생떼를 쓴다면 이 선은 무산될지도 몰랐다.

'하지만 그다음엔?'

하기 싫다고 떼를 쓰면, 왜 하기 싫으냐는 이야기가 계속 나올 것이고, 그러다간 로만이 곤란해지는 상황이 올지도 몰랐다.

'로만이 나 때문에 전학 온 거, 지금 연애하고 있는 거, 진지하게 만나고 있다는 것까지 들킬지도 몰라.'

다들 〈로미오와 줄리엣〉의 이야기를 사랑하지만, 생각해 보면 그 이야기의 결말은 오해에서 비롯한 로미오와 줄리엣의 죽음이다.

'난 로만이 비난받게 하고 싶지 않아.'

난 몰라도 로만이 그런 취급을 당하는 건 싫었다. 나는 이번엔 로만을 끌어들이고 싶지 않았다.

'로만 몰래 끝내자.'

이 상황을 정리한 뒤에 얼른 돌아가고 싶었다. 학교로, 일상으로, 로만이 있는 곳으로.

맞선 당일 아침, 일어나니 머리가 오히려 상쾌했다.

'거절당하면 되지.'

그래, 거절당하면 된다. 상대편에서 이건 아니다, 두 손 두 발 들어 올리게 하면 된다.

'그래, 만나서 잘 설명하면 되지. 그리고 다시 돌아가면 되는 거야.'

이런 일을 한 번도 경험해 보지 않았고, 지금까지 그래도 설득과 대화가 통하는 가족들과 살았기 때문에 가능한 생각이었다.

수면 아래 상황은 알 수 없지만, 점심과 저녁 사이에 호텔에서 가볍게 커피 한 잔, 이게 첫 만남의 시작이었다.

굳이 루이가 운전기사를 자처했다. 고개를 돌려 창밖을 지그시 바라보며 내가 말했다.

"나 이렇게 팔려 가는 거야?"

차가운 말이 나가는 걸 어쩔 수 없었다.

"그 사람은 나에 대해 알긴 해? 나 거기 나갔다가 물벼락이라도 맞는 거 아니야?"

루이가 아랫입술을 꽉 물었다 떼었다. 핏기가 사라진 아랫입술로 동생이 말했다.

"누가 누나한테 그럴 수 있겠어."

"그래, 그건 그렇겠지."

"그건 그렇겠지가 아니라 그런 거야."

루이의 목소리에 점점 힘이 들어갔다.

"누가 레오파르디를 감히 비웃을 수 있겠어?"

나는 안전벨트를 만지작거리다가, 작게 한숨을 내쉬었다.

"네가 보기에도 난 레오파르디처럼 보이진 않잖아."

그 말에 루이가 우물거렸다.

"이번 만남에서 그런 건 걱정하지 마. 누나는…… 누나 생각보다 훨씬 예뻐."

나는 그 말에 웃어야 할지 울어야 할지 알 수 없었다.

"루이, 지금 연애하러 가는 게 아닌데, 내 외모가 무슨 소용이겠어."

연애하러 가는 게 아니라, 결혼 전 서류상엔 없는 하자가 있는지 확인하러 가는 거잖아.

맞아, 결혼이란 어차피 가문과 가문간의 정치적, 혹은 경제적 결합이다.

물론 우리 가족처럼 우연히 만나 사이가 좋아질 수도 있지만, 그건 확률일 뿐이지. 당연히 사자가 태어나는 가계도에서 내가 태어난 것처럼, 미래는 아무도 몰라.

지정된 장소는 예전에 로만과 루이가 만난 적이 있던 장소였다.

"같이 있어 줄까? 그분이 올 때까지."

내 표정이 걱정스러웠던지 루이가 호텔 앞에서 물었다.

"아니, 됐어. 도망치지 않을 테니까 가."

"……."

"가라니까."

루이를 보내고 나서 나는 내 손을 만지작거렸다.

'무서워…….'

사실은 무서웠다. 나는 언제나 내가 이렇게 만날 사람이 성격적으로나 육체적으로 아주 결함이 큰 사람일 거라고 생각해 왔다.

왜냐하면 내가 바로 그러니까. 치명적인 하자를 가지고 있으니까. 보기에 어울리는 짝을 내보내는 게 맞선 아닌가?

하지만 아니었다. 아니, 맞나. 이걸 하자라 한다면 치명적인 하자인가.

"여기예요."

성인이었다. 남자는 정식 인사가 아닌 상황을 고려했는지, 웃옷 없는 남색 셔츠 차림이었다. 그 모습이 무척 편안해 보였는데, 그렇다고 무례하게 느껴지진 않았다.

남자는 나를 보더니 읽던 책을 덮고 방긋 웃었다. 새파란 눈을 처음 본 것도 아닌데, 나는 홀린 듯이 그 눈을 응시했다.

"안녕하세요? 루시 양."

검은 머리칼과 잘 어울리는, 정말로 아름다운 색이었다.

"이야기 정말 많이 들었어요. 얼굴은 처음 보지만, 마치 친구처럼 아는 사람

같네요."

마치 차갑게 언 푸른 물 같은 눈동자였다. 바다가 얼어 있다면 이런 색일까?

"……."

나는 아무 말도 하지 못했다. 그가 일어나 내게 악수를 청하며 내 눈을 들여다보았다.

"날 아는군요?"

"예……."

나는 그 손을 맞잡았다.

'와…….'

나는 그제야 부모님이나 동생이 내게 왜 내 맞선 상대에 대한 장황한 설명을 늘어놓지 않았는지 깨달았다. 우린 한눈에 서로에 대해 알 수 있는 사람들이니까.

"하기야 그렇겠죠. 나도 루시 양만큼이나 유명하니까요."

머리에 솟은 사자의 귀. 책 근처에서 숨길 생각도 없이 살랑이고 있는, 표범의 꼬리.

'종간잡종…….'

실제로 본 건 처음이었지만, 나는 보자마자 그의 정체를 알았다.

"난…… 이걸 뭐라고 해야 하나. 그래도 자기소개를 오래 할 필요가 없어서 다행이네요."

생각보다 훨씬 더 허스키한 목소리로 남자가 웃었다.

"어색하죠? 나도 마찬가지예요. 이렇게 본격적인…… 맞선은 처음이거든요. 루시 양은 익숙한가요?"

그의 꼬리가 살짝 말렸다.

"아니에요."

"다행이네요."

악수를 끝내고 나는 맞은편 자리에 앉았다. 무례하단 걸 알았지만 그에게서 시선을 뗄 수 없었다.

"루시 레오파르디 양, 나는 데미안 레오폰이에요."

다른 사람들이 날 처음 만나면 시선을 뗄 수 없는 것처럼.

데미안은 그 시선이 익숙해 보였다.

"나는 어쩌면 루시 양의 가족들보다 루시 양과 비슷한 사람일지도 모르죠. 그 누구와도 섞일 수 없을 정도로 다른 사람이니까요."

그가 말했다.

"내가 여기 온 건 말이에요."

그는 레오폰, 고양잇과 짐승의 특성 중 가장 가까운 근연종인 사자와 표범의 결합으로 탄생한 특성을 가진 사람이었으니까.

"루시 양이 궁금했기 때문이에요."

겉으로 나타나는 모습은 사자의 갈기와 귀, 표범의 꼬리, 새파란 눈이었다.

"루시 양이 어떻게 생겼고, 또 어떤 삶을 살고 있는지요."

그건 나만큼이나 상상의 생물같이 희귀한, 그러면서도 분명 실재하는 그런 존재들이었다. 아마 나보다는 숫자가 더 많을 것이다.

사자, 표범, 호랑이 등 같은 특성을 공유하는 거대한 고양이 무리의 결합들.

'만일 우리가 혼인하면 우리의 피가 다퉈 나온 존재들은 누구일까? 사자? 아니면 호랑이? 아니면 그보다 더 나은 무언가?'

보통 결혼을 해 아이를 낳으면, 좀 더 강한, 생존에 적합한 특성을 가진 유전자가 발현된다. 우성과 열성, 우열의 원리 중 흔히 말하는 상위 유전이다.

우열을 가리기 힘들 경우, 동물의 예처럼 아예 섞여 버리는 경우가 있었다. 그 경우, 같은 종류와 결합하더라도 거의…… 다음 대까지 이어지지 못한다.

"……."

"루시 양은 내가 별로 놀랍진 않죠?"

"아니에요, 정말 놀랐어요. 지금도 놀라고 있어요."

"그렇다면 무례함을 감추는 법을 아는 사람이네요. 별로 놀라 보이지 않아요."

나는 그 말에 어색하게 웃을 수밖에 없었다.

'나도 아니까요.'

나는 내 성을 모르는 사람들에게, 내가 누구인지 감출 수나 있지…….

이 자리에, 나와 공통점을 가진 사람이 나올 거라곤 꿈에도 몰랐다. 그것도 아주 매력적인 남자가. 데미안이 메뉴판을 펼쳤다.

"지금 대학에서 유전공학을 가르치고 있어요. 아, 나는 크루아상과 커피를 시켰는데, 뭘 먹을래요?"

"저도 커피…… 로 할게요. 전 학생이에요. 고등학생."

"그렇군요, 공부는 어때요? 배움에 성실한 학생인가요?"

그가 미소 지었다.

"성실…… 잘 모르겠어요."

그의 정체 때문에 나는 생각해 온 말을 송두리째 잃어버렸다.

"그럼 좋아하는 과목은?"

데미안은 내가 궁금했다고 말했다.

나도 그가 궁금했다. 보자마자, 학자인 데미안, 레오폰인 데미안이 어떻게 지금 이 자리까지 오게 되었는지 궁금했다.

"잘 모르겠어요."

"저런, 자기 자신을 잘 아는 게 공부보다 중요한데요."

데미안이 빙그레 웃었다.

"전에 아버지는 제가 법학자가 되길 바라셨고, 저도 아버지가 바라는 것이 제가 바라는 것인 줄 알던 시절이 있었지만, 실은 그렇지 않았어요."

나는 강렬한 궁금증에 휩싸였는데, 그게 뭐에 대한 궁금증인지는 몰랐다.

"재미없을 텐데 내 얘기를 하자면, 나는 언제나 내 정체가 무엇인지 궁금해하던 사람이에요."

그가 하는 말은 마치 미래의 내가 앉아 나한테 들려주는 이야기 같기도 했다.

"어렸을 땐 도대체 내가 무슨 죄를 지었기에 이런 몸으로 태어났나 싶었죠. 이 게 내 의지도 아닌데요. 루시 양은 이해하겠어요?"

이해한다.

"나는 예전에 내 이름보다 키메라라는 별명으로 더 많이 불렸어요."

키메라는 고대의 신화 속에 나오는 전설의 동물로, 양과 사자와 뱀의 모습을 전부 가진 머리가 셋 달린 괴물이었다.

"사실 틀린 말도 아니잖아요? 그 궁금증이 나를 이 세계로 이끌었죠. 루시 양 도 그런가요?"

"네?"

"어렸을 때 내가 왜 이렇게 태어났는지 궁금해해 본 적이 있나요?"

나는 그 말에 완전히 빨려들었다.

"그럼요."

그래, 지금도 그 질문은 나를 사로잡고 있다. 도대체 무엇 때문에 사자들의 피 사이에 눌려 숨도 못 쉬고 있던 양의 유전자가 내 대에서 발현되었나. 그 질 문에 대한 답을 그는 가지고 있을까?

나는 피를 나눈 나의 가족들보다도, 이 사람이 더 가깝게 생각되었다.

그동안 나는 무인도에서 쭉 혼자였다. 로만이 배를 타고 노를 저어 내게 다 가와 주기 전까지.

"어릴 때 전 제가 돌연변이인 줄 알았어요."

그러나 이건 심지어 로만과도 나누어 본 적이 없는 대화 주제였다.

'나는 이런 이야기가 고팠구나.'

대화를 하다가 나는 그 사실에 문득 놀랐다.

"그건 잘못된 생각이었어요. 돌연변이란 아무 이유 없이 형질이 변화하는 건데, 전 아니잖아요."

내 외형은 그저 오랫동안 숨겨져 있던 유전자의 발현일 뿐이었다.

"그냥 이 가문에 잘 숨겨져 있던 것이 드러났을 뿐이죠."

그걸 알고 나자 나는 괴물 취급받는 게 억울했다. 하지만 아무도 알아주지 않았다.

"그렇죠, 맞아요. 언젠가 일어날 일이었죠. 사람들이 잘 오해하는데, 사실 유전자에 무엇이 낫고 옳다는 개념은 존재하지 않아요."

"그런데 책 속의 지식과 사람의 인식은 같지 않잖아요."

"맞아요, 언제나 그게 문제죠."

이야기가 통하는 사람을 이 자리에서 만날 거라곤 꿈에도 생각하지 않았는데.

"그래서 저는 입을 다물고, 대화가 통하는 사람이 나타날 때까지 종이를 접기로 했어요."

"종이를요?"

"사교계에 가 보셨어요?"

"아, 맞아요. 지루하고 괴로워서, 할 일이 필요하죠."

"……."

"내 경우엔 원주율을 셌어요."

"원주율이요?"

"정말로 아름다운 숫자죠. 거기에 더 이상 참석하지 않아도 될 때까지요."

한차례, 마치 사막의 단비 같은 대화가 끝나고, 데미안이 물었다.

"그런데 루시 양은 여기 왜 나왔어요?"

"……."

나는 그 말에 할 말을 잃었다.

"강요였나요?"

나는 긍정의 의미로 쓰게 웃었다. 잠깐 이게 맞선이라는 것도 잊고 있었다. 데미안이 말했다.

"제가 생각하기에 루시 양은 인기가 많을 것 같은데."

"전혀 그렇지 않아요."

내가 말했다.

"왜 그렇게 생각해요?"

"저는……."

나는 그다음 할 말을 입 안에서 우물거렸다. 사자와 표범이 뒤섞인 듯한 눈앞의 사람 앞에서, 내 뿔 때문에 다른 사람들이 내게 매력을 느끼지 못할 거라고 말할 수는 없었다.

"사람의 매력이 오로지 뿔이나 꼬리 혹은 귀에서 나온다고 생각하나요?"

내 다음 말을 알겠다는 듯 데미안이 말했다.

"그런 건 아니지만……."

"왜요, 그동안 루시 양이 좋다고 다가온 사람이 한 명도 없었나요?"

그 말에 난 바로 로만이 떠올랐다.

"내 생각엔 그럴 것 같지 않은데? 왜냐하면 루시 양은 아주 매력적인 사람이니까요."

그리고 이 상황이 다시금 떠올랐다. 그냥 우리가 오다가다 만나 대화를 나눈 거라면 즐거웠겠지. 하지만 나는 이 사람을 장차 결혼을 하게 될지도 모르는 남녀로 만나고 있었다.

"루시 양은 자신을 평가 절하 하고 있어요. 스스로 자신에게 제대로 된 평가를 하지 않으면, 당신을 갖고 싶은 남이 하게 돼요."

데미안이 말했다.

"그 사람은 아마 흠을 찾고, 그게 없다면 만들어 내기라도 할 테죠. 좀 더 값싸게 루시 양을 사기 위해서요."

나는 그 말에 움찔했다. 나를 손가락질하던 많은 사람의 얼굴이 머릿속에서 스쳐 지나갔다.

"그러니까 남에게 휘둘리지 않기 위해서라도, 루시 양은 자신에 대해 아는 시간을 가져야 해요."

"데미안 레오……."

"그냥 데미안이라고 불러요."

"당신은 자기 자신을 제대로 알고 또 평가하고 있나요?"

내 말에 데미안은 눈을 가늘게 뜨고 미소를 지었다.

"그럼요. 나는 잃을 게 별로 없는 사람이에요. 그런데 여기서 그런 사람들은 아주 많이 위험하다고 여겨지죠. 왜냐하면 다루기 까다로우니까요."

원래대로라면 무례하게 굴거나 이보다 일찍 자리를 박차고 일어나야 했다는 걸, 나는 뒤늦게야 깨달았다. 벌써 뉘엿뉘엿 해가 지고 있었다.

"돈이나 명예 혹은 권력으로도 말이에요. 그러니까 내가 여기 나온 건 100퍼센트 내 자의예요. 그런데 루시 양은?"

나는 그런 사람이 왜 이 자리에 나왔는지 알 수 없었다.

"전 좋아하는 사람이 있어요."

내가 말했다. 데미안은 눈을 동그랗게 떴다.

"사실 이 자리엔 거절당하려고 나온 거예요. 지금 만나는 사람이 정말 좋아요."

"알아요."

'어?'

나는 그 말에 놀랐다.

"내가 알 줄 몰랐어요? 우리는 살아 있는 것만으로도 사람들의 시선을 끌죠, 그리고……."

데미안은 눈을 살짝 감으며 웃었다.

"루시 양이 선택한 상대도 너무 시선을 끌어요. 바스커빌가의 셋째 도련님이 루시 양한테 목을 매고 있죠?"

거기까지 말하니 발뺌을 할 수가 없다.

"그 집안은 결혼을 위해서라면 모든 수단을 불사한다는 소문이 있더라고요. 미안해요, 뒷조사를 한 건 아닌데. 너무 유명했어요."

나는 얼굴이 새빨개졌다. 데미안은 그걸 다 알고 여기 나와 내 이야기를 들어 주고 있던 거였다.

"괜히 시간을 뺏어서 죄송해요."

"그런데 그건 또 그렇지 않아요."

데미안의 말에 움찔했다.

"선 자리에서—."

그의 표범 꼬리가 살랑였다.

"매력적인 남자나 여자에게 애인 한둘이 있는 게 흠이 되진 않죠. 그러니까 내 말을 오해하는 것 같은데, 나는 알면서 나왔다는 뜻이에요."

"데미안 씨."

"루시 양, 이런 세계에선 애인 한둘 있다는 것 정도론 아무도 겁을 먹지 않아요."

데미안은 한숨을 쉬듯 말했다.

"더군다나 사자가 늑대 때문에 겁을 먹는다는 건 있을 수 없는 일이죠."

"그냥 늑대가 아니에요."

나는 그 말을 하면서 어려 보이지 않기 위해, 그러니까 지나치게 발끈한 것처럼 보이지 않기 위해 노력했다.

"한둘이 아니고 하나고요. 저는 정말로 로만을 사랑하고 있어요."

데미안은 그 말에 눈을 동그랗게 떴다. 그리고 이내, 부드럽게 웃었다.

"루시 양, 난 루시 양이 점점 더 마음에 들어요."

그 말이 진심으로 느껴져서 나는 놀랐다.

"루시 양은 고등학생이잖아요. 사랑은 좋은 일이죠."

데미안이 말했다.

"우리가 아직 서로를 알지 못한다는 생각이 들지 않나요? 루시 양에 대해 궁금한 게 많아요."

"……"

"조금만 이야기하면 알 수 있을 것 같았는데, 더 많아졌어요."

"……"

"어렸을 때 내 생각도 나고요. 우리의 나이가 같았더라면 좋은 친구가 될 수 있었을 텐데요."

나는 이 사람의 이야기를 더 들으면 안 되겠다고 생각했다.

"전 이만 자리에서 일어날게요."

더 들었다간 완전히 말릴 것 같았다.

"바래다줄게요."

"괜찮아요."

"이걸 배신이라고 생각하지 말아요."

하지만 데미안이 함께 자리에서 일어섰다. 생각보다 키가 컸다.

"배신 맞아요. 이 자리에 있는 것 자체가 배신인데, 여기 나오는 게 아니었어요."

데미안이 보폭을 맞추어 나를 따라오며 말했다.

"나를 놓치면 더 큰 배신을 하게 될지도 모르는데, 그 늑대한테?"

나는 그 말에 멈춰 섰다.

"루시 양은 곧 성인이고, 내가 아니더라도 이 테이블에 앉게 될 사람은 많아요. 그중에 나보다 더 괜찮은 사람은 없을 거예요."

그는 자기 자신에 대해 정확하게 평가하고 있었다.

"그러니까 내가 바래다주게 해 줘요."

그 말에 내가 물었다.

"당신이 여기 와서 저에 대한 궁금증 외에 얻는 게 뭐예요?"

"솔직한 이야기를 듣고 싶어요?"

데미안이 웃음을 멈췄다.

"솔직한 이유를? 내가 원하는 건 돈도 권력도 명예도 아니고……."

처음으로 미소를 짓지 않은 순간이었다.

"그저 외로움에서 벗어나는 거예요. 그 무엇으로도 대체할 수 없는……."

"……."

"나는 아내란 이름의 벗을 원해요. 나도 그 아내의 가장 좋은 친구가 되어 주고 싶고요. 삶이란 사막은 너무도 고독한 곳이니까."

데미안이 말했다.

"혼자이기보단 둘, 셋을 원해요. 이런 날 이해할 수 있나요?"

나는 그 보석 같은 눈에 순간 빠져들었다.

"삶은 사막이고, 그 사막엔 나 말고 아무도 살지 않아요. 같은 종이라곤 아무도 없죠."

나는 예전에 삶을 무인도라고 여겼다. 그는 사막이라고 했다.

"아무와도 말이 통하지 않아서 나는 부끄럽게도 학문으로 도망쳤고, 아무한테도 이해받지 못하는 삶을 당연하게 여기며 살아왔어요."

그의 말을 차라리 이해할 수 없다면 좋았을 텐데―.

"루시 양처럼, 마치 사람들이 가득한 연회장에서 혼자 숨어 종이접기를 하는 것 같았죠."

나는 호텔 로비에 우뚝 멈춰 데미안을 바라보았다. 그가 날 내려다보았다.

"이런 고민, 해 봤겠죠? 다른 사람 생각보다 많이, 아니 아주 절실히."

사자의 귀와 표범의 꼬리를 한 남자가 푸른 눈으로 말이다.

"지금까지 루시 양 곁의 사람들은 겨우 머리 위에 돋아난 뿔 때문에 당신의 진가를 알아보지 못했을 거예요."

나는 그 말에 아무 대꾸도 할 수 없었다.

"루시 양을 알게 모르게 아주 많이 깎아내렸을 테고, 루시 양은 그걸 받아들 였겠죠."

거울 같은 두 눈 속에 그를 바라보는 내가 비쳤다.

"그 사람들이 말하고 생각하는 루시 양은 실제가 아니에요."

우리는 서로를 비추는 거울이었다. 아주 잠시 동안.

"오늘 루시 양과 했던 이야기 모두 즐거웠어요. 마음이 맞는 사람과 말이 통 하는 이야기를 한다는 건, 사실 기적이나 마찬가지예요."

나는 그 눈에서 갈망을 읽었다.

"나는 사실 별로 기대하지 않고 나왔어요. 아니었나 봐요. 나는 사막을 걷는 수행자고, 평생 함께할 수 있는 사람을 원해요."

그 갈망을 이해할 수 있었다. 내가 늘 하던 생각이니까.

"루시 양을 바래다주게 해 줘요. 날 한 번만 더 만나 봐요. 그렇게 한다고 해 서 세상이 무너지는 것도 아니잖아요."

"……."

"친구를 사귄다고 생각해요. 루시 양보다 조금 더 세상을 오래 산 친구 말이 에요."

나는 이 상황에 어쩔 줄 몰랐다. 차라리 데미안이 무례하고 이해할 수 없는, 기 분 나쁜 사람이었다면 좋았겠단 생각이 들었다.

호텔 로비를 지나가는 사람들이 우뚝 서 있는 우리를 호기심 어린 눈으로 바 라보았다.

우리 둘 다 별종이었다. 양의 뿔과 표범의 꼬리를 달고 이 세상을 살아가는 사자.

"날 좀 더 보여 줄 기회를 줘요."

"……."

"무엇보다, 루시 양이 집에 혼자 가면 루시 양의 부모님께서 아주 슬퍼하실 거예요. 내가 레오파르디가에 실례를 범하지 않게 해 줘요."

그 푸른 눈 속에 들어 있는 나를 무시할 수 없었기 때문에, 나는 결국 그의 청을 받아들일 수밖에 없었다.

"내가 차로 루시 양을 데려다준다고 해서 루시 양의 마음이 변하는 것도 아니잖아요."

무례하고 이해하기도 싫은 사람이라면 좋았을 텐데. 그저 내가 가진 배경만을 원하는 야심찬 남자, 내가 상상하던 그런 종류의 남자였으면 좋았을 텐데.

"레오폰은, 사자 프라이드에 속하긴 하지만 완전히 별종이에요. 사실 종으로 분류하기엔 그 수가 너무 적죠, 생식 능력도 없다시피 하고요."

차 안에서 데미안이 말했다.

"나는 지금 내 하자에 대해 알려 주는 거예요."

나는 그게 하자로 생각되지 않았지만 잠자코 듣고 있었다.

"그렇기 때문에 모두가 서로를 알죠. 현재 전 세계에 레오폰이 다섯 명 있는데, 그중 한 쌍은 서로 결합을 했고, 한 명은 너무 늙었고, 한 명은 어린 데다 나와 동성이에요."

"……."

"그래서 나는 오랜 시간 동안 내 짝은 없을 거라고 생각해 왔어요."

나는 그를 바라보았다.

"날 이해할 수 있는 사람은 아무도 없을 거라고. 물론 다른 종을 만날 수 있지. 그런 기회가 나한테 없던 건 아니었지만……."

얼음처럼 차가워 보이던 그의 눈동자가 이젠 외로워 보였다. 그는 핸들을 쥔 채 이제 혼잣말처럼 중얼거렸다.

"결실을 맺을 수 없다는 건 큰 결함이고, 나처럼 눈에 띄는 사람과 함께 사는 일은 사랑하는 사람한테 큰 부담이기도 하니까."

차가 횡단보도 앞에서 멈춰 섰다.

"하지만 혼자 살 수는 없는 거잖아요. 영원히 이해받지 못하는, 그늘진 부분을 가지고, 점점 더 외로워져 가는 자신을 어쩌지 못하면서……."

나는 그날 나의 거울 같은, 미래 같은 사람을 만났다.

집에 도착했다. 데미안도 함께 따라 내렸다.

"그러니까 내게 루시 양을 더 알 수 있는 기회를 줬으면 좋겠어요. 당장 뭘 결정지으려 하지 말아요. 나도 그러지 않을 테니까요."

그가 내 손을 쥐려다 멈칫하고 손을 물렸다.

"다음에 꼭 만나요. 둘만의 만남이 부담스럽다면…… 학교에서라도."

데미안이 집 앞에서 애원하듯 말했다.

"내가 일하는 분야가 궁금하다고 했죠? 학교로 와요. 초대할게요. 거기선 진짜 나를 볼 수 있을 거예요."

그가 나를 초대했다. 그의 학교로. 내 무엇이 그를 건드렸고, 애원하게 했나. '내가 무엇이라고?'

차가 떠났다. 나는 집 앞에 서서 한참 동안 망연자실했다.

우리의 만남은 혹시 아주 이전부터 준비되어 있던 것일까? 그게 아니라면 이렇게 딱 맞는 사람이 내 앞에 나타날 수 있었을까?

그것도 지금 이 순간에?

나는 집에 돌아왔다. 저녁 식사 시간 전이었다.

부모님은 서재에 계셨다. 내가 노크를 하고 들어가자 부모님이 동시에 나를 바라보았다. 나는 쭈뼛쭈뼛 가서 인사를 드렸다.

"저녁은 먹고 왔니?"

"아니요."

"사람은 어떻던?"

아빠가 내 눈을 들여다보며 물었다.

"잘…… 모르겠어요."

그게 내가 할 수 있는 말의 전부였다. 좋은 사람 같았다고도 할 수 없고, 좋지 않은 사람 같다고도 할 수 없었다. 부모님은 서로를 바라보았다.

"그럼 조금만 더 만나 보면 어떻겠니?"

"그래, 사람은 한 번 보고 알 수 없는 법이니까."

그 사람은 정말로 나를 한 번 더 만나 보고 싶어 한다는 걸 이미 안다는 투였다.

"장래 네가 가고 싶은 길을 미리 가 본 사람이지 않니. 유명한 학자더구나. 네 학년이면 이제 대학 강의도 미리 들어 볼 때가 되었지?"

"네게 강요하는 건 아니란다. 그렇지만 세 번만."

세 번. 세 번만 만나 보고 다시 학교로 돌아가도 된다는 게 부모님의 이야기였다. 그 정도면 상대와 우리의 체면을 살릴 수 있으니까.

세 번.

나는 제대로, 그러나 무례하지 않은 방법으로 상대를 물러나게 하고 싶었다. 그럴 수 있다고 믿었다. 데미안을 만나기 전까진 말이다.

'도대체 뭐라고 거절하지?'

그런데 이게 무슨 일일까?

'무슨 말로 그 사람의 마음을 돌리고?'

내가 오늘 무슨 말을 들은 거지? 누굴 만난 거고?

"……."

나는 일단 고개를 끄덕이는 것 외엔 할 말이 없었다. 오늘 벌어진 일조차 모두 해석하지 못했기 때문이었다. 잘 모르겠다.

계단을 올라가 방에 들어가려는데 문 앞에 누군가 서 있었다. 루이였다.

"어때?"

루이가 눈을 반짝반짝 빛내며 내게 물었다.

"괜찮았지? 그 사람?"

확정적인 말투였다. 그 말에 나는 아랫입술을 꾹 깨물었다.

"괜찮은 사람이었지? 누나가 보기에도?"

루이는 그 사람을 미리 알고 잘 이해하고 있었다는 게 그 말에 고스란히 드러났다.

"루이."

내가 말했다.

"어디서 그 사람을 만나게 된 거야? 네가 부모님을 부추긴 거야?"

"아니야. 부모님은 오래전부터 그 사람을 알고 있었어. 마음에 들어 하셨고."

루이가 말했다.

"누나를 만나기 전에 내가 먼저 만나 보긴 했어. 그게 왜? 내가 그러면 안 돼? 그 사람은 누나와 뭔가 맞아 보였는데? 내 착각이야?"

나는 머리가 지끈거려 왔다.

"네가 만약 사랑하는 사람을 만나게 된다면, 지금 나한테 한 일이 얼마나 큰 폭력인지 알게 될 거야."

내 말에 루이가 눈살을 찌푸렸다.

"한 발 뒤로 물러나 상황을 바라봐 봐. 누나."

그러더니 으르렁거렸다.

"사랑이 영원하고 절대적이라면 왜 모두가 그걸 선택하지 않겠어? 왜 조건을 따져 가며 사람을 만나겠어?"

나는 그 말에 루이를 바라보았다.

"함께 오랫동안 살려면, 모든 면에서 다른 사람이 아니라 닮은 사람을 선택해야 해. 특성이 그렇듯이 사람은 변화시킬 수 없는 거니까."

"루이."

"누나 생각보다 사랑 별거 아니야. 누난 첫사랑이라서 홀딱 빠진 것뿐이라고. 그건 몇 년 지나면 사라져. 유통기한이 있다고."

루이가 내게 따지듯 되물었다.

"그다음에는? 사랑이 사라진 다음에는 어쩔 건데?"

"……."

"비슷하고 이해하고 이해받을 수 있고, 같은 가풍과 특성을 공유하는 사람을 만나는 것보다 사랑이 대단해? 도대체 뭐가?"

루이가 물었다.

"훗날 내가 이런 걸 누나가 나한테 고마워하게 될지도 몰라. 이걸 폭력이라고 확신하지 마."

루이의 말에도 할 말이 없었다.

"네가 그렇게 생각한다면 우린 더 이상 할 말이 없지."

나는 그렇게 말하고 방으로 들어갔다.

몹시 피곤했다. 루이는 날 좋아하고 나도 루이를 좋아하지만, 역시 우리는 서로를 이해할 수 없을 거라는 생각이 강하게 든 하루였다. 로만이 보고 싶다.

'보고 싶어.'

눈을 감고 생각했다. 목소리도 듣고 싶고 어깨에 머리도 묻고 싶다. 그냥 만지고 싶고, 안고 싶고, 느끼고 싶었다.

'왜냐하면 나는 너를 사랑하고, 그 때문에 남들이 믿지 못하는 걸 믿고 싶어졌으니까.'

사랑은 호르몬의 작용일 뿐이라고 생각하는 사람들이 있다. 루이 같은. 예전엔 나도 그렇게 생각했다. 사랑은 별로 중요한 일이 아니라고.

"내가 원하는 건 돈도 권력도 명예도 아니고……. 그저 외로움에서 벗어나는 거예요. 그 무엇으로도 대체할 수 없는……."

로만의 목소리 정도야 전화를 하면 들을 수 있다. 하지만 왜 그러지 못하는지, 그럴 기분이 들지 않는지 알 수 없었다.

아니, 사실은 알았다. 로만에 대한 죄책감 때문이었다.

"나는 아내란 이름의 벗을 원해요. 나도 그 아내의 가장 좋은 친구가 되어 주고 싶고요. 삶이란 사막은 너무도 고독한 곳이니까."

무엇인가 이미 거대한 소리를 내며 굴러가고 있었는데, 내가 그걸 막을 수 있을지 알 수 없었다. 데미안의 말이 맞다. 그를 어떻게 쳐 낸다 해도 다른 사람이 오겠지. 다른 데미안이 오고, 또 다른 데미안이 오겠지.

나는 그 무엇보다도…….

"혼자이기보단 둘, 셋을 원해요. 이런 날 이해할 수 있나요?"

오늘 처음 만난, 게다가 자기보다 어린 사람한테 절박하게 이해를 바라는 데미안을 이해할 수 있었다. 너무도 잘 이해할 수 있었다.

✦━◈━✦

며칠 뒤, 데미안에게서 꽃바구니가 왔다. 자신의 강의를 들어 보면 어떻겠느냐는 초대장과 함께.

「관심 분야에 대한 대학 강의를 청강하는 시기와 계절이잖아요. 생각만큼 어려운 과목은 아니에요, 재미있고요. 미래에 대한 탐색을 해 본다고 생각해 보면 어떨까요?」

때 이른 장미였다. 불타는 듯 붉은 장미가 가득한 꽃바구니였다.

나는 다음 날, 인터넷에서 데미안의 이름을 검색해 보았다. 이름과 성을 동시에 검색하니 동명이인이 걸릴 일도 없었다. 그의 특성은 전 세계에 다섯, 멸종 위기라는 그 어떤 동물도 그보다 수가 적지는 않았으니까.

수많은 게시물이 떠올랐다. 데미안에 대한 정보는 생각보다 훨씬 많았다. 그는 여러 연구직에 속해 있었다. 자기 분야에서 유명한 상도 많이 받았다. '부끄럽게도 학문으로 도망쳤다'고 말하기엔 너무도 촉망받는 유전공학자였다. 그가 쓴 책이 몇 권 있었지만, 읽을 엄두도 나지 않았다.

데미안은 어떻게 내가 자신을 이해해 줄 거라고 확신했을까? 그것도 겨우 첫 번째 만남에 말이다.

그는 내 나이였을 때 어떤 불안감을 안고 있었을까? 무엇에 의지하고, 무엇으로부터 도망치고, 또 자기 자신이 무얼 원하는지 알기 위해 어떤 행동을 했을까? 나는 초대장을 만지작거렸다.

―어렵지 않아요, 들을 만한 강의예요.

초대장이 말했다.

―나는 당신과 같은 사람이에요. 나를 알려 주고 싶어요.

나는 눈을 질끈 감았다. 눈앞에 로만이 어른거렸다.

솔직히 말하자면, 데미안이 남자로서 매력적이었던 건 아니다. 하지만 그 외로움…….

나는 로만 외에 그 누구도 내 짝으로 생각해 본 적이 없었지만, 그의 외로움을 눈을 감고 무시할 수도 없었다. 왜냐하면 그 외로움을, 고독함을 누구보다도 잘 알고 있었으니까.

'그는 나와 닮았어.'

그건 아주 깊은 동질감이었다……. 외톨이 사자가 또 다른 외톨이 사자에게 느끼는, 동류의식이라고 부를 수도 있고 혹은 연민이라고도 할 수 있는.

해롤드는 온 정보망을 동원하여, 레오파르디가 루시와 선을 보게 한 상대가 누구인지 알려고 애썼다.

'교활한 놈들.'

지금까지 로만과 루시가 가까워지는 것을 그쪽 집안사람들이 손 놓고 바라보고만 있다고 생각했던 것이 패인이었는지도 모른다.

'지금 내가 엿 먹은 거야?'

해롤드는 레오파르디가 루시의 학교생활에 주의를 기울이지 않는다고 여겼던 것이 그들의 술책일지도 모른다는 생각을 지우느라 애를 써야 했다.

'이래서 정치가들이 싫다니까.'

인정하고 싶지 않지만 역시…… 한 방 맞은 것만 같다. 물줄기를 말리기 위해 그렇게 루시의 상대가 될 만한 집안들과 접촉해 왔는데 말이다. 하지만 상대를 들으니 해롤드는 맥이 빠졌다.

"레오폰? 레오폰이라고?"

맥이 빠지는 동시에 화가 났다. 해롤드는 회장실로 쳐들어갔다. 알렉산더에게도 정보가 들어갔는지 해롤드를 바라보는 그의 표정은 실로 미묘했다.

"형도 들었어?"

알렉산더는 미간을 찌푸렸다. 굳이 묻지 않는 것으로 보아 상황을 이해한 모양이었다. 해롤드는 어이가 없어서 핏대를 세웠다.

"아무리 그래도 루시가 그런 취급을 받을 애야? 그러니까, 다시는 이런 사건이 일어나지 않도록 대를 끊어 버리겠다는 생각인 거냐고!"

레오폰이 왜 생겼겠는가? 표범과 사자의 종간잡종인 레오폰에게도 장점은 있다.

잡종 제1세대는 양친 두 계통의 그 어느 것보다 우세한 특성을 띤다는 것. 마치 동물 중 말과 당나귀 사이의 종간잡종인 노새가 그 둘보다 튼튼하고 지구력도 강한 것처럼.

그러니까 레오폰은 표범의 특성보다도, 사자의 특성보다도 우수한 개체였다. 그 무엇보다 강하고 우아한 고양잇과 인간. 데미안은 그 특성을 뛰어난 머리로 증명하고 있었다.

하지만 문제는 2세대가 나타나지 않는다는 것이었다. 확률은 거의 0. 후세를 남기지 못한다면 그 모든 게 무슨 소용이 있겠는가. 가진 것을 아무에게도 물려줄 수 없고 결국 남 좋은 일만 하게 되는데.

"루시가 버리는 카드라면, 로만한테 줘도 되잖아. 바스커빌한테 줘도 되는 거잖아. 도대체가—."

해롤드는 언성을 높이려고 했다. 알렉산더가 고개를 젓지 않았더라면 욕을 쏟아 냈을 것이다.

"해롤드 그게 아니야."

하지만 알렉산더는 쓸개를 핥은 표정이었다.

"네가 말하는 상대가, 그냥 레오폰이 아니라 '데미안' 레오폰을 말하는 것이라면, 지금 레오파르디는 루시를 버린 게 아니야."

실책이 쓰디쓰다는 표정이었다.

"오히려 더 꽉 움켜쥔 거지. 지금 우리가 사자들한테 한 방 먹은 걸지도 몰라."

곧 겨울 방학이었다.

이 시기, 대학에 갈 학생들은 대학 지원 자격시험을 보기도 하고, 특별한 봉사 활동을 하거나 희망하는 전공의 대학 강의를 청강하기도 했다. 이걸 그 일환이라고 생각하면 되는 것일까?

얼마 뒤 나는 강의를 듣고 있었다. 수강은 아니고 청강 자격이었다.

"신은 주사위 놀이를 하지 않는다고, 여러분도 아시는 아주 유명한 과학자가 말했지만—."

데미안이 말했다.

"우리는 믿기 힘든, 아주 희박한 확률의 사건이 일어나면 그 일을 아름다운, 혹은 무서운 우연이나 운명으로 몰아 버리곤 합니다."

그의 허스키한 목소리가 강당에 울려 퍼졌다.

"왜냐하면 그게 이해하기 쉬우니까요. 하지만 과학자는 절대로 쉽고 편한 길을 선택해선 안 됩니다."

나는 몇백 명의 학생들 사이에 섞이려 애를 썼지만, 그게 잘 되었는지는 모르겠다.

"발생 확률이 0에 가까운 일은 도대체 왜 생각보다 자주, 아니 무수히 일어날까요?"

그날의 강의는 우연에 대해서였다.

"신이 있다면 그의 장난일까요? 그도 아니면 형용할 수 없는 어떤 계획?"

0에 가까운 확률의 기적 같은 일이, 어떻게 현실 세계에서 자주 혹은 거듭 일어나는 것처럼 보이는지에 대해 말이다.

"어느 과학자의 말대로 우연이란 신이 서명하고 싶지 않을 때 사용하는 가명일까요?"

"그게 무슨 소리야?"

해롤드가 물었다.

"루시가 가장 교감할 수 있을 만한 상대를 제 그룹 안에서 어떻게든 찾아 준 거지. 그 상대의 아주 치명적인 약점에도 불구하고 말이야."

알렉산더가 말했다.

"그 부부는 루시의 행복을 위해 그의 하자를 이해하기로 한 거야."

"뭐?"

"데미안 레오폰은 동시대 인간 중 가장 똑똑하고, 근사하고, 삶에 대해 깊이 탐구할 자세를 갖춘, 루시와 가장 비슷한 처지의 남자지."

"……근사?"

"그래, 근사한."

알렉산더는 어깨를 으쓱했다.

"똑똑하고 우아하고 아름다운 남자. 누구한테나 호감을 살 만한 사람 말이야. 이제 뭐가 문제인지 알겠어?"

해롤드는 어리둥절했다.

"생각해 봐, 루시는 우리가 가진 돈, 권력에 별로 매력을 느끼지 못할 거야. 왜냐하면 그것에 대해 한 번도 부족함을 느낄 새가 없었으니까."

"그런데?"

"그러니 남들이 그런 걸 갈망할 시간 동안 루시는 자기가 누구인지, 무엇인지 남들보다 훨씬 더 깊이, 많이 고민하며 살아왔겠지."

알렉산더는 생각보다 루시를 잘 이해하고 있는 듯했다.

"하지만 답을 얻을 순 없었을 거야. 자기 고민에 공감을 받을 순 더더욱 없었 겠지. 그런 식으로 평생을 살아온 게 그 아이야."

알렉산더가 하는 말을 들으면서도 해롤드는 도통 감을 잡을 수 없었다.

'그게 지금 루시와 로만의 관계랑 무슨 상관인데?'

데미안은 또 뭐 하는 자식이고?

"그러니까 놀랍게도 그 앤 무슨 이유인진 모르겠지만, 진짜 로만이 좋아서 로만을 선택한 거라고."

알렉산더의 말투는 그걸 정말 믿을 수가 없다는 투였다. 그러니까…… 루시가 로만을 사랑하게 된 것이 말이다.

"그러니까 루시한테 바스커빌은 오히려 장애물이지. 그런데, 갑자기 자기와 같은 고민을 공유할 수 있는 남자가 나타났어. 마치 마법처럼."

알렉산더는 거기까지 말한 뒤 한숨을 푹 내쉬었다.

"매년 대학교에 갓 입학한 여학생들이 교수와 사랑에 빠지지. 어느 소녀가 그런 남자를 거부할 수 있겠어?"

"뭐 로만이 레오폰한테 지기라도……."

해롤드는 발끈했지만 뒷말을 머뭇거렸다.

"내 동생이라 평가 절하 하는 게 아니라, 정말로 생각해 봐, 해롤드."

알렉산더는 주저함이 없었다.

"로만은 풋내기고, 데미안은 성숙한 상대야. 레오폰의 치명적인 약점이 루시한텐 아무것도 아닐 수도 있지."

로만이 데미안한테 상대가 되겠느냐는 투였다.

"고등학생이 무슨 아이에 대해 생각해 봤겠어? 이제 내가 궁금한 건 단 하나뿐이야."

알렉산더는 늑대가 달을 바라보고 우짖듯 신음했다.

"왜 이제 와서 갑자기 데미안 같은 남자가 루시 레오파르디한테 관심을 가졌을까? 반대로 생각하면 그에게 루시는 풋내기일 뿐인데."

그건 해롤드도 모를 일이었다.

"루시는 내가 생각하기에도 귀여워. 하지만 결혼 시장은 개인의 매력으로 승부 보는 곳이 아니잖아."

알렉산더가 말했다.

"그 남자가 왜 결혼 시장에 나왔을까? 또 그 상대가 왜 루시인 걸까?"

도저히 이해할 수 없다는 목소리로.

"이제 와 자신이 버리다시피 했던 사자 프라이드를 등에 업을 일이 생겼나? ……아니면 그 누구도 모를 다른 이유가 있나?"

루시가 떠난 동안, 로만은 루시가 정말 보고 싶었다. 그야 당연하지. 같은 학교에 다닌 이후 지금까지 이렇게 오래, 멀리 떨어져 있었던 적이 없었다.

'보고 싶다.'

게다가 연락도 잘 되지 않으니 불안했다. 그 이유가 심지어 자신에게 있는 것 같았다.

'연락이 잘 안 되는 건 루시가 정말로 바쁘기 때문인 걸까? 아니면, 내가 루시 동생한테 점수를 잘못 따서 감시라도 당하고 있는 걸까?'

그때 바스커빌 그룹 주식이라도 팔았어야 했는데. 차가 아니라 집이라도 사 줬어야 했는데.

"크흐흑……."

로만은 그때 그 일만 생각하면 아직도 후회로 눈물이 차올랐다.

"……."

로만은 수업을 듣다 말고 두 손으로 얼굴을 감싸 쥐었다.

"왜 질질 짜고 그래? 〈대수학〉이 그렇게 슬퍼?"

같은 수업을 수강하고 있던 칼리드가 물었다. 로만은 그의 말을 무시했다.

"아님, 주인 잃어서 분리 불안 장애라도 일어났냐?"

그러자 칼리드가 로만을 긁었다.

"죽고 싶어?"

로만은 루시의 마음에 대해선 전혀 의심하지 않았다. 왜냐하면…… 그냥 알지 않는가. 루시가 얼마나 저를 사랑하는지는. 루시에 대한 로만의 신뢰는, 주인의 무조건적인 애정을 의심하지 않는 개의 사고방식과 비슷한 데가 있었다.

"……뭐?"

해롤드의 전화를 받기 전까지, 로만의 믿음은 흔들리는 법이 없었다.

Chapter 16.

늑대지만
해치지 않아요

"그게 무슨 소리야?"

해롤드의 말을 들은 로만의 얼굴이 일그러졌다.

[나 이거 너한테 몰래 전화하는 거야. 알렉산더는 너한테 알리지 말라고 했지만, 이걸 어떻게 네가 모르고 있을 수 있어? 네 문제인데.]

그의 말을 믿을 수가 없었다. 로만은 수업을 마치고 집으로 돌아가며 그 전화를 받던 도중, 차를 세웠다. 사고가 날 것 같아서였다.

"집으로 돌아간 이유가 뭐라고?"

로만은 도저히 이해할 수가 없었다. 그도 그럴 게 루시가 선을 보러 집으로 돌아갔다니, 이게 말이나 되는 소리인가? 하지만 나쁜 소식을 전달한 해롤드는, 드물게도 계속해서 이 말을 되묻는 로만을 도발하지 않았다.

[아무튼 우리 선에서 알아서 해결할게. 금방 해결할 거야. 형 믿잖아. 넌 정신줄이나 단단히 잡아.]

그게 로만을 오히려 겁나게 했다.

[나 믿지?]

가뜩이나 루시와의 마지막 통화에서 문득 마음에 걸렸던 말이 해롤드의 말 속에서 튀어나왔기 때문이었다.

"……믿을 수 없어."

부서질 정도로 휴대전화를 꽉 움켜쥔 로만이 말했다.

"무슨 소리 하는지 하나도 모르겠어. 믿을 수가 없어."

해롤드가 하는 말이 너무도 믿기 어려웠다.

"루시는 날 사랑하고, 나는 루시를 사랑해. 왜 안 믿어 주는 거야?"

[이거랑 그건 다른 문제야.]

해롤드가 말했다.

[애석하게도 이 세상 사람들 모두가 바스커빌은 아니니까.]

로만은 그 말에 몸을 떨었다. 루시를 알기 이전에 로만은 두려움을 모르는 도련님이었다. 그런데 지금은?

[아무튼 얌전히 있어야 해? 총 같은 거 구해서 또 얼굴에 구멍 내려고 하지 말고. 알았지?]

아버지와의 이슈조차 루시에 비하면 사소했다.

뚜―.

로만에게 루시는 사랑받고 싶은 욕망의 총체였다. 루시의 사랑만 있다면 남은 어떻든지 좋았다.

'루시는?'

루시도 그럴까?

전화가 끊겼다. 제발 가만히 있으라는 해롤드의 부탁을 로만의 귓바퀴 속에 남기고선.

삐이―. 귀에 이명이 울리는 듯했다. 로만은 휴대전화를 쥐고 한참이나 가만 히 있었다. 숨을 골라 보려고 애썼다.

'아냐, 루시는 나를 좋아해. 아니, 사랑해. 나만큼이나.'

그건 여전히 부정할 수 없는 사실이었다.

'날 걱정시키지 않으려 그런 거겠지.'

루시는 나를, 나만을 사랑한다는 전제를 바탕으로 한 이성적인 결론이었다. 하지만 이성과 감성은 얼마나 다른가?

'집안의 부추김으로 나간 선 자리에서 인생의 남자를 만나게 된다는 게 말이되나? 그것도 나를 두고?'

지극히 0에 가까운, 그러나 0은 아닌 미미한 확률이 로만을 괴롭혔다.

'루시는 왜 나한테 말을 하지 않은 걸까?'

루시의 피곤해 보이던 목소리가 머릿속에 맴돌았다.

'그럴 리가 없어.'

로만은 떨리는 손으로 운전대를 쥐었다. 간신히 집에 도착했지만, 씻고 나와도 부재중 전화는 찍혀 있지 않았다.

'루시와 왜 연락이 되지 않는 걸까.'

그 사이에 사랑이란 징검다리가 있다 해도, 사람이 다른 사람을 완벽히 안다는 게 가능한 일일까?

'루시가 나 말고 다른 사람을 선택할 수도 있다고?'

로만은 루시가 갑자기 나타난 남자 때문에 자신을 버릴 사람이 아니라고 생각하면서도, 의심의 그림자를 떨쳐 버리지 못했다.

'나는 루시를, 루시는 나를 그 누구보다도 사랑하는데?'

"로만!"

루시가 돌아온 건 떠난 주의 금요일이었다. 단 일주일, 무엇이 일어나기엔 너무도 짧은 시간이었다.

'하지만 내가 루시에게 반한 건 한순간이었는걸.'

하지만 대대로 회자되는 유명한 명작, 〈로미오와 줄리엣〉에서 젊은 연인들이 사랑에 빠지고 죽는 시간도 그만큼밖에 걸리지 않았다.

"로만……."

루시는 로만을 보자 두려움이 녹아내리듯 안심한 얼굴을 했다.

"네가 정말 보고 싶었어."

공항으로 마중 나온 로만을 보자마자 달려와 두 팔로 끌어안았다. 루시의 향기, 루시의 체온이 너무 그리웠었다. 집에서 심하게 시달린 듯 루시의 얼굴은 창백했지만, 로만을 보자 곧 홍조가 돌았다.

"네가 얼마나 그리웠는지 몰라."

루시가 로만의 어깨에 얼굴을 비볐을 때, 로만의 불안감은 사르르 녹아내렸다.

'루시는 여전히 날 좋아해.'

루시는 자신을 여전히 사랑한다. 사랑한다고 가슴 깊이 느낄 수 있었다. 루시가 자신을 속일 이유가 무엇이겠는가?

―그렇게 믿고 싶은 거겠지.

하지만, 로만의 본능이 말했다.

―거지 같은 소꿉놀이는 제발 그만둬. 넌 평범한 연애는 애초에 불가능해. 평생 참거나, 아니면 폭발하거나 둘 중 하나일 뿐이지.

그 말을 듣지 않기 위해 로만은 루시를 꽉 끌어안았다.

―평생 참는 게 가능하겠어? 네가 아무리 노력해도 영원히 채식주의자일 수

는 없는 것처럼.

"보고 싶었어."

―넌 루시를 영원히 만족시킬 수는 없을 거야.

본능은 끊임없이 말했다. 로만의 가슴이 술렁거렸다.
"무슨 일이 있었던 거야?"
"그냥 아는 분이 큰 상을 당했어."
루시의 거짓말에 로만은 아무 말도 하지 않았다. 모든 게 정리되면 해롤드나
루시가 어련히 알려 주리라 생각했지만, 그 술렁거림이 그날 이후부터 가라앉
지 않았다. 언젠가 그를 열병처럼 사로잡았던 본능이 속삭였다.

―다른 사람들은 우리와 같지 않아. 우리가 미치는 이유가 바로 그것 때문이
지. 우리는 이 세상에 없는 것을 찾아 헤매고 있어.

그렇다. 이 세상에 없는 것을 원하기 때문에 지쳐 쓰러져 가는 것이 그들이
었다. 그러니 저주 같은 특성은 그들의 가계를 보존하기 위해 발현된 본능과
같았다. 집착과 소유욕과 독점욕……. 바스커빌의 본능이 로만을 들쑤셨다.
루시를 갖고 싶고, 독점하고 싶지 않으냐고. 그 누구의 눈에도 닿지 않는 곳
에 소중히 모셔 두고 싶지 않으냐고…….
이번에 본능은 자기 파괴적인 감정으로 흐르지 않았다. 로만은 이제 루시가
저를 사랑하는 것을 알기 때문이었다. 다만 본능이 이번에는 루시를 해치라고
속삭였다.
'루시.'

―루시도 널 사랑하잖아, 그럼 좀 망가뜨리면 어때?

로만은 루시한테 묻고 싶었다.

'왜 나한테 아무것도 말해 주지 않아?'

자신은 그곳에서 아무 일도 겪지 않았다는 듯이 침묵하는 루시한테 말이다.

'나를 믿지 않아?'

로만은 루시를 안고 굶주린 늑대처럼 떨었다.

그러고 보니 고기를 먹지 않은 시간이 아주 오랫동안 지나고 있었다.

나는 초대장을 들고 데미안이 있다는 대학으로 갔다. 초대장은 마치 흰 토끼 같았다. 나를 '이상한 나라'로 데려가는 존재처럼 느껴졌다.

'내가 그 사람이 하는 강의를 이해할 수나 있을까?'

결국 그가 쓴 책을 몇 권 도서관에서 빌렸지만, 기초 지식 없이는 이해할 수 없는 내용이었다.

'그 사람이 날 너무 높게 평가하는 게 아닐까?'

나는 그가 쓴 글을 한 줄도 이해하기 어려운 어린애일 뿐이다. 하지만 의외로 강의는 책보다 이해하기 쉬웠다. 타과생들에게도 열린 교양 강좌이기 때문인지도 몰랐다.

'그도 아니면 나 때문에 허들을 낮춰 준 걸까?'

손을 뻗어 질문하고, 열정적으로 노트에 펜을 놀리며 눈을 반짝이는 학생들 사이에서 나는 데미안을 바라보았다. 200명이 넘는 강의실에서 나는 사람들 사이에 잘 섞여 들었다고 생각했지만, 결국 푸른 눈동자와 시선이 부딪쳤다.

'아.'

눈이 마주친 순간, 데미안이 눈으로 웃었다. 온기에 녹은 빙하의 심이 잎맥처럼 갈라지는 순간 같았다. 그의 입가에 은은한 미소가 피어올랐다.

"모든 생명체는 생존하고, 자신의 형질을 후손에게 물려주기 위해서 진화합니다. 보이지 않지만 모든 생물은 살기 위해 노력하고 있습니다."

그는 잠시 텀을 두고 말했다.

"어떤 생물에게 이로운 변화가 발견되면, 그 변화를 가진 개체들은 생존을 위한 투쟁에서 이길 가능성이 높아지지요."

학생들은 데미안을 빛나는 눈으로 바라보았다.

"그렇기 때문에 자연의 강력한 대물림의 원리에 따라, 그 개체들은 유사한 변이를 가진 자식을 낳습니다."

그의 말은 물 흐르듯이 이어졌다. 귓가에 사각사각 그의 말을 받아 적는 소리가 가득 찼다.

"이 법칙은 우아하고 강력한 자연의 원리입니다. 수많은 세대에 걸쳐 반복되며 차츰 다채로운 종들이 형성되었습니다."

그때 난 데미안의 강의를 열심히 들었고, 이해했다고 생각했다. 그러나 당시엔 그 강의 자체가 나에 대한 어떤…… 호소란 걸 몰랐다.

"교배의 결과로 어떤 자식이 태어날지 우리는 정확히 예측할 수 없습니다. 오로지 자연이 선택합니다."

실은 이 강의 자체가 그가 나한테 처음부터 강한 호감, 아니 오래전부터 강한 예감을 느껴 왔던 이유에 대한 호소였다.

"어땠어요?"

강의가 끝나고 나서 학생들이 데미안을 충분히 괴롭힐 때까지, 나는 강의실 맨 뒷좌석에 앉아 그를 조용히 기다렸다. 오케스트라 좌석처럼 높낮이가 있는 원반형 좌석이라 내가 앉은 곳에서 그가 훤히 보였다.

학생들의 질문에 성실히 대답하면서도 데미안은 몇 번이고 내게 눈을 맞췄다. 미안하다고, 그의 눈이 말했다. 그때마다 나도 역시 눈으로 괜찮다고, 기다리겠다고 말했다.

"많이 기다렸죠?"

학생들이 사라지자 데미안이 훌쩍 뛰어 내게로 올라왔다. 정말 우아한 동작이었다.

"재미있었어요?"

"네, 보통 이런 식으로 수업을 하나요? 모두가 이해할 수 있을 만큼 쉽게?"

데미안은 고개를 저었다.

"아니요. 보통 내가 하는 수업은 좀 더 숫자가 많고 복잡해요."

그러더니 쑥스러운 듯 웃는다.

"하지만 듣다 보면 재미있을 거예요. 이해만 하면 혼돈으로 가득 찬 듯 보이는 이 세상이 실은 질서정연하다는 걸 알게 되죠."

데미안의 표정이 풀어졌다.

"사실 많이 긴장했어요. 루시 양의 눈을 본 순간부터 아차 싶더니 머리가 새하얘지더라고요. 며칠 전부터 준비한 건데 말이에요."

마치 처음으로 강단에 서 본 사람이 하는 말 같았다. 데미안의 의도가 진짜 자신을 보여 주기 위한 것이었다면, 이곳을 선택한 게 적절했다고 나는 생각했다.

"조금 이르지만 저녁 같이 할래요? 맛있는 레스토랑을 알아요."

강단에 선 그는 호텔 커피숍에서 만났던 때와는 다른 사람 같았다.

"괜찮아요. 집에 가 봐야 해요."

우린 복도를 걸었다.

"그럼 차는 어때요?"

햇살이 창을 통해 복도의 바닥으로 비쳐 들어왔다.

"교수실에 선물 받은 홍차랑 과자가 있어요."

"……."

"과자 좋아해요?"

데미안은 그다음에 온갖 과자 이야기를 했다.

"과자 정말 좋아하시나 봐요."

내 말에 그는 갑자기 얼굴을 붉혔다.

"미안해요."

"네?"

"사실 루시 양 올 것 같아서 이것저것 많이 준비해 놨어요. 우습죠. 어린애도 아니고."

나는 그 말에 무심코 웃어 버렸다.

"그래도 루시 양 또래 학생들한테 추천을 많이 받긴 했는데…… 좋아했으면 좋겠어요."

나는 웃다가 서서히 심각해졌다.

"왜요?"

'너무 좋은 사람인 것 같은데.'

이 만남이 더 이상 선이 아닌 것만 같다. 강제로 하는 일이 아닌 것만 같다.

'내가 만약 학생으로 교수인 이 사람을 만났더라면, 이 선생님을 인간 대 인간으로서 좋아했을 것 같아.'

하지만 오늘 온 목적은 그것 때문이 아니었다.

"흥미 있는 게 있으면 얼마든지 갖고 가도 돼요. 책이 아니더라도……."

데미안의 교수실은 작은 살롱처럼 느껴졌다. 책장에는 책들이 정연하게 꽂혀 있고, 푸른 일인용 의자가 몇 개나 놓여 있다. 포트에서 차를 끓여 내려놓으며 데미안이 물었다.

"꽃차 괜찮아요?"

"좋아해요."

"다행이에요."

붉은 꽃의 색이 따뜻한 물 안에서 서서히 번졌다. 그가 제 방을 낯선 사람처럼 둘러보다 웃었다.

"재미없어 보이죠?"

"그렇지 않아요. 오늘 강의만 해도 재미있었는걸요."

이곳은 데미안 본인의 힘으로 쌓아 올린 그의 왕국 같았다. 그가 하는 일, 그가 사랑하는 것들로 이루어진 완벽한 그의 성채 말이다. 나는 데미안이 이 작은 방을 만들기 위해 얼마나 노력했는지 알 수 있었다.

내가 만든 것은 종이 궁전이었다. 언제든지 다른 사람의 손에 스러질 수 있는. 하지만 그의 것은 무척 견고했다. 그의 점박이 꼬리가 살랑살랑 움직였다.

"긴장해서 그래요."

내가 그 꼬리를 무심코 시선으로 좇자 데미안이 말했다.

"루시 양이 이곳을 좋아해 주었으면 좋겠으니까."

차를 따라 주며 그가 말했다.

"오늘 강의, 어땠어요?"

"무수히 많은 경우의 수와 자연 선택에 관해서요?"

"네."

찻잔을 쥔 채 나는 곰곰이 생각했다.

"지금 여기 앉아 있는 저와 데미안 교수님이 갑자기 나타난 괴물 같은 존재가 아니라, 그저 진화를 향한 무수한 발걸음 중 하나였다고 말씀하고 싶으셨던 거죠?"

"탁월해요."

내 말에 데미안이 기쁜 듯이 웃어 보였다. 꼬리 끝이 지팡이 끝처럼 구부러졌다.

"그래요. 우리 모두는 어쩌면 빙 돌아갈 수도 있고, 아주 미미하게 나아갈 수

114

도 있지만, 어쨌든 발전하는 자연 선택의 결과물이에요."

향긋한 차에서 꽃 내음이 피어올랐다. 이게 우리의 두 번째 만남이었다.

"이 강의를 들려줄 수 있게 된 게 정말 기뻐요. 사실 루시 양이 나타나지 않았더라면 내 강의는 아무 보람이 없었겠죠."

"왜요?"

"그건 그 자리에 앉아 있는 다른 사람들이 아니라, 오로지 루시 양에게 오래전부터 들려주고 싶었던 이야기니까요."

내가 오늘 여기 온 이유 중 하나는 이 선 자리를 그의 편에서 물러 달라고 요청하는 것이었다.

"루시 양이 태어났을 때 난 아홉 살이었어요. 신문에서 루시 양의 존재를 안 순간부터 나와 이야기할 정도로 성장하기를 간절히 바랐죠."

또 다른 하나는 그에게 묻기 위함이었다.

'왜? 당신은 왜 여기 나왔나요? 당신 말대로 당신한테 돈, 명예, 권력이 중요한 게 아니라면?'

나는 데미안의 머릿속이 궁금했다.

"물론 루시 양을 만나는 게 두렵기도 했어요. 막상 마주했을 때 루시 양이 대화가 전혀 통하지 않는 사람으로 성장했을까 봐요."

그는 왜 나와 만나길 원했을까? 그는 지금 그 이유를 내게 알려 주려 하고 있었다.

"지금 이 이야기를 하는 게…… 너무도 조심스러워요. 날 그저 소름 끼치는 과학자나, 끔찍한 사람으로 받아들일까 봐서요."

데미안은 이야기에 앞서 무척 주저했다.

"내게 루시 양은, 이 세상에 태어난 사람이라면 모두가 찾기를 갈망하는……."

그 시린 눈이 파르르 떨렸다.

"삶의 목적일지도 몰라요."

나는 사자의 피와 심장을 가진 양, 그리고 그는 표범과 사자의 중간자였다.

"루시, 난 레오폰이에요. 당신은 양의 모습을 한 사자이고요."

데미안이, 자신이 바라는 것은 '삶의 목적'이 무엇인지 깨닫는 것이었다고 말했다.

"만약 신이 지금 우리 둘 사이에 앉아 있다면 왜 이런 장난을 쳤냐고 묻고 싶지만, 그건 과학자가 해야 하는 생각이 아니에요."

나는 이제야 강의의 내용이 바로 지금 그가 하려는 이야기와 연결되어 있다는 사실을 깨달았다.

"과학자는 결과에서부터 과정을 도출해 나가죠. 우리는 왜 같은 행성에, 그것도 동시대에 태어났을까요? 그것도 남자와 여자로?"

데미안이 날 원한다는 걸 그의 말뿐만 아니라 눈으로도 알 수 있었다.

"혹시…… 서로를 만나기 위해서가 아니었을까요?"

이게 바로 그가 날 초대하고, 내가 그 초대에 응한 이유였다. 데미안이 차를 한 모금 마시더니 이야기를 시작했다.

"우린 모두, 가능한 한 많은 걸 경험하고 깨달아서 그중에 가장 좋은 것을 자식에게 물려주길 원해요."

마치 내 마음을 읽은 듯한 서두였다. 나는 이제 그가 무슨 말을 하려는지 알 것 같았다.

"그건 어쩌면 우리 피에 새겨진 본능일지 몰라요. DNA, 세상에 존재하는 모든 생물은 발견한 것을 후손에게 물려주길 원하는 것 같아요."

"……"

"아이를 낳지 못하거나 누군가를 사랑하지 못하면, 인생의 목적을 이루지 못한다는 이야기를 하려는 게 아니에요."

데미안은 날 이해시키려 애썼다.

"이해하겠어요?"

"예."

"나는 그것이 100퍼센트 불가능하다는 생각을 하며 산 사람이에요. 지금까지 학문적으로도, 일상적으로도 특별한 친구나 파트너가 없이 살았어요. 혼자서요."

그는 단계를 천천히, 조심스럽게 밟아 가면서 나와 함께 종착지로 올라가길 바랐다. 나는 데미안의 특별 과외를 받는 학생이 된 느낌이었다.

"오랫동안 나는 고독했어요."

나도 그랬어요. 로만이 아니었다면 그렇게 말했을 것이다.

'고독했어요. 내 주변엔 날 사랑하지만 날 이해하지 못하거나, 내 존재를 부정하는 사람들이 가득했죠.'

로만이 내게 오기 전까지 말이다. 로만은 내게 와 빛이 되었다. 그 전의 난 무인도였을 뿐이었다.

'나는 인생이 허무하다고 생각하며 바닷가에 앉아 모래성을 쌓듯이 종이나 만지면서 살았어요. 로만을 만나기 전까지……'

나는 갑자기 무척 로만이 보고 싶어졌다.

"당신의 존재를 신문에서 읽었지만 그때 우린 너무 어렸죠. 서로 소통할 수 없을 만큼. 나는 당신을 오랫동안 잊고 살았어요."

"……."

"그런데 어느 날 당신 가문에서 사람들이 찾아왔죠. 나는 당신이 어떻게 성장했는지 그제야 궁금해졌어요. 처음엔 분명 호기심이었어요."

달칵, 데미안이 찻잔을 테이블에 놓았다.

"당신을 만나고 나서."

그리고 나를 뚫어지게 바라보았다.

"난 신비주의자가 아니고 운명을 믿지 않지만, 마치, 지금 이 순간을 위해 누군가가 날 오랫동안 기다리게 했다는 느낌을 받았어요."

그의 해왕성 같은 눈동자에 나는 관통당하는 듯했다.

"내 생각에 우린 비슷해 보여요. 이런 날 이해할 수 있겠나요?"

나는 아무 말도 할 수 없었다.

"나와 결실을 맺을 수 있는 레오폰은 지금 이 동시대에 없죠. 있다 해도 결실을 맺을 수 있는 확률은 지금까지 0퍼센트였고요."

교감하고 싶지 않았지만, 그의 고독을 내 것처럼 이해할 수밖에 없었다.

"나는 오직 아이를 낳기 위해서 표범이나 사자 특성을 가진 사람 한 명과 결합하는 그런 일은 하고 싶지 않아요. 난 종마가 아니니까요."

데미안은 살짝 고개를 저었다.

"게다가 난 날 이방인 취급하는 사람과는 도저히 내 감정과 삶을 공유할 수가 없어요. 그게 설령 나의 부모님이라고 해도—."

"알아요, 무슨 뜻인지 알아요."

그가 하고 싶은 다음 말을 내가 했다. 그러자 그는 고개를 끄덕였다.

"루시 양은 이 세계의 수많은 우연의 수가 만들어 낸 존재예요. 머리에 뿔만 있을 뿐 피와 심장은 사자의 것이죠. 생물학적으로 말이에요."

나는 이제 알겠다.

"나도 절반은 루시 양과 같은 사자고요."

우리가 처음 만난 순간부터, 데미안은 나에게서 사랑과 이해와 공감을 더 넘어서는, 어떤 가능성을 발견한 것이다. 자신을 이해해 줄 수 있는 사람과 가족이 되어, 희박하지만 자식을 낳을 수도 있는 가능성 말이다.

"우리가 함께한다면 어떤 일이 일어날까요? 우리 같은 케이스는 지금까지 단 한 번도 없었어요. 어쩌면 남들이 불가능하다고 생각했던 일이…….."

"……가야겠어요."

이것으로 내가 여기 온 이유는 끝났다.

'이 사람은 아주 외로웠던 거구나. 가족을 만들고 싶었던 거구나.'

하지만 나는 그 소원을 들어줄 수 없었다. 도저히 날 원하는 그 눈빛을 견딜 수가 없었다.

"더 들어 줘요."

그가 말했다.

"지금 루시 양에게 좋아하는 사람이 있다는 건 알아요. 사랑은 정말 좋은 일이죠. 아마 세상의 색깔이 달라 보일 거예요."

오랜 시간 동안 사막에서 홀로 살아온 사람의 절박함이었다.

"하지만 다시 한번 생각해 봐요."

그의 말에 나는 얼굴이 새빨개졌다.

"우린 때론 사랑을 통해 배우자를 선택하죠. 이 삶은 혼자 살긴 밤과 낮의 사막처럼 혹독하니까. 하지만 사랑이 끝나면?"

그랬다. 나의 사막은 언제나 차갑고 뜨겁기를 반복했다. 로만이라는 오아시스가, 텐트가, 지팡이가 나타나기 전까지는.

"하지만 루시 레오파르디 양, 사랑이 끝나면 어떻겠어요?"

데미안이 말했다. 여기 새로운 텐트가 있다고 말이다.

"사랑이 끝나면 그다음엔 무엇이 남을까요? 그건 이해와 공감이에요."

나는 당신을 위해 오래 전부터 준비되어 있었다고, 마치 운명처럼······.

"당신을 위해 무엇이든 해 줄게요."

"······."

"생각해 봐요. 우리는 딱 한 쌍 남은 외톨이 사자들이잖아요. 이 행성에, 동시대에, 나와 당신만큼 서로를 잘 이해할 수 있는 사람이 있을까요?"

그는 이 텐트는 영원히 무너지지 않을 것이라고 호소하고 있었다. 사랑과는 달리. 나는 그 말을 반박하지 못하는 내가 미웠다.

사랑. 로만과 내 사랑의 유통기한은 얼마나 남았을까? 우리는 영원히 행복할 수 있을까?

"누군가와 영원히 함께하기 위해서는 사랑을 뛰어넘는 확신이 필요해요. 바스커빌과 사랑하면서 모두의 반대를 언제까지 견딜 수 있을 것 같아요?"

나는 질끈 눈을 감았다 떴다.

"오직 사랑을 자양분 삼아 영원히 살 수 있을 것 같나요?"

"그건 데미안 씨가 상관할 바가 아니에요."

더 있다간, 그 말에 홀릴 것만 같았다.

"가야겠어요."

일어서는데 데미안이 함께 일어섰다.

"지금 당장 나를 선택해 달란 게 아니에요."

이 방을 나가기 위해 문을 열려고 했는데 열리려던 문이 다시 턱, 하고 닫혔다. 나는 고개를 들었다.

"날 루시 양 인생의 스페어라고 생각해 주시면 어떻겠어요? 이 우정을 유지하면서, 내 존재를 이따금 떠올려 주면?"

그가 날 내려다보며 자신을 내다 버릴 듯이 호소했다.

"바스커빌과 끝날 때 내게 오는 거예요."

나는 그 말에 아랫입술을 꽉 씹었다.

"루시 양."

나는 문을 열려고 했지만 그가 다시 닫았다.

"난 루시 양의 방해꾼이 아니에요. 오히려 조력자지. 나한테 기다리라고만 해요. 얼마든지 기다릴 수 있으니까."

데미안이 간절하게 말했다.

"앞으로 어떻게 살아야 할지 모를 긴 시간에 비하면, 몇 년쯤이야 얼마든지 견딜 수 있어요."

나는 듣고 싶지 않았다.

"지금 하는 사랑을 폄하하는 게 아니라, 내가 그만큼 절박하다는 거예요."

그러나 그는 계속 말했다.

"우주조차 탄생하고 죽어요. 설령 당신의 사랑이 끝나지 않는다고 해도, 그 늑대가 먼저 사랑을 끝내면?"

"나가게 해 줘요."

내가 말하자 데미안은 순순히 문을 열어 주었다. 나는 문을 열고 나갔다. 등 뒤에서 그의 목소리가 들렸다.

"당신은 나 같은 사람을 만나야 해요. 난 아마 이 세상에 남은 마지막—."

문을 닫으면서 나는 여기 오지 말았어야 했다고 생각했다.

그저, 혼란스러웠다.

데미안의 마음은 내 마음처럼 이해하지만, 사랑은 애걸해서 얻을 수 있는 게 아니었다. 주고 싶다고 해서 줄 수 있는 것도 아니었다.

"이제 그 사람에 대해서 다 알았어요."

가엾다고 사랑할 수는 없지 않은가?

그날 밤 저녁 식사 자리에서 내가 말했다.

"더 이상 알 필요 없어요. 학교로 돌아갈래요."

그 말에 가족들은 동시에 나를 바라보았다. 나는 질끈 눈을 감았다 뜬 뒤 고개를 절레절레 저었다.

"학교에 갈래요. 그 사람이 나쁜 사람인 건 아니지만, 더 만나는 건⋯⋯."

하지만 그것만으로는 그의 눈동자와 목소리에서 벗어나기 어려웠다.

"너무 괴로운 일이에요."

동정은 사랑이 될 수 없다.

마치 데미안은 인류를 뒤덮은 거대한 홍수 이후 이 세상에 마지막으로 남겨진 종 같았다. 낙원의 첫 번째 인간이 제 짝을 그리워하듯, 나를 그리워하고 있었다. 내가 그의 존재조차 모르던 순간부터.

그러나 내가 사랑하는 건 로만이었다. 그 모든 어려움에도 불구하고 같이 살고 싶은 건, 나와 같지 않음에도 나와 같이 되어 주고 싶어 하는 사람이었다. 난절대로 로만을 버릴 수가 없었다.

"그럼 그래야지."

"다시 말하지만 우린 네게 강요하려는 게 아니야. 일이 이렇게 되어서 미안하구나."

부모님은 내게 다시 비행기 티켓을 끊어 주었다.

비행기에 탔을 때, 나는 너무 안심했다.

'이제 돌아갈 수 있어. 아무 일도 일어나지 않았던 것처럼.'

공항에 도착하자 로만이 마중 나와 있었다. 나는 달려가 로만을 꽉 끌어안았다.

"보고 싶었어."

손을 뻗어 로만의 머리칼을 쓰다듬었다.

"로만, 정말 너무 보고 싶었어."

하지만 물리적으로 멀어진다고 해서 데미안의 호소에서 벗어날 수 있는 건아니었다.

─데미안을 그렇게 버려두고 간 게 너무하진 않아?

내 안의 일부는 그에게 설득당해 있었다.

─얼마나 괴로워하는지 네가 가장 잘 알면서? 그가 바로 너의 미래일지도 몰라. 로만이 너를 남겨 두고 떠난 후의 모습일지 몰라.

목소리가 속삭였다.

─사랑이 끝나면 네 곁엔 다시 아무도 남지 않게 될지도 몰라.

그 목소리는 나의 불안감이었다.

─그럼 넌 외톨이가 되겠지.

─네가 상대를 잘못 선택한 거라면 어쩌지?

나는 아니라고 생각했다. 나한텐 로만도 있고, 엠마도 있고, 칼리드도 있다. 하지만 이미 그의 목소리가 내 안에서 살아 숨쉬기 시작했다.

"그다음엔 무엇이 남을까요? 바로 이해와 공감이에요. 우리는 딱 한 쌍 남은 외톨이 사자들이잖아요."

'로만 너한테 영원히 사랑받고 싶어. 영원히 너를 사랑하고 싶어.'

바로 그 모든 게 불가능한 욕망이라고, 데미안이 말하고 있었다. 그건 인간이 영생을 살고 싶어 하는 욕망만큼이나 간절하지만 불가능한 것이라고. 그래, 별조차도 죽는데. 영원하지 않은데.

데미안은 영원한 사랑을 믿고 있지 않았다. 나는 그의 말이 정말일까 봐 겁을 먹는 동시에, 그에게 강한 연민을 느꼈다.

본가에서 돌아온 뒤 루시는 생각이 많아졌다. 밥을 먹거나 이야기를 하다가도 창가를 바라보며 멍하니 생각에 잠겨 버리곤 했다.

"루시?"

점심을 먹던 엠마가 손가락을 퉁겨 루시를 제정신으로 돌아오게 해야 했을 정도였다.

"왜 이렇게 힘이 없어, 이 시기에 더위라도 먹은 거야?"

엠마가 걱정스러운 얼굴로 물었다.

"……."

일주일뿐이었는데, 루시한테 분명한 변화가 느껴졌다. 무슨 일이 일어난 게 분명했다. 그걸 애써 무시하려 했지만, 로만은 자신도 모르게 아랫입술을 꽉 깨물었다.

"……."

머리로 솟구쳐 오른 피가 입술로 다 쏠릴 정도로.

"……."

칼리드가 그런 둘을 아무 말 없이 바라보았다. 결국, 칼리드가 로만을 뒤뜰로 불러냈다.

"너희 무슨 일 있어?"

루시가 아무 말을 하지 않으니, 로만을 털어 보려는 작정인 듯했다.

"싸웠어? 도대체 무슨 일이 있었던 건데?"

칼리드가 답답한 듯 물었다.

"말이라도 해 봐. 내가 해결해 줄 순 없겠지만 털어놓으면 마음이 편해질지도 모르잖아."

하지만 로만은 진짜 고민이 생기면, 그걸 다른 누군가한테 나누기조차 어렵다는 사실을 깨달았다.

"아무 문제 없어."

로만이 단호하게 말했다.

―사냥한 짐승은 단번에 죽여 주는 게 자비지. 네가 첫 번째 기회를 놓쳤기 때문에 앞으로 루시한테 더 심한 짓을 해야 할 수도 있어.

사실 그 순간조차도 본능은 로만의 귓가에 대고 속삭이고 있었다.

"우리 사이엔 아무 문제 없어."

실로 유혹적인 목소리였다.

―예를 들면…….

로만은 자신의 본능에게 들으란 듯이 으르렁거렸다.

"우리 사이에 무슨 문제가 있겠어, 아무 일도 없어."

실제로 그게 사실이었다. 적어도 둘 사이에선 아무 일도 일어나지 않았다. 하지만 세상은 무인도가 아니다.

루시는 분명 변했다. 마치 자신을 절반으로 갈라 반은 본가에 두고 온 것 같았다. 아니, 정말 두고 온 곳이 본가일까? 로만은 루시한테 거기서 무슨 일이 있었느냐고 직접 물을 수가 없었다. 무서워서였다…….

'상황이 대체 어떻게 돌아가는 거야?'

당장이라도 미칠 것처럼 답답해진 로만은 해롤드한테 전화를 걸었다.

"그래서 루시의 상대가 누구인데? 누구인 건데?"

상대라도 알고 싶었다. 도대체 루시를 사로잡은 게 누구인지, 상상하는 것만으로도 머리가 터질 것 같았으니까. 차라리 알면 속이 시원할 것 같았다. 때에 따라선 비웃어 버릴 수도 있을 것 같았다.

해롤드가 한숨 섞인 목소리로 로만을 달랬다.

[로만, 진정해.]

"난 충분히 진정하고 있어."

[그래? 내가 듣기엔 흥분한 것 같은데?]

"아무 짓도 안 할게. 왜 나한테 아무것도 알려 주려고 하지 않는 거야? 내 일인데?"

[아무 짓도 하지 않을 거라면, 상대를 왜 알려고 하는데?]

하지만 해롤드는 로만한테 루시의 맞선 상대조차 알려 주지 않으려고 들었다.

[왜? 알면? 네가 제정신으로 있을 수 있을 것 같아?]

그게 이유였다.

"난 괜찮아. 그냥 알고 싶어서 그래. 내가 자기 감정도 제어 못 하던 그때 그 꼬맹이로 보여?"

로만의 언성이 높아졌다.

[로만, 일단 질투심은 나이를 먹고 먹지 않고의 문제가 아니거든. 그러니까 형들이 해결할 때까지 얌전히 있어.]

거기서 해롤드의 전화기를 바꿔 쥔 알렉산더가 말했다.

[별일 없었어. 루시가 집에 있었던 기간은 고작해야 일주일이었잖니. 우리 믿고 얌전히 있을 수 있지, 로만?]

그건 오히려 별일이 있었다는 말의 반증이었다.

'고작해야 일주일?'

고작 일주일밖에 지나지 않았는데 루시는 변해 버렸다. 대체 누가 일주일 만에 루시를 뒤흔들었는가? 도대체 무슨 수를 써서? ……어떻게 하면 루시를 지킬 수 있지? 빼앗기지 않으려면…….

"로만?"

"……어?"

"무슨 생각해?"

카페 테이블의 맞은편에 앉은 루시가 물었다.

"그냥 너와 함께 있어서 참 좋다는 생각."

무슨 생각을 하는지 도저히 알려 줄 수가 없었다. 그걸 알면 루시는 달아나고야 말 테니까. 가끔 유혹이 있었다. 지극히 고기를 먹고 싶은 충동이 고개를 들었고, 지금 하고 있는 일이 무슨 소용이냐는 자기 합리화가 일기도 했다. 바로 지금이 그랬다.

'루시를 누군가한테 뺏기느니…….'

로만은 생각했다.

'……이 세상에서 빼앗아 버리는 편이 더 나아.'

방법은 많았다. 무궁무진했다. 고삐에 달린 가죽 끈은 점점 더 느슨해지고, 가늘어져 가고 있었다…….

'이제 와 나더러 기다리라고? 루시를 두 눈 뜨고 빼앗길지도 모르는 이 와중에? 이 기다림과 인내가 다 무슨 소용이야?'

기회가 있었을 때 루시를 가져야 했을까?

로만의 마음이 갈등으로 불타던 어느 날의 일이다. 창가를 무심코 내다보고 있던 로만의 시야에, 코끝을 밀고 운동장으로 들어오는 새카만 스포츠카가 걸렸다. 이 학교엔 어울리지 않는 차였다.

차의 움직임은 마치 사냥감을 향해 움직이는 포식자처럼 우아한 데가 있었다. 로만은 그 차의 주인이 누구인지도 모르면서, 어쩐지 시선을 뗄 수가 없었다. 차의 문이 열렸다.

'뭐야?'

운전석에서 꽃다발을 가득 안은 남자가 내렸다. 꼬리를 보니 고양잇과 특성 같았다. 남자는 옆구리에 꽃다발을 끼고 학교를 올려다보았다. 교실과 남자가 내린 관계자 주차장의 거리는 무척이나 멀었다. 그러니 눈이 마주쳤다고 느낀 것은 분명 로만의 착각이었을 터다. 그랬을 텐데…….

……빠드득.

로만은 자신도 모르게 이를 갈았다. 그가 누구인지도 알기 전에 느낀 본능적인 감각이었다.

'뭐야?'

로만은 온 신경이 곤두섰다. 마치 자신의 영역에 허락 없이 파고든 경쟁자를 만난 것 같았다. 남자의 존재 자체가 로만의 본능을 곤두세웠다.

"왜 그래?"

옆자리에 앉아 있던 칼리드가 잔뜩 날이 서 있는 로만의 등을 탁탁 두드렸다.

"어? 무섭게?"

칼리드가 로만의 시선이 향한 곳을 바라보았다.

"저게 누구야……?"

칼리드의 눈이 가늘게 접혔다. 남자는 마치 얼음 위를 미끄러지는 듯한 걸음

걸이로 학교 건물을 향해 다가오고 있었다.

"레오폰이잖아?"

제 등 뒤에서 들려온 생경한 말에 로만은 그제야 고개를 돌렸다.

"그게 누군데?"

로만의 무지에 칼리드가 잔뜩 눈을 찌푸렸다.

"누구긴? 몰라?"

썩어도 준치라고, 언론계 집안인 칼리드가 잘 아는 듯 말했다.

"전설의 남자지."

중의적인 말에 로만은 발끈했다.

"장난 아니니까, 자세히 말해 봐."

"한 세기, 아니 반세기 전까지만 해도 특성을 개량하는 일에 각 가문이 미쳐 있었잖아. 조금이라도 더 우월한 신인류를 만들려고."

그때 많은 방계들이 탄생했다. 지금은 그 유행도 한물가서 다시 순혈로 돌아왔지만……

"서로 다른 특성끼리 피 안에서 부딪치면 한쪽이 다른 쪽에 굴복하는 것이 일반적이지만, 그 특성이 서로 아주 닮은 경우엔……."

칼리드는 자신의 두 손을 겹쳐 보였다.

"이렇게 섞이기도 하지."

머리 위에서 수업 종이 쳤다.

"라이거, 타이곤, 레오폰은 거대 고양잇과 특성 교배의 결과물이야."

"고양잇과?"

"표범과 사자 말이야."

그 말에 로만의 표정이 변했다.

"그런데 레오폰이 이 학교엔 무슨 일일까?"

칼리드가 심드렁하게 말했다. 로만은 그를 다시 내려다보았다.

표범과 사자.

"레오폰 중에 여기 올 사람은 한 명뿐인데, 무슨 강연이라도 있나?"

그 모든 것이 한 몸에 섞인 사람.

학교에 돌아와서 나는 미묘한 감정에 시달렸다. 죄책감이었다. 데미안을 더
이상 만나지 않으면 된다고 생각했지만 그게 아니었나 보다.

데미안, 그는 내 안에서 외톨이 사자를 보았다. 나는 그의 안에서 미래의 내
모습을 보았고.

'내가 해결해 줄 수 있는 문제도 아닌데…….'

그의 존재를 한번 안 다음엔 다시 없던 것처럼 잊을 수는 없었다. 무슨 핑계
를 대서라도 선 자리에 나가지 말았어야 했다.

'맞아, 난 외로웠었지, 로만 덕분에 잊고 있었어.'

데미안과의 선은 물꼬를 텄을 뿐이다.

'내가 언제까지 로만과 연애할 수 있을까?'

그의 말이 다 맞다.

'우리의 사랑이 언제까지 이어지는 걸까……?'

지금 데미안의 청을 물리친다고 해도, 또 다른 데미안, 그리고 또 다른 데미
안이 얼굴과 이름만 바꾸어 내 맞은편 자리에 앉게 될 것이다.

'외면하던 순간이 내게 온 거야.'

그 맞은편 자리에 로만 바스커빌이 앉는 건 불가능한 일이겠지.

'그 순간이 내게 묻고 있어. 언젠가 난 선택해야 할 거라는 걸.'

데미안은 언제라도 좋으니 자신을 선택해 달라고 애원했다. 자신을 생각해
달라고 말이다.

"하지만 루시 레오파르디 양, 사랑이 끝나면 어떻겠어요?"

지금으로선 로만을 잃는 걸 상상도 할 수 없다. 내 심장엔 방이 한 개밖에 없었다. 그리고 나는 이미 그걸 로만한테 주었다.

하지만 내가 언제까지 이 선택을 거부할 수 있을까? 나는 하는 수 없이 그다음을 생각하게 되었고, 그럴 때마다 데미안의 목소리가 들렸다.

"날 루시 양 인생의 스페어라고 생각해 주시면 어떻겠어요?"

나는 그 말을 할 수밖에 없었던 그의 처지에 대해 생각했다. 얼마나 잔인한 일인가? 나는 누군가에게 그런 말을 하는 나 자신을 상상조차 할 수 없었다.

이렇게 좋아하는데, 잃으면 당장 죽을 것만 같은데. 그다음을 생각해야 했다. 언젠가, 언젠가는…….

"……."

우리가 헤어질 수도 있겠지.

"무슨 생각해?"

그도 아니면 아주 희박한 확률로…… 결혼하거나. 너와 결혼할 수 있을까? 우린 이렇게 다른데, 결혼하고도 행복할 수 있을까? 결혼은 사랑의 끝이 아니잖아. 네 사랑이 식으면……?

"루시?"

그럼 난 얼마나 아플까?

데이트하던 중에 로만의 얼굴 요모조모를 뜯어보던 나는 그의 말에 흠칫했다.

"내 남자친구가…… 참 잘생겼다는 생각?"

이 고민을 말할 수 있을 리가 없었다. 입에 담기조차 싫다. 하지만 이런 생각을 하는 자체가 로만을 잃어버리는 과정이 아닐까 하는 생각이 들었다.

'난 너와 헤어지기 싫어, 언제까지나.'

나는 이미 로만을 한 번 잃어버렸던 적이 있었다. 잃어버렸다고 믿었던 적이 있었다. 그 몇 개월은 지옥 같았다. 이번엔 어떨까?

'마치 심장이 깨지는 것 같겠지.'

나는 손을 뻗어 로만을 만졌다. 부드러운 피부 너머로 로만의 체온이 느껴졌다. 로만은 회색 눈동자로 가만가만 나를 바라보다가 내 손길을 더 잘 느끼려는 듯이 눈을 감았다.

"날 사랑해?"

내가 물었다.

"그럼, 사랑하지."

로만이 그렇게 말해 주었는데도 나는 악몽 속에 있는 것 같았다.

'널 갖고 싶어.'

나는 내가 가진 것을 다 버리고서라도 로만을 갖고 싶었다. 이 체온을 영원히 손에 넣고 싶었다.

'그럴 수 있을까?'

남들은 이걸 고등학생의 치기라고 생각하겠지. 심지어 마음속 한구석엔, 나 자신도 그렇게 생각하고 있었다.

'로미오와 줄리엣도 아니고…… 언제 끝날지도 알 수 없는 사랑 때문에 나는 모든 걸 버릴 수 있을까?'

나는 처음으로 무엇인가를 갈망했다. 아주 강렬하게. 그 전엔 이렇게 원하는 게 없었다. 언젠가 부모님이 말했다. 사자의 심장은, 원하는 것이 무엇이든 이룰 수 있는 힘을 상징한다고. 너도 그걸 가지고 있다고. 그런데 정말일까?

예전에 난 칼리드의 고백에 고민하는 엠마한테, 칼리드가 다른 사람과 끌어안고 키스하는 상상을 해 보라고 했다.

'만약 우리가 헤어지면……'

나는 자연스럽게 미래의 한 장면을 떠올렸다. 우리가 자연스럽게 헤어지게 되다면 언젠가 꼭 마주치게 될 장면이었다.

연회장에서 서로가 곁에 다른 사람을 둔 채, 어색한 인사를 나누는 모습 말이다. 나는 얼굴 없는 로만의 상대를 상상했다. 로만의 아내를.

'아! 불가능할 거 같아. 견딜 수 없을 것 같아.'

헐떡거리며 깨어났다.

'로만을 도저히 잃을 수가 없을 것 같아.'

마음 둘 곳이 없었다.

'이 세상의 그 무엇을 준다고 해도, 로만이 아니라면 싫을 거야.'

그걸 잘 아는데, 이 아픔을 말할 곳이 어디에도 없었다.

'로만이 아니라면, 내 곁에 로만이 없다면……'

그 누구한테 말하겠는가?

'나한테 그곳이 바로 사막일 테니까.'

나는 다시 고독해졌다. 아주 마음속 깊이 고독했다. 거대한 발톱이 내 심장을 할퀴고 지나가는 듯했다.

나는 이불을 물고, 이 순간이 지나가기만을 견뎠다. 내가 가진 것이 사자의 심장이라는데, 나는 고독하고 외롭고, 무척이나 아팠다.

지금이라도 부모님께 말해 볼까? 로만을 사랑한다고, 로만과 결혼하고 싶다고?

'아……'

물론 부모님은 나를 이해해 주려 애쓰시겠지만, 루이의 반응을 생각해 보면 난 정말 자신이 없었다. 모두가 날 손가락질할 것 같았다. 내 선택을 말이다. 내가 있어선 안 되는 사건의 결과로 태어났으니 더더욱.

현실적으로 생각해 보면 우린 첫사랑을 막 시작한 고등학생들일 뿐이었다. 첫사랑은 이루어지지 않는다는데.

'우리가 영원할 수 있을까?'

데미안과의 만남 때문에, 나는 이 문제를 더 이상 외면할 수가 없었다.

'난 더 이상 누구와도 선을 보고 싶지 않아. 로만한테 뭔가를 숨기거나 거짓말을 하고 싶지 않아. 어떻게 하면 그럴 수 있을까?'

나는 그런 생각에 자주 정신이 팔렸다. 엠마가 날 걱정했다.

"무슨 일이야?"

엠마는 내 훌륭한 상담 상대였다.

"대체 뭘 고민하는 건데?"

어느 날 견딜 수 없던 나는 엠마의 어깨에 기대어 내 불안감을 모두 털어놓았다.

"루시. 그러니까 난 잘 모르겠지만……."

그리고 내 말을 몇 시간에 걸쳐 다 들어 준 엠마는, 엠마가 아니면 할 수 없는 조언을 내게 해 주었다.

"왜 넌 네가 로만과는 결혼할 수 없다고 생각하는데? 가문의 반대 그런 건 다 차치하고서라도 말이야."

나는 엠마의 말을 듣기 전에 그 문제를 의식한 적이 없었다.

"불가능하진 않잖아. 너만 해도 그, 양의 특성과 사자의 특성을 가진 분들이 결혼해서…… 태어난 거잖아."

물론 의식은 했는데, 깊이 파고들어 본 적이 없던 것 같다.

"그 두 분은 한 거잖아. 어쨌든? 가문의 반대를 이기고? 그 두 분은 어떻게 결혼한 건데?"

양과 사자. 그 둘은 어떻게 결혼을 했을까? 어떤 역경과 우여곡절을 헤치고?

이때까지 나는 그 이야기에 전혀 관심이 없었다. 아니 오히려, 나의 뿌리이기도 한 그 이야기를 애써 외면해 왔다. 모두가 언급을 꺼리는 주제니까.

'엠마의 말이 맞아.'

내가 두 사람의 이야기를 찾아보기로 한 건, 그들의 결말에 내 고민을 풀어 줄 해답의 실마리가 있을지도 모른다는 생각에서였다.

'거슬러 올라가 보자. 이 일이 일어난 원인까지.'

지금에야 유명무실하지만, 우리는 한때 왕가의 한 갈래였다. 공작령이 있고, 공작 칭호를 받고 대대로 왕가와 결혼했다.

그걸 다 잃어버렸던 것은 오로지 사랑, 갑자기 우리 세계에 처들어온 검은 양 한 마리 때문이었다. 학교 도서관에도 그 이야기가 실린 책이 있는데 표지의 제목이 낯 뜨거웠다.

〈역사 속 신데렐라 이야기〉

'내가 이래서 더 안 찾아보려고 한 건데.'

하지만 사람들의 관심을 끌 만한 이야기였기 때문에 누군가가 이 책을 펴냈을 테고, 그래서 지금의 내가 읽을 수 있게 된 것이다. 그걸 운명이라고 부를 수도 있을까? 신이 서명을 하지 않은 우연이라고?

나는 도서관에서 책을 꺼내 들었다. 그리고 그 자리에서 읽었다.

전쟁과 협상과 권모술수가 난무하던 세계에, 난데없이 머리에 뿔을 단 평민이 한 명 등장한다. 그녀의 이름은 소피. 프란츠가 그를 사랑하기 전까지, 그녀는 역사상엔 아예 존재조차 하지 않는 사람이었다. 하늘에서 뚝 떨어진 듯한 그녀는, 신분은 낮으나 귀족이었던 것조차 아니고 그냥 재봉사.

'어?'

귀족들의 옷을 만들던 재봉사였는데…… 어느 날 그녀는 젊은 공작의 옷을 재단하게 되었다.

'재봉?'

그건 내가 생각지도 못했던 분야였다. 난 사실 그녀가 직업을 가진지도 몰랐다. 먼 옛날이잖아. 여자가 직업을 가지기 힘들었던 시절이 아닌가.

아무튼 프란츠 레오파르디와 소피 하트만은 사랑에 빠졌다. 사랑에 빠졌다면, 그냥 애인이나 정부 중 한 명으로 두었어도 좋았을 텐데, 프란츠는 그렇게 하지 않았다. 그는 황제였던 형을 설득하다 결국, 성과 재산 상속을 포기하고 소피와 결혼했다. 사진 한 장이 남아 있었다. 책 속에…….

「그들의 행복했던 한때」

양산을 쓴 소피와 군복을 입은 프란츠의 모습이었다. 나는 그 사진에서 시선을 뗄 수가 없었다. 젊은 연인들이 사진사가 아니라 서로를 바라보며 수줍게 웃고 있었다. 나는 엄지로 그들의 얼굴을 문질렀다.

'애인으로 두어도 충분했을 텐데.'

그런 시절이었다. 프란츠 레오파르디는 소피를 애인으로 두는 것만으로도 충분히 자신의 사랑을 증명할 수 있었다. 하지만 그는 그러지 않았다.

소피에게는 영지에 근사한 저택을 하나 지어 선물로 주고, 그녀와 자식들을 낳아 그들에게 적당한 이름과 성을 주어도 좋았다. 그런데 프란츠는 그러지 않았다.

'행복했을까?'

나는 그에게 이제 와 물어보고 싶었다.

'모든 걸 버리고도 후회하지 않았을까?'

「그들의 행복했던 한때」

바로 사진 속에 답이 있었다.

'어떻게 그런 확신을 가질 수 있었지?'

나는 고민하다가 휴대전화로 책을 찾아보았다. 내가 지금 읽고 있는 책은 이미 절판되어 있었다. 그런데도 나는 그 사진에서 시선을 뗄 수가 없었다. 그래서……. 나는 무의식중에 사진이 있는 페이지를 찢었다.

지익—.

그리고 그게 구겨질세라 돌돌 말아 스커트 주머니에 집어넣었다. 태어나서 처음으로 한 도둑질이었다.

'난 내가 소피한테 공감할 줄 알았어. 난 양이니까.'

공작과 결혼해 신데렐라가 된 재봉사 말이다. 하지만 아니었다.

'프란츠는 어떻게 용기를 낼 수 있었을까?'

나는 수많은 선조들의 장점 혹은 단점이 결합된 정수이고, 그러니 내 피 안에는 분명 프란츠의 일부가 있을 터였다.

'어떻게 자신이 가진 걸 포기할 수 있었을까?'

분명 내 안에는 그의 피도 흐르고 있을 것이다.

'소피가 그만큼 소중했을까?'

나는 프란츠의 마음이 궁금했다.

'소중했기 때문에 그림자 여인, 정부론 삼을 수가 없었던 걸까?'

그가 지금 내 앞에 있다면 나는 내 할아버지한테 묻고 싶다.

성과 재산과 직위를 버리고 후회한 순간이 단 한 번도 없었나요? 그 모든 걸 버리고 얻은 그 한때는 얼마나 가치 있었나요?

나한테도 로만이 소중하다. 하지만 내가 그런 행동을 할 수 있을까? 사랑을 위해 모든 걸 버릴 수 있을까? 사랑이 내게 거대한 희생을 요구한다면 난 어떤 선택을 할까?

그 질문에 대한 답을 나는 아직은 알 수 없었다.

나는 그 사진을 내 방 벽에 붙여 놓고 이따금 들여다보았다. 나는 사진에게 말을 걸었고 사진도 내게 말을 걸었다.

소파에 앉아 함께 영화를 보고 있는데, 로만이 무심한 어투로 말했다.

"루시."

"응?"

"우리 결혼할까?"

나는 아이스크림을 스푼으로 퍼먹다 눈을 깜박깜박 떴다. 우린 이제 아이스크림 한 통을 들고 서로의 집에 가서 하는 데이트에 익숙해졌다.

"어?"

"복잡해 보이지만, 사실은 정말 간단한 일이야. 시청에 혼인 신고서만 내면 되잖아."

로만이 내 머리칼을 쓸어 올리며 물었다.

"너만 결정하면 돼. 루시, 나와 결혼하고 싶어?"

"······."

"우리 그냥 결혼해 버릴까? 그냥 두 눈 감고?"

나는 그 말에 입을 다물고 로만의 눈동자를 바라보았다. 로만이 내게 재차 물었다.

"루시, 넌 나와 결혼하기 싫어?"

로만의 손은 내 머리칼을 계속해서 쓰다듬었다. 끈질기게······.

나는 아이스크림 통을 테이블에 내려놓고 두 손을 뻗으며 말했다.

"키스해 줘."

그리고 얼른 로만의 입에 키스했다. 로만의 입술에선 아이스크림 맛이 났다.

'네가 소피이고······.'

로만은 내가 말을 돌리는 걸 빤히 알겠지.

'내가 프란츠일 수 있다면.'

얘를 데리고 어디론가 도망갈 수 있다면 얼마나 좋을까.

하지만 로만은 소피가 아니어서 가진 것이 너무 많았다. 그걸 버려 달라고는 도저히 말할 수가 없었다.

'우리 함께 도망갈래?'

불가능한 일이었다.

'이번에야말로?'

그 시절 불가능한 일을 가능하게 했던 계기가 무엇일까?

입술이 떨어졌다.

"간단한 일이겠지?"

"그럼. 한 시간도 안 걸릴걸?"

내 물음에 로만이 답했다. 하지만 그 간단한 일에는 큰 용기와 결심이 필요했다.

나는 버릴 수 있을까? 로만한테 나는 내가 가진 것을 다 버릴 테니 너도 버려 달라고 할 수 있을까? 그게 얼마나 이기적인 일인지 알면서도? 물어볼 수라도 있을까?

가슴이 곤두박질치듯 두근거렸다. 나는 그 두근거림이 흥분감인지 두려움에서 비롯된 감정인지 알지 못했다. 아직은.

데미안을 다시 만난 건 그로부터 몇 달 후였다. 데미안한텐 아직도 미안하다. 내가 로만을 만나지 못했더라면 그의 제안을 받아들였을지도 몰랐으니까.

사랑은 번개처럼 번뜩이기도 하지만, 가랑비에 젖듯이 서서히 스며들기도 하는 것이니까. 그와 그런 식으로 사랑을 시작했을지도 몰랐다. 가끔은 필요가 사랑을 낳기도 하니까. 우리 부모님도 그런 식으로 조심스럽게 사랑을 시작했다.

하지만 내 마음속엔 이미 로만이 있었고, 선택의 순간이 내게 다가오고 있었다.

어느 날, 상담 선생님이 누군가 날 찾아왔다고 말했을 때. 나는 상대의 이름을 듣기도 전에 그게 데미안이라는 걸 이미 알았다.

'올 게 왔구나.'

하기야 쉽게 끝날 거라곤 생각하지 않았다. 나는 심호흡을 한 뒤, 상담실 문을 열었다.

"루시."

상담실 문을 열었을 때, 꽃을 들고 책상에 걸터앉아 있던 데미안이 몸을 일으켰다.

"……."

그야말로 태양처럼 불타는 새빨간 꽃다발. 안개꽃 한 송이 없는 장미 다발이었다.

"잠깐만요."

꽃을 보고 내가 문밖에 그대로 서 있자 데미안이 말했다.

"잠깐만요. 무엇을 겁내는지 알아요."

내가 물었다.

"내가 무엇을 겁내는데요?"

"내 얼굴을 한, 가문 간의 결혼이지요?"

이 사람의 말은 여전히 정곡을 파고들었다.

"하지만, 나를 영원히 피할 수는 없을 거예요. 어린애도 아닌데, 언제까지나 의무를 회피할 순 없다는 건 루시 양이 가장 잘 알고 있잖아요."

그렇다. 데미안의 얼굴을 한 가문이 내게 말했다.

"난 제안을 하려고 여기 왔어요."

그 말이, 내가 문고리를 움켜쥐게 했다. 그리고 나를 안으로 끌어당겼다.

"듣기만 해 봐요."

"……."

"문은 닫고요. 듣기만 하고 거절해도 돼요. 당신한테 나쁜 제안은 아닐 거예요."

그의 귀가 잔뜩 뒤로 젖혀졌다.

"당신을 방해하고 싶지 않아요, 미움받고 싶지 않으니까요."

나는 상담실 의자에 앉아 꽃을 든 데미안을 바라보았다. 그는 꽃보다 더 눈에 띄는 사람이었다.

'로만이 데미안 씨를 몰라서 다행이야.'

로만이 알았으면 난리가 났을 것이다. 맞선 본 사람이 날 찾아왔다고 말하면 정말 펑펑 울겠지, 하고 나는 생각했다.

'난 역시 로만을 울리고 싶지 않아. 그 일이 데미안 씨를 울게 만든다고 해도…… 난 하나지 둘이 아니니까.'

뒤로 젖혀진 데미안의 귀는 펴질 줄을 몰랐다.

"그때 내가 한 말들, 모든 게 너무 성급했어요."

그가 말했다.

"그렇지 않아요, 오히려 솔직하게 말해 줘서 고마웠어요."

그건 진심이었다.

"다만 내가 그 마음을 못 받아 줄 뿐인 거죠."

데미안은 한참을 그러고 앉아 있었다.

그의 손가락 사이에서 꽃잎이 떨어졌을 때, 내가 침묵을 깼다.

"그래서 제안이라는 게 뭐예요?"

그 말에 데미안이 쓰게 웃었다.

"당신이 바스커빌과 오랫동안 연애하는 걸 돕고 싶어요. 당신만 원한다면 평생이라도요."

나는 처음에 그가 하는 말을 이해할 수가 없었다.

"그게 무슨―."

그가 일어서 내게로 다가왔다. 그리고 내게 안고 있던 꽃을 건넸다.

"스무 살이 되면 나와 결혼해요."

나는 그 꽃을 받아들었다.

"나와 결혼하고 로만 바스커빌을 정부로 삼는 거예요. 루시 양이 원할 때까지요."

내가 대답을 하지 못하는데도 데미안은 계속 말을 이었다.

"믿지 못하겠다면 계약서를 써도 좋아요. 내가 기다릴게요. 루시 양의 사랑이 영원히 이어진다면 그것도 하는 수 없는 일이죠."

나는 그 말에 머리를 얻어맞은 것 같았다.

"여기엔 아무런 속임수도 없어요."

그가 말했다.

"당신이 나 말고 다른 사람과 결혼하는 걸 원하지 않는 것뿐이에요. 나만큼 당신을 이해할 수 있는 사람이 있을까요? 당신의 사랑까지도?"

난 아무 말도 할 수 없었다.

"날 방패로 이용해요. 진심이에요. 나를 겁내지 말아요. 내가 루시 양을 해칠 이유가 무엇이겠어요."

상처받은 얼굴로 데미안이 속삭였다.

"루시 양을 잃으면 나한텐 아무도 없는데."

나는 멍했다. ……그 제안이란 게 너무 말도 안 되게 달콤해서. 너무나도 달콤해서, 거기에 독이 들었더라도 덥석 물 수밖에 없는 제안이었다. 눈앞의 상처받은 남자가 자신을 이용해 달라고 한다.

'이용하면 어때? 이용해 달라는데?'

지금까지 했던 그대로 하면 되는 것이다. 로만과, 남들의 눈을 피해, 몰래 입을 맞추고 사랑을 속삭이면서…… 눈앞의 남자를 방패 삼아…….

"데미안 씨……."

나는 꽃을 들고 데미안에게로 다가갔다.

'이보다 더 좋은 제안이 어디 있겠어, 받아들여.' 하고 이성이 속삭였다.

"데미안 씨, 그 제안은 받아들일 수 없어요."

하지만 그럴 수가 없었다.

"그건— 당신이 자기 자신을 사랑한다면 해서는 안 되는 제안이에요."

이 사람이 나 같아서 더더욱 나는 그 제안을 받아들일 수 없었다.

"당신을 사랑하지 않는 사람에게 인생을 맡겨선 안 되는 거예요."

나는 데미안의 얼굴을 바라보며 말했다.

"당신의 선택은 우리 두 사람은 물론이고, 우리가 사랑하고 우리를 사랑할 미래의 사람까지 망가뜨릴 테니까요."

내 말에 모든 걸 예감한 그의 눈에서 눈물이 뚝뚝 흘러내리는 걸 바라보았지만…….

"당장의 외로움은 달랠 수 있을지 몰라도, 우리의 만남에는 아무것도 남지 않을 거예요."

가여워도 그걸 닦아 줄 수 있는 건 내가 아니었다. 아마 미래에 있을 다른 누군가였다.

"그럼 난 어떻게 하죠?"

그가 물었다.

"미래의 어느 길목에, 당신이 사랑하고 당신을 사랑할 사람이 나타날 거예요."

"나타나지 않으면?"

"그래도 괜찮을 거예요. 외로움을 해결하는 것만이 우리의 목적이 아니잖아요."

내가 말했다. 미래의 나에게.

"그건 결과일 뿐이에요. 나는 이 삶을 살아가는 목적이 진화가 아니라 사랑 그 자체라고 믿어요."

나는 그대로 상담실을 나와 복도를 걷다가 멈춰 섰다.

'왜 꽃을 들고 나왔을까.'

문득 깨닫고 다시 되돌아가려 하는데, 복도 끝에 누군가 날 기다리고 있었다. 로만이었다.

"로만."

그제야 나는 왜 지금 이 순간, 이 자리에 이 붉은 꽃다발을 들고 있는지 알 수 있었다. 신은 주사위를 굴리지 않는다는 말이, 이 순간 왜 다시금 떠올랐을까? 우연이란, 신이 자신이 서명하고 싶지 않을 때 쓰는 가명이란 말은 또 왜?

바로 인생에 이런 순간이 존재하기 때문일 것이다. 꽃이 내 손에 들려 있고, 복도엔 아무도 없고, 눈앞엔 사랑하는 사람이 있고. 내가 오랫동안 머뭇거리던 어떤 결심을 내린, 모든 것이 맞아떨어지는 이런 순간이. 그리하여 이럴 때 우연은 운명이 된다. 로만이 잔뜩 화가 난 얼굴로 내게 다가왔다.

"누구야?"

꽃을 보더니 내게 으르렁거리듯이 물었다.

"너한테 지금 그 꽃을 준 사람이 누군데?"

그 눈이 그렇게 형형할 수가 없었다. 로만이 내 손목을 움켜쥐었다. 아프게—.

"도망갈래?"

그 순간 내가 물었다. 내 입에서 이런 말이 나올 거라고, 1년 전의 내가 상상이라도 할 수 있을까?

"로만, 나는 영원히 너와 함께 살고 싶어. 그러니까 우리 그냥 도망가 버릴까?"

"어?"

그 말에 로만의 사나운 눈빛이 순식간에 사라졌다. 내 손을 붙잡은 로만의 손아귀는 아직 단단했다. 아팠지만, 풀어 달라고 말하고 싶지 않았다.

"프롬도 대학도 필요 없어. 내 인생엔 너 하나면 돼."

지금부터 내가 널 더 꼭 움켜쥘 테니까.

"그러니까 우리 도망가자."

언제나 쫓아오는 건 로만이고, 그걸 마지못해 받아 주는 것이 내 역할이라고 생각했다. 그러니까 이런 일이 일어나면, 내게 도망가자 하는 것이 로만일 거라고 생각했다. 하지만 깨달아 보니, 내가 로만한테 이렇게 말하고 있었다.

"로만, 널 정말 사랑해."

내 사랑. 너와 함께라면 내 미래는 어떻든지 괜찮아. 하나도 두렵지 않아. 겁나지 않아. 왜냐하면 인생은 단 한 번뿐이고, 지금 난 널 사랑하니까.

난 널 절대로 내 사랑의 그림자로 만들고 싶지 않아. 넌 그런 대우를 받아선 안 되니까.

"널 사랑해."

바로 이 순간, 나는 몇백 년 전 나의 선조와 한마음이 되었다.

"네가 괜찮다고만 해 주면, 난 무엇이든 버릴 수 있어."

프란츠 레오파르디.

"널 사랑하고 있어."

이 용기는, 분명 내 안 어딘가에 있을, 프란츠가 가지고 있던 레오파르디의 심장 한 조각에서 나오는 것이었다.

라이언 하트. 그건 내 안에서 아주 오래전부터 울부짖고 있었으나 내가 존재조차 모르고 있던…… 사자의 심장이었다.

"너는 어떻게 할래?"

나는 빈손으로 꽃을 쥐어 로만한테 안겼다. 이제 꽃은 로만에게로 넘어갔다. 내가 로만한테 물었다.

'넌 어때?'

몇 년 전에는 꿈도 못 꾸었을 제안이었다. 나는 그때 로만에게 함께 전학 가자는 말을 못 해서, 오랫동안 로만과 헤어졌었다. 로만을 잃을 뻔했다.

"나랑 도망갈래?"

이번엔 그러고 싶지 않았다.

"너의 성과 그 밖의 모든 걸 버리고?"

나는 로만한테 물었다.

"네 말대로 간단하지만, 정말 어려운 일인데?"

내가 프란츠가 되어 줄 테니까, 너는 내게 소피가 되어 줄 수 있느냐고.

로만은, 잠깐 유혹에 휩쓸렸다. 그건 엄청난, 바스커빌가의 사람이라면 한 번 이상은 겪었을 강력한 유혹이었다.

세상이 특성 위에 특성 없고, 특성 아래 특성이 없다는 구호를 외치기 시작한 뒤로, 저주 취급하며 억누르게 된 그 욕망 말이다.

'널 가졌어야 했어, 그냥 널 본 그 순간.'

첫눈에 반한 그 순간, 이 세상에서 루시를 훔쳤어야 했다고 로만은 생각했다. 그녀가 무엇이건 상관없이. 지금이라도 해야 했다. 레오폰이건 뭐건 다른 놈한테 넘길 수야 없었다.

바스커빌가의 저주는 상대편이 있기에 빛을 발하는 것. 이 학교 어딘가에 루시한테 꽃을 준 그 혼혈이 있을 것이다. 로만은 그놈을 찾아내 죽이고 싶었고, 루시를 끌어내 자신만 아는 어딘가에 가두고 싶었다.

이제 와 생각해 보면, 지금까지 왜 그러지 않았는지 오히려 이상하다. 맞지도 않는 풀을 뜯어먹으며 충견처럼 곁에 가만히 있었는지. 제가 마음만 먹으면 언제든 그녀를 잡아먹을 수 있는데.

'네가 레오파르드든 뭐든 상관없어.'

억누르고 억눌렀던 바스커빌의 피가 로만 안에서 울부짖었다.

'넌 내 거야.'

널 위해서 내가 무슨 짓까지 했는데. 이제 와 날 거부하고 다른 놈을 선택할 순 없어.

'넌 내 거라고.'

그런데 그 순간이었다.

"나랑 도망갈래?"

루시가 말했다.

"로만, 나는 영원히 너와 함께 살고 싶어. 그러니까 우리 그냥 도망가 버릴까?"

그 말이 로만의 분노에 찬물을 확, 끼얹었다.

"어?"

루시가 떨면서 로만을 바라보았다.

"널 사랑해."

"……."

"네가 괜찮다고만 해 주면, 난 무엇이든 버릴 수 있어."

루시의 손목을 움켜쥐었던 로만은 어안이 벙벙했다. 그녀는 로만에게 꽃다발을 안겨 주고는 말했다.

"나랑 도망갈래? 너의 성과 그 밖의 모든 걸 버리고?"

그 순간이었다. 로만은 언제나 자신을 사로잡을까 걱정하던 바스커빌의 특성이, 깨갱하고 다시 어둠 속으로 물러나는 것을 느꼈다.

루시가 말하고 있었다. 자신을 위해서 모든 걸 버려 달라고, 함께 도망가자고. 그만큼이나 널 사랑한다고.

"……."

"내가 이기적이란 거 알아. 하지만 아무리 생각해도 내 심장이 두 개일 순

147

없어."

그리고 루시의 고백을 들었다.

"내 심장을 너한테 줄게."

로만은 늘, 자신이 더 사랑한다고 생각했다. 루시는 자신이 얼마나 그녀를 사랑하는지 모른다고. 특성 때문이든 아니면 다른 무엇 때문이든, 언제나 마음이 기울어 있는 쪽은 자신이라고.

"너무 미안해. 나는 이렇게 이기적이라서, 너한테 네가 가진 걸 버려 달라고 하고 싶어."

그런데 루시가 자신을 위해서 가문을 포기할 줄은 몰랐다. 그건 온 생을 던진 프러포즈였다.

"널 위해 모든 걸 버리고 싶어. 부탁이야. 날 위해서……."

루시가 떨면서 부탁했다.

"나와 함께 실패할지도 모르는 모험을 해 줘."

로만은 생각했다.

'당근 빠따지, 쉬바.'

이기적이라니 이게 무슨 소리야? 내가 원하던 게 바로 그건데? 넝쿨째 굴러 들어온 호박 같은 소릴 루시가 떨면서 하고 있었다.

"……."

장미꽃을 든 로만은 마른침을 꼴깍 삼켰다.

"앞으로 어떤 어려움이 닥쳐와도 좋아. 널 선택하지 않으면 난 평생 후회하게 될 거야, 너는 어때?"

루시는 울고 있는데, 로만은 이 순간 이게 어떻게 일어난 일인지 모르면서도…….

"버릴게."

……웃지 않기 위해 무진 애를 써야 했다.

148

'세상에, 이거 프러포즈야? 지금 루시가 나한테 프러포즈한 거야?'

세상엔 대체 왜 일어났는지 영문을 알 수 없는 많은 일이 있다.

"울지 마, 루시."

평범한 사람들은 그걸 이해하지 못하기 때문에, 운명 내지 신의 장난이란 이름을 붙인다.

'웃지 마. 로만 바스커빌, 여기서 웃으면 너 X 되는 거야.'

로만이 지금 그렇다. 왜 일이 이렇게 되었는지 영문을 모르겠으면서도, 로만은 이 일이 필연적이라고 느꼈다.

"네 마음이 내 마음이야."

그래, 이 모든 건 이 순간에 다다르기 위한 운명이었던 것이다.

"버리고 말고 할 것도 없이, 널 처음 본 순간부터 난 네 거였어, 루시. 네 마음대로 해. 아니, 네 마음대로 해 줘."

게다가 루시를 얻기 위해 포기할 것이 고작 성과 미래라니, 얼마나 값이 싼가? 아무리 계산을 해도 수지맞는 장사가 아닐 수 없었다.

"있잖아……. 루시, 부탁이 있어."

그 말에 루시가 젖은 눈을 들어 올렸다. 로만이 말했다.

"우리 준비 좀 하면 안 돼?"

그 말에 루시는 글썽글썽한 눈으로 물었다.

"준비? 무슨 준비?"

"루시, 아무리 그래도 난 너 굶겨 가며 살고 싶진 않아."

바스커빌 체면이 있지 말이다.

Chapter 17.

늑대지만
해치지 않아요

이런 일의 첫 목격자는 늘 해롤드였다. 그 이유는 그가 노인처럼 아침잠이 없기도 하거니와, 쓸데없이 촉이 좋기 때문이었다.

그날 새벽 해롤드는 갑자기 일찍 눈을 떴고, 무엇 때문인지 오랜만에 바스커빌가의 비밀 금고를 확인해 보고 싶다는 생각이 들었다. 정말 왜 그런 생각을 했는지 이유를 알 수 없었다. 어쨌든 새벽녘, 해롤드는 생각을 실행했고.

"……."

편지 한 장이 남아 있는, 빈 금고를 발견했다. 대체 어느 겁대가리 없는 놈이 바스커빌가를 털겠는가?

"……로만."

편지를 집어 든 해롤드의 심장이 뚝 떨어졌다.

"로만!"

휴지처럼 구겨진 편지를 내던지며 해롤드는 비명을 질렀다.

"로만 바스커비이이이일—!"

해롤드는 마른세수를 하며 중얼거렸다.

"로만 생일을 비밀번호로 하는 게 아니었는데."

알렉산더가 웃었다.

"해롤드, 너 정말로 로만을 아끼는구나."

"아끼는 게 아니라! X발! 쉽잖아! 외우기 쉬워서 한 거라고!"

로만에 대한 사랑을 부정한 해롤드는 바닥에 주저앉아 두 손으로 얼굴을 가렸다.

"이거 진짜 미친 새끼 아니냐!"

"흠, 우리 집 의외로 보안이 허술했구나."

알렉산더는 이 와중에도 높낮이 하나 달라지지 않은 목소리로 말했다.

그 큰 금고가 텅텅 비어 있었다. 만일 범인이 두고 간 편지 한 장이 아니었던들—심지어 길지도 않았다— 경비 업체부터 불렀을 것이다.

"개새끼."

해롤드는 일어서려다 다시 다리 힘이 풀려 털썩 주저앉았다.

"알뜰하게도 털어 갔네, 도둑놈 새끼가."

"나도 편지 좀 읽어도 되겠니?"

곧이어 편지를 다 읽은 알렉산더의 눈이 샐쭉하게 변했다.

편지에 적혀 있는 것은 도둑질에 대한 사과문이 아니라 동생의 사랑 고백이었다. 그것도 여자친구 동의하에 성과 가문을 버리고 함께 떠날 것이란 기상천외한 고백문 말이다.

「난 루시와 새 삶을 시작하기로 했어. 그러니 우리를 찾지 마.」

"지금 이러고 있을 때가 아니지. 이거 저쪽 가문 알기 전에 빨리 찾아야 돼, 어?"

혼자 떠났으면 그냥 가출로 치부할 수나 있지. 루시 레오파르디와……

"이 새끼, 에미 애비 없다고 너무 심한 거 아냐? 어떻게 수습하라고!"

해롤드가 빽 소리를 질렀다. 같은 집안이어서 할 수 있는 패드립이었다.

"아니지, 해롤드, 없는 건 어머니뿐이지. 왜 가만히 계신 아버지를 죽이고 그래? 안 그래도 힘없으신 양반인데."

"X발, 없는 거나 마찬가지지! 형, 우리가 잘못 키운 거야! 엄마 없다고 너무 오냐오냐한 거라고!"

하지만 알렉산더는 다시 한번 편지를 훑더니 빵 터졌다.

"웃겨?"

해롤드는 알렉산더가 이렇게 환하게 웃는 것을 살면서 처음 본 듯싶었다.

"형, 웃어? 이 상황이 우스워?"

알렉산더의 웃음이 한동안 멈추지 않자 해롤드는 어이가 없어 물었다.

"로만 이 자식 지금 빨리 잡아야 돼. 이거 들키면 진짜 집안 뿌리가 뽑힌다고."

"아니, 귀엽잖아. 바스커빌가에 이런 애가 어디 있어? 진짜 얘 다른 의미로 제정신이 아니네."

해롤드는 생각했다. 형이 저렇게 오냐오냐하니까 로만이 막 나가는 것이다.

"아냐. 안 귀여워. 형, 지금 하나도 안 귀여워. 형은 금고털이범이 귀여워? 유가증권은 다 남긴 거 봐. 이상한 데서 머리 좋아, 이 새끼."

"아냐, 아냐, 내 동생 정말 대단한 것 같아. 어떻게 루시 레오파르디와 도피할 생각을 하지? 그 '루시'인데?"

"루시 걔도 미쳤나 봐. 어떻게 로만이 하라는 건 다 하고 앉아 있어?"

사실, 루시가 도화선에 불을 붙인 일이었지만 그건 아무도 몰랐다.

"흠, 있잖아, 해리?"

알렉산더가 물었다.

"이 예상을 매번 빗나가게 하는 일이 누구한테서 비롯되는 것인진 모르겠지만, 어쩐지 우리에게 순풍이 부는 것 같구나."

"그게 무슨 소리야?"

"멈춰 있던 배가 드디어 움직이기 시작했단 소리야. 그것도 우리한테 유리한 방향으로 말이야."

해롤드는 답답했다. 로만 문제만으로도 머리가 터질 것 같은데, 큰형은 무슨 헛소리인가?

"아니, 말 좀 쉽게 해 봐. 그게 무슨 소리냐고."

알렉산더는 대답 대신 휴대전화를 꺼내 어디론가 전화를 걸었다.

"이 상황에 로만이 전화를 한다고 받겠어?"

해롤드가 콧방귀를 뀌었다.

"로만한테 거는 거 아냐."

이번에는 미간을 찌푸렸다.

"그럼 어디에 전화하는데? 내가 이미 사람은 다 풀었는데, 어?"

"경찰."

알렉산더가 말했다.

"신고해야지. 잠깐 심호흡 좀 하고…… 하…….."

웃음을 꾹 참는 얼굴이었다.

"하하하하하!"

결국 참지 못했는지 알렉산더는 또다시 빵 터졌다.

"뭐?"

해롤드는 어이가 없었다.

"진짜 로만을 도둑으로 몰 셈이야? 그것도 바스커빌가 금고털이범으로?"

"아니? 여기 있는 거 삼분의 일은 쟤 건데, 내가 그런 거로 왜 귀여운 동생을 괴롭히겠어."

알렉산더가 손에 든 편지를 팔랑였다.

"유괴범으로 신고할 거야."

156

"어?"

"레오파르디가 장녀 유괴범으로."

"……."

"우리 로만, 정말 대단한 걸 훔쳤지?"

해롤드는 입을 쩍, 하고 벌렸다.

"잡히면 최소 무기징역이 구형되는 거 아닐까? 어느 주에서 잡히느냐에 따라 사형까지도 갈 텐데. 우리 가문 변호사가 골치 좀 썩겠는걸?"

거기까지 말한 뒤 알렉산더는 다시금 미친 듯이 웃기 시작했다. 경찰이 전화를 받기 직전까지 말이다.

"아, 네, 여기는―."

"잠깐! 잠깐! 잠깐! 싫어! 하지 마! 형! 나랑 상의 좀 해!"

제일 미친 새끼는 알렉산더다. 해롤드는 오랜만에 잊고 있었던 사실을 깨달았다.

"나 로만 죽는 거 싫어!"

그는 정말 알렉산더 같은 인간을 적으로 돌리고 싶지 않았다.

"멈춰! 하나뿐인 동생이잖아!"

다시 루시의 때 이른 프러포즈 때로 돌아가 보자.

"루시."

로만이 반짝반짝 눈을 빛내며 말했다.

"응?"

"짐 싸서 나와!"

"응?"

"우리 도망가자."

"어디로?"

"어디로든. 난 너만 있다면 그곳이 지옥이어도 괜찮아."

"어?"

루시가 신음했지만, 로만은 재차 그녀의 손을 움켜쥐었다.

"날 믿어 줄 수 있지?"

루시는 반은 어리둥절해하면서도 결국엔 고개를 끄덕끄덕했다.

이 안하무인인 도련님의 계획은 착착 실행되었다. 사실 그동안 로만은 머릿속으로 온갖 계획을 짜 보았다. 루시를 데리고 도망칠 계획을 말이다. 더군다나 이제는 루시의 동의도 받았으니, 로만은 거침이 없었다.

"우선 하루만, 딱 하루만 기다려 줘."

그 일에 한밤중 로만의 전용기가 활용되었단 사실을 루시는 모른다.

다음 날 새벽, 로만은 루시의 집 문을 두드렸다.

"로만?"

때마침 며칠 후가 방학이었다.

로만은 검고 챙이 넓은 모자를 루시의 머리 위에 푹 뒤집어씌우고 목도리를 둘러 주었다.

"루시, 가자."

"너…… 염색했니?"

루시의 물음에 로만은 고개를 끄덕끄덕했다. 가문의 자랑인 은발은 지금 검은 머리가 되어 있었다. 귀까지도 말이다.

"은발이라 쉽더라."

"어?"

로만은 루시의 손을 잡아끌었다.

"나만 믿어."

"우리 어디 가?"

루시가 물었다.

"어디긴."

로만이 답했다.

"파라다이스지."

칼리드는 새로 사귄 친구가 여전히 마음에 들진 않았지만, 그래도 신경이 좀 쓰였다. 인정하고 싶진 않지만, 제가 정이 많기 때문인지도 모른다.

'요즘 로만 바스커빌 하는 꼬라지 보면 언젠가 크게 사고 한번 칠 거 같단 말이지……'

그도 아니면 역시 인정하고 싶지 않지만, 바스커빌의 어떤 면이 자신과 비슷하게 느껴지기도 하기 때문인지도 모르고 말이다.

'나라도 여자친구 집안이랑 우리 집안이 정치적 정적 상대면 신경 쓰이지. 게다가 늑대와 양이고.'

칼리드는 로만의 지고지순함만은 인정하고 있었다. 그게 비록 집착과 한 끗 차이긴 했지만 말이다.

'나와 엠마가 뱀과 토끼인 것처럼……'

동류가 아닌 사이의 연애를 흰 눈으로 보는 사람들이 아직 많은 시대다. 칼리드는 본인 나름대로 로만의 고충을 이해할 수 있다고 생각했다.

'……미친놈, 진짜 또라이야. 아니, 맛이 간 거 아냐?'

바로 오늘 전까진 말이다.

"뭔데?"

조금 이르긴 했지만, 평소와 다름없는 아침이었다. ……라고 훗날 칼리드는
이날을 회상했다. 그러니 평소와 다름없이 학교 주차장에 차를 주차하려던 그
는 흠칫할 수밖에 없었다.

"진짜 뭔데?"

주차할 공간이 없었다.

"총기 난사 사고라도 일어난 거야?"

정확히 말하면 주차장은 경찰차로 가득 차 있었다. 마치 전국의 경찰차가 바
로 이 학교에 모여 있는 것만 같았다.

'엠마! 엠마 먼저 와 있는 건 아니겠지?'

칼리드는 총기 난사 사고 아니면, 흉악범이라도 탈옥한 줄 알았다.

"로만이 미쳤거든 루시 너라도 말렸어야지, 넌 이런 애 아니었잖아."

나중에 칼리드는 둘한테 이렇게 말했다.

"너희가 무슨 보니와 클라이드야? 바스커빌가를 턴 건 도대체 누구 아이디
어야?"

나중에 정신을 차려 보니, 둘은 웬만한 영화배우들보다 더 유명해져 있었다.

"사랑의 도피는 또 누구 아이디어고?"

"……."

그 말에 로만은 땅으로 시선을 내리깔았다.

"……."

"알 만하다. 로만 쟤가 회까닥했으면 루시 너라도 말렸어야지. 어?"

"……."

둘은 입이 백 개라도 할 말이 없었다.

"칼리드, 사실은 내가……."

"아무튼 루시, 넌 나이가 안 돼서 아쉽겠다. 지금이면 상원의원 출마를 해도 당선될 텐데."

칼리드의 말에 루시는 다시금 입을 다물었다.

시간을 다시 되돌아가 보자. 이 일이 어떻게 된 것이냐 하면.

"뭐 사형까지 가겠어?"

"그래도 싫어! 내 동생을 감옥에 보낼 순 없어!"

해롤드가 알렉산더의 휴대전화를 뺏어 창문 밖으로 던져 버린 순간으로 시간을 거슬러 올라가야 한다.

"형, 로만을 어떻게 감옥에 보내려는 생각을 해! 걔가 아무리 그래도 우리 집 막내인데!"

발악하는 해롤드를 알렉산더가 오히려 타일렀다.

"해롤드, 네 나이면 큰 그림을 그리는 법을 알아야지."

"미쳤나 봐! 동생 감옥 가는 게 큰 그림이야? 바스커빌은 감옥에 간 역사가 없어!"

해롤드는 동생의 감옥행을 상상도 하고 싶지 않았다. 로만은 예뻐서 감옥 가면 정말 심한 꼴을 당할 것 같았다. 물론 지금 로만의 키는 190센티미터에 육박했지만 말이다.

"게다가 유괴 아니잖아! 둘이 같이 떠난 거잖아!"

한번 동생은 평생 동생이라고, 로만은 해롤드의 마음속에서 여전히 작고 귀여운 리틀 브라더였다. 로만한테 죽어도 이 생각을 알리고 싶진 않았지만 말이다.

알렉산더가 말했다.

"그럼, 유괴 아니니까 그렇지. 나도 로만 감옥 보낼 생각 없어. 어떻게 우리 리틀 브라더를 감옥에 보내겠어?"

그제야 해롤드의 발악이 멈췄다.

"무슨 생각인지 좀 차근차근 말해 봐. 못 알아듣겠으니까."

"이런 건 선수필승이니까, 레오파르디가 수 쓰기 전에 간략하게만 말해 줄게."

알렉산더는 해롤드에게 자신의 계획을 설명했다.

"어차피 매년 이런 일은 일어나. 알잖아? 애들이 얼마나 혈기왕성한지. 마음에 안 드는 사람과 결혼 안 하겠다고, 난리도 아니라니까."

여기 연회, 저기 모임에서 만난 젊은이들이 사랑하는 걸 누가 말리겠나? 사실 '가문의 뜻에 따를 수 없다. 난 나만의 길을 가겠다.' 하며 가출을 감행하는 사건 사고는 드물지도 않았다.

그게 왜 이 세상에 회자되지 않느냐? 바로 사고를 은폐하고자 하는 양 가문의 부단한 노력 때문이었다. 알렉산더는 이 노력을 할 생각이 전혀 없었고 말이다.

"레오파르디는 쉬쉬 덮고 싶겠지만, 어떻게 이 좋은 기회를 놓치겠어?"

알렉산더가 방긋 웃었다.

"말이야 유괴범이지. 고등학교에서 몇 년간 그렇게 알콩달콩 사귄 역사가 있는데."

멈춰 있던 배의 돛에 순풍이 불어오고 있다 함은, 바로 이런 뜻이었다.

"나중에 세상에 사건이 알려지고 인과관계를 더듬어 가다 보면 대중들은 알게 되겠지. 누가 이 귀여운 젊은이들의 사랑을 방해했는지."

해롤드는 이제야 알렉산더가 그리는 큰 그림이 뭔지 좀 알 것 같았다.

"〈로미오와 줄리엣〉은 대중들의 사랑을 받는 이야기지. 게다가 그 상대가 루시 레오파르디라니 얼마나 보기 좋겠어."

즉 '레오파르디 가문의 반대에 못 이겨 사랑의 도피를 감행한 젊은 연인'을 바스커빌가에서 먼저, 난리 난리를 치며 공표하겠단 말이었다.

"누군가 한 명은 악역을 맡아야 하잖아. 우리 고객이야 대중이 아니지만, 정치 가문은 그들의 비난을 신경 쓸 수밖에 없거든."

레오파르디 가문이 무슨 수를 쓰기 전에 말이다.

"아, 투표에 휘둘리는 가문들은 참 안타깝다니까."

알렉산더가 입이 찢어져라 웃었던 건 바로 이 때문이었다.

"자, 알겠지? 그러니까 이제 네 휴대전화 주렴. 저기 밖으로 날아간 거론 전화를 걸 수 없잖니."

지금 알렉산더가 하려는 일은 레오파르디 가문이 잠든 사이, 그 가문에 불을 놓으려는 일이나 마찬가지였다.

"사람들한테 로만 찾으라는 명령도 철회하고. 둘이 오래도록 도망치게 놔두자. 이 일이 대중들한테 사랑스러운 가십거리가 되도록 말이야."

이래서 모든 일은 형들과 상의하고 저질러야 하는 것이다. 적어도 뛰는 자신위에 나는 형들이 있을 땐 말이다.

"바스커빌 가문에 로맨틱한 전설이 흐르고 있어서 다행이지 않니? 한번 맺어진 사랑은 꼭 이루어져야 한다는……."

해롤드는 자신의 휴대전화를 건네며 말했다.

"난 형이랑 오래도록 같은 편 하고 싶다. 정말."

알렉산더가 웃었다.

"우리 로만이 머그 샷은 잘 받을까? 정말 기대되는구나."

그날 아침, 재빠른 두 형제 덕분에 조간신문이 배포되고 아침 뉴스가 방송되는 시각에 맞추어 전국은 들썩이기 시작했다.

"어……?"

그 시각 엠마는 토스트에 잼을 발라 먹으며 부모님이 틀어 놓은 뉴스를 보다 우유를 엎질렀다.

"엥?"

TV에 말도 안 되는 이야기가 흘러나오고 있었다.

"아니, 누가 누구를 유괴해?"

페이크 뉴스도 이런 페이크 뉴스가 있나?

일단 엠마는 루시한테 전화를 걸어 보았으나 받을 리가 없었다.

칼리드의 상황은 더했다.

마무리 지어야 할 에세이 때문에 학교에 좀 일찍 갔던 칼리드는, 아무 상황도 모르는 채로 언론사 기자들한테 붙잡혔다. 로만 바스커빌과 루시 레오파르디에 대한 무수한 질문이 그에게 쏟아졌는데!

"예?"

차라리 칼리드가 그들을 전혀 몰랐다면 좋았을 텐데 말이다.

"로만과 루시가…… 뭐요? 예?"

무수히 쏟아지는 질문들과 카메라 플래시 세례가 어지러웠다. 기자들의 말이 겹치니 칼리드는 도저히 질문을 알아들을 수가 없었다.

'……!'

일단 칼리드는 침착하게 심호흡을 하고 난 뒤 물었다.

"둘이 죽었나요? 누가 그들을 쐈나요?"

한번 엎지른 물은 주워 담을 수 없다. 카메라에 대고 하는 인터뷰도 마찬가

지였다.

"X발…… 개쪽팔려, 진짜."

그날 점심, 칼리드는 식사를 하다 말고 엎드려 흐느꼈다.

"아냐, 그 상황에 그런 인터뷰 당했으면 나라도 그랬을걸. 너도 얼마나 놀랐겠어, 갑자기 경찰차에, 온 언론사에서……."

엠마가 칼리드의 등을 살살 문지르며 위로했다.

"X발, 아빠한테 전화라도 걸어 볼걸. 상황을 먼저 알았어야 했는데……."

엠마가 아무리 위로해도 칼리드는 후일 이 일을 회상하면, 마른세수만 하게 되고 막 미칠 것만 같았다.

그렇다. 누가 이 시기에 둘이 사랑의 도피를 할 거라고 상상을 했겠는가? 칼리드는 이것이 피해자 인터뷰인 줄로 지레짐작했다. 요즘 자주 있는 학교 총기 난사 사고 같은 것 말이다. X발, 그것 말고 경찰차들이 이렇게 많이 올 리 없잖은가.

'세상에…… 어떻게 이럴 수가……!'

칼리드는 생각보다 정이 많은 성격이었다.

"오, 세상에! 걔네들을 왜요? 얼마나 선량한 커플이었는데!"

칼리드는 두 사람이 진짜 죽은 줄 알았다. 이 순간이 오기 전까지 칼리드는 제가 로만과 루시, 둘을 이렇게 가슴 깊이 사랑하고 있는 줄 몰랐다. 진짜 꿈에도 몰랐던 것이다.

"이 창창한 나이에……."

우연의 일치인지 뭔지, 하필 칼리드가 쓰던 에세이는 날로 늘어 가는 총기 사고에 관한 내용이었고……. 도대체 어떤 미친놈이 바스커빌과 레오파르디를 차례로 쏴 죽였는가? 물론 그 대량 총기 난사범은 그들이 얼마나 대단한 가문의 애들이었는지는 몰랐겠지만…….

칼리드는 범인이 아마 감옥에 가는 것 정도로는 끝나지 않을 것이라 생각했다.

"흑, 흐흐흐흑……!"

정작 본인 평생의 흑역사가 두고두고 언론에 박제되리란 것을 모르고 말이다.

사랑의 도피를 할 거면, 적어도 붙어 다니는 친구들한텐 한 3일 전쯤에는 알려 줘야 하는 게 아닌가? 대체 누가 계획했는지 뻔하지. 멍청이가 입을 맞추는 법도 모르고. 정말 XXXX가 아닐 수 없었다.

나는 변명하고 싶다.

'아니······.'

사실, 성도 가문도 버리고 우리 둘이 도망가 버리자고 말했던 것은 지극히 은유적인 표현이었다. 앞으로 우리를 향한 어떤 방해와 역경, 고난이 있더라도 함께 이겨 나가자고 말이다.

'그런데 얘 어디 가는 거지?'

아마 내가 이 일을 미리 알았더라면 분명 엠마나 칼리드한테 상의했을 터였고, 좀 더 온건한 방향으로 사건이 흘렀을 터였다.

'학교 빠지는 건 둘째 치고, 파라다이스? 파라다이스가 어디인데?'

그러니까 이 관계의 운전대가 조심조심 안전히 신호 다 지켜 가며 운전하던 내게서 로만으로 넘어가기 전에 말이다.

"로만, 우리 어디 가?"

"루시, 나만 믿어."

운전대를 붙잡은 로만은 폭주했다.

"아니, 믿기야 하는데······."

어느덧 해가 밝아 오고 있었다.

"······어디로 가는지는 알려 주면 안 돼?"

스케일은 점차 커져 가고 있었다. 로만이 차를 멈춰 세웠을 때에야 나는 우리가 경비행장에 도착했다는 걸 알았다.

"우리 비행기 타?"

끝이 보이지 않는 넓은 경비행장엔 레저용 개인 경비행기들이 줄지어 서 있었다.

"걱정 마. 나 경비행기 면허 있어."

면허가 문제인가? 나는 이제 슬슬 걱정되었다.

"네가 운전해?"

이쯤에서 말렸어야 했다. 하지만 어제 강렬했던 고백의 여운이 아직 남아 있었고, 로만이 너무 신나 보여서 나는 속으로만 생각했다.

'나중에, 연락 좀 해야겠다. 칼리드나 엠마한테. 수업 빠진 거 걱정할 거야.'

그 비행기가 고의적인 전파 방해 장치가 설치되어 있는 개인 소유의 프라이빗 아일랜드로 갈 줄은 몰라서, 할 수 있는 생각이었다.

알렉산더는 마치 장례식 상주 같은 표정으로 인터뷰를 마치고 카메라를 벗어나며 해롤드에게 속삭였다.

"주가가 잠깐 흔들리는 건 걱정 마. 곧 회복할 테니까. 아니, 잘만 되면, 그보다 더 긍정적인 결과를 가져올지도 모르지."

걱정스러운 표정을 유지하며 알렉산더가 말했다.

"자, 그럼 이제 주사위는 던져졌으니, 우리 로만이 친구들을 얼마나 잘 사귀었는지 볼까?"

"예?"

칼리드는 카메라에 대고 한참 둘이 이렇게 죽어서는 안 되는 커플이었다고 눈물 콧물 짜내며 인터뷰를 마친 후에야, 상황을 파악했다.

"로만이 루시를 납치했다고요? 그 멍청이가요?"

이게 무슨 상황인가? 칼리드는 들은 말을 종합해 보았지만, 잘 이해가 되지 않았다.

"걔가 루시를 왜요? 차였대요?"

그리고 점점 정신이 돌아오기 시작했다.

"잠깐만요, 이거 지금 찍고 있는 건가요? 당신, 어디에서 왔어?"

나중에 보니 그 부분까지 방송을 탔다. 아버지께 전화가 걸려 온 것이 방송을 탄 직후였고, 이후 칼리드의 타임라인은 10분 단위로 끊어졌다. 그리고 인터뷰에 인터뷰에 인터뷰가 이어졌다.

"이건 아니다."

그날 점심, 엠마가 이를 악물고 말했다.

"로만이 루시를 유괴했다니, 이건 아니지. 아니잖아."

"그렇지, 이건 아니지."

칼리드가 헛웃음을 흘리며 말했다. 너무 어이가 없으면 웃음이 나온단 사실을 칼리드는 이 사건을 통해서 알았다.

"로만 걔가 그럴 배짱이나 있어? 말만 이러니저러니 하지, 루시 말을 들어도 그렇게 잘 들을 수가 없는데. X발 놈이."

속된 말로 진짜 빡쳤던 것이다.

"키우는 개새끼도 그렇게 순종적이지는 못할걸. 아니, 그런데 바스커빌은 도대체 무슨 생각인 거야? 이런 걸 안 막고?"

학교는 두 사람의 이야기로 난리였다. 이런 때를 틈타 인터뷰를 통해 관심을 받으려는 인간들이 넘쳐났다.

"나 조퇴해야 해."

칼리드는 이 관심이 너무도 싫었지만, 이미 태풍의 눈 속이었다.

"아버지가 인터뷰 보셨어, 내 인터뷰로 특집 프로를 편성할 거래."

"어떡해?"

"몰라."

칼리드가 환장하겠다는 표정으로 천장을 바라보았다.

"진짜 잘 모르겠다. 어쨌든 로만을 사이코패스 유괴범으로 만들 순 없으니까…… 그런 일이 일어났다면 둘이 동의했을 거라고 해야지."

마음 같아선 엿을 잔뜩 먹여 주고 싶었지만, 그러기엔 너무 심각한 사안이었다.

"한쪽이 한쪽을 납치한 게 아니라, 그냥 둘이 동시에 납치당한 건 아닐까? 지금 이 상황이 어떻게 돌아가는 거야?"

하지만 아니었다. 이미 오전 8시에 세 시간에 걸친 바스커빌가 사과 기자회견이 있었으니 말이다.

[머리 숙여 레오파르디 가문께 사과드립니다. 동생의 개인적 일탈을 막지 못한 데 대해 참담한 마음뿐이며, 관계 당국과 긴밀히 협조해…….]

검은 양복을 상복처럼 차려입은 알렉산더는 미디어 앞에서 직접 고개를 숙였다.

[이 사태가 빠른 시일 안에 해결되도록 모든 힘을 다하겠습니다. 더불어 사태가 수습되는 대로 공적으로도 사적으로도 모든 책임…….]

바스커빌 그룹의 회장 대리가 제 막냇동생을 레오파르디가 장녀의 유괴범으로 공표했으니, 이 사건에 대해 토를 달 인간은 없었다. 처음엔 말이다.

난데없이 사과를 받은 레오파르디 가문은 이에 대해 아직 별다른 성명서를 내고 있지 못했다. 원래 정치 가문은 모든 발언에 있어서 한 발 느리다 느껴질 만큼 신중한 감이 있었다.

그리고 아닌 밤중에 레오파르디 가문은 정말로 머리를 얻어맞았다. 가족 간 소통의 부재가 이래서 무서운 것인데……. 루시와 아무 연락이 되지 않는 지금, 뭐라고 말하겠는가?

'저희 막냇동생이 저희 집 돈과 함께 댁의 귀이― 한 따님을 답삭 들고 도망쳤습니다.'

바스커빌가의 기자회견 내용은 사과와 책임이란 단어로 점철되어 있긴 했지만, 요약하자면 바로 이러했다.

―도대체 왜 그랬을까? 어떻게 할까요? 잡아서 감옥으로 보내야겠죠?

이러니 레오파르디가에서는 쉬이 대답할 수 있을 리가 없었다.

그와 동시에 절절하기 그지없는 칼리드의 인터뷰는 모든 방송사를 거쳐 확장되고 또 확장되고 있었다. 대중은 후속편을 원했는데, 쥐구멍에 숨어 버리고 싶었던 칼리드의 비극은 그가 언론사 사장님의 아드님이란 데 있었다.

칼리드는 로만을 죽이고 싶었다.

'X발, 이런 사고를 칠 거면 말을 해야 할 거 아냐?'

그가 조퇴를 하고 달려온 곳은 아버지의 집무실이었다.

"제발 얼굴 나가는 것만 막아 주세요. 그럼 걔 사생활이란 사생활은 다 말할 수 있어요. 루시도요, 루시에 대해서도 다 말할게요. 말한다니까요……?"

칼리드는 두 손으로 얼굴을 가리고 우는 시늉을 했지만, 그의 아버지는 꿈쩍도 하지 않았다.

"하지만 오늘 아침부터 네가 친구들을 걱정하며 오열하는 모습이 전국에 방송되었고, 그 모습이 굉장히 진정성 있었는걸?"

"아, 진짜 아빠!"

"내 얼굴을 봐야 그 진정성이 배가될 거 아니니. 너 이 바닥 모르니?"

"그럼 내 초상권은요!"

칼리드가 소리를 질렀다.

"그러니 누가 다른 방송사한테 특종을 넘겨주래?"

하지만 소용이 없었다. 원래 특종 앞에선 부모고 자식이고 없다. 그게 이 세계의 논리였다.

"넌 이 일이 왜 일어났다고 생각하니?"

왜 늑대 가문의 도련님은, 사자 가문에서 태어난 그 유명한 아가씨를 데리고 도망칠 수밖에 없었는가? 정말, 단순한, 유괴인가?

"합의했겠죠. 루시가 또 로만이 뭘 하자고 했을 때, 납득 못 했는데도 따라가는 그런 애가 아니에요."

칼리드는 변호했다. 돌아가는 꼴을 보아하니 둘이 합의하에 '사랑의 도피'를 한 것이 분명했다. 칼리드는 얄팍한 우정으로라도 로만 바스커빌을 유괴범으로 만들 순 없었다.

"그렇지 않아도 요새 고민이 심했어요, 결혼 문제로……. 루시의 집안이 바스커빌가를 탐탁지 않게 여겼거든요."

칼리드는 인터뷰를 하며 속으로 생각했다.

'아, 망했는데…… 이 인터뷰 내다가 언론사 통으로 고소당하는 거 아냐?'

예전 루시와 관련된 레오파르디가의 루머를 생산한 언론사가 어떻게 되었는지 알고 있기 때문에 더더욱 말이다.

"근데, 진짜 괜찮으시겠어요?"

"넌 아직 어른들이 그리는 큰 그림을 모르는구나. 그런 걸 걱정하면 이 직업 가질 수 있겠냐."

하지만 아버지는 천하태평이었다.

"로만 바스커빌은 제게 고민을 지속적으로 털어놓았고…… 둘은 어리긴 했지만 정말 진지한 관계였어요."

그렇다는데 어쩌겠는가?

"우선 로만이 이곳으로 전학 온 이유도 루시 때문이었는걸요."

그렇다고 로만을 유괴범으로 만들겠는가? 칼리드는 자신의 인터뷰가 두 가문에 골고루 끼칠 영향을 알긴 했지만, 아무래도 로만을 감옥에 보낼 수는 없었다.

'찔리잖아. 아, 이럴 줄 알았으면 고민 상담 같은 거 받아 주지 말걸.'

물론 실제로 그런 사태가 발발된다면, 바스커빌가는 엄선된 변호사 군단을 동원하겠지만 말이다. 하지만 여실히 자신들이 가해자임을 주장하는 바스커빌 가문은 아무 말이 없었다.

'야, 그 집안 진짜 또라이네. 임신을 시키라지 않나.'

그렇게 이틀이 지났을 때, 칼리드는 그제야 왜 바스커빌이 이 사태를 묵인 및 방조하고 있는지 알게 되었다. 상황이 영 이상하게 돌아가기 시작했던 것이다. 운명의 수레바퀴처럼.

'유괴도 계획한 거 아냐? 바스커빌이 숨겨 주고 있는 것 아니냐고.'

바스커빌가의 늑대들, 그들은 무엇인가가 일어나길 고대하고 있었다.

'이러면 사랑 문제론 수단과 방법을 가리지 않는다는 그 소문이 더더욱 사실 같잖아.'

그건 보통 때는 그 무엇으로도 뭉치지 않는 모래알 같지만, 일단 한번 일어 나기만 하면 그 누구도 거스를 수 없는 파도였다. 때에 따라선 한 가문이 아니 라, 국가, 왕조, 시대까지 무너뜨릴 수 있는 강력한 힘이었다. 대중의 눈을 위시 한 해일과 같은 도도한 여론의 흐름이었다.

이들은 왜 도망쳤는가? 누가 이들의 사랑을 방해하고 있는가? 항간에 뱀파 이어 전설처럼 떠돌고 있는 바스커빌가의 저주란 것이, 대중의 관심을 받아 한 번 더 회자되었다. 루시의 태생에 얽힌 '신데렐라' 스토리도 함께 말이다.

"이긴, 절대로 로만 그 멍청이 생각은 아니겠지."

칼리드는 휴대전화로 인터넷 기사들을 검색하다 어깨를 으쓱했다.

"그나저나 루시는 지금 뭘 하고 있는 거야?"

'……와.'

그즈음 나는 로만의 도피 스케일에 놀라는 중이었다. 로만이 '우리 도망치 자!'라고 했을 때 졸린 눈을 비비던 나는, 이런 일이 일어날 줄 전혀 몰랐던 것 이다.

"그래서 정말 우리 어디로 가는 건데?"

"아무도 모르는 곳으로."

"그런데 너 경비행기는 언제부터 몰 줄 알았어?"

"어릴 때부터?"

로만이 해맑게 말했다.

"이 일은 언제부터 계획했고?"

"어젯밤에?"

그래서 마치 불시착하듯 도착한 곳은 작은 섬의 경비행기 착륙장이었다. 온종일 걸으면 한 바퀴를 돌 수 있을 정도로 작은 섬 말이다.

"여긴 어디야?"

로만이 짐을 꺼내는 동안 나는 어리둥절해서 물었다.

"여긴 내가 열세 살 때."

"응."

"생일선물로 받은 섬이야."

아. 바스커빌가의 스케일이란.

"형들은 여길 언제 줬는지 기억도 안 날걸? 지금쯤 잔뜩 화가 나 있겠지만, 고작해야 내 별장들이나 뒤지고 있겠지."

나는 꼴깍 마른 침을 삼켰다.

'별장들?'

주마등처럼 그간의 소박한 데이트들이 스쳐 지나갔다…….

'대단하네.'

나는 그동안 로만이 얼마나 내게 발 맞춰 걷고 있었는지 실감이 났다. 가까이 다가온 로만이 내 눈꺼풀에 키스했다.

"괜찮아."

로만이 말했다. 대체 뭐가 괜찮은진 모르겠지만 말이다.

"세상은 금방 우릴 잊어버릴걸? 그때까지 숨어 지내자."

이 섬은 정말로 그럴 수 있을 것도 같았다. 이곳은 마치 작은 방공호, 종말을 대비한 요새, 혹은 노아의 방주 같았던 것이다.

"입에 맞을지는 모르겠어."

그날 저녁 로만은 식량 저장 창고에 산더미처럼 쌓인 동결 건조 식품으로 꽤 근사한 저녁을 만들어 주었다.

"여긴 자가발전 시설이 잘 구축되어 있는 곳이거든."

호밀빵에 땅콩버터 잼을 바르며 로만이 말했다.

"식량은 1년분이 있지만 중간에 조달할 수도 있고. 아참, 식수는 말이야……."

나는 로만의 브리핑을 들으며 생각했다.

'생각보다…….'

고등학생의 가출치고는 너무 본격적이라고 말이다.

하지만 위성사진에 빛이 노출될지 모른다며 암막 커튼으로 별장을 꽁꽁 막아 놓고, 촛불을 켠 뒤 하는 저녁 식사가 무척 로맨틱하긴 했다.

"많이 어둡긴 하겠지만, 저녁 먹고 산책할까?"

"로만."

내가 물었다.

"응?"

"넌 아무것도 걱정되지 않아?"

나는 사실 나보다야 로만이 더 걱정되었다. 로만은 정말 가진 게 많다는 게 새삼 느껴졌기 때문이다.

"이러다가 너 쫓겨나기라도 하면……?"

이러다 다 잃으면?

그 말에 로만이 고개를 갸웃하고 흔들었다.

"전에 네가 무인도에 대해 이야기했었잖아. 가족과 함께 있으면 잡아먹힐 것만 같은 불안감이 생긴다고."

"어?"

정작 나는 그 말을 잊고 있었다.

"나는 괜찮아. 너만 있으면, 우린 잘 살 수 있을 거야."

"……."

"무슨 일이 있어도 난 널 해치지 않을 거야. 날 믿지?"

그 순간 나는 말문이 꽉 막혔던 것 같다. 가슴 위까지 무엇인가 벅차올랐다. 그건 정말로 오묘한 순간이었다.

그리고 곧 나는 깨달았다. 바로 이런 순간을 그들, 지금의 나를 만든 할머니와 할아버지가 겪었기에 내가 여기 있게 되었다고 말이다.

우리는 서로의 손을 꼭 붙들고 산책했다.

쏴아아, 철썩, 철썩.

그날 우리 사이엔 아무런 말도 필요치 않았다. 어두운 밤, 파도 소리가 들렸다. 걱정은 밤의 물결 소리에 녹아 조금씩 씻겨 내려갔다.

그날 밤의 일이었다. 샤워를 하고 머리를 말리는데, 문득, 오늘이란 생각이 들었다. 그건 정말로 강렬한 예감이었다.

"루시?"

바로 오늘이다.

"……자?"

나는 오늘을 영원으로 만들고 싶었다. 앞으로도 우리에게 무수한 날들이 펼쳐져 있었겠지만, 오늘이 아니면 안 될 것 같았다. 침대에 누워 있던 로만은 벌떡 일어났다. 어리둥절한 표정으로 물었다.

"왜? 무슨 일 있어? 아니면?"

"……쉬."

"……무서워서…… 응?"

나는 침대로 가 로만을 눌러 앉혔다.

'이렇게 될 줄은 몰랐는데…….'

좋은 잠옷을 가져 와서 다행이야. 나는 로만의 손을 네글리제의 어깨끈으로 끌어왔다.

"로만."

"……."

"벗겨 줄래?"

"……."

잠깐 로만은 상황 파악을 하지 못한 것 같았다. 나는 로만을 내려다보았다. 나를 바라보는 로만의 동공이 흔들리다가 멈췄다.

"루시……!"

그 순간 로만이 폭발했던 건 이루 말할 것도 없다.

참 나, 다치지 않게 하겠다면서.

"으응…… 아파."

"응, 미안해."

"나, 나, 아픈데…… 홋…… 아……!"

"루시, 정말 미안. 미안해……."

미안하기만 하고 안 멈추면 어떡해. 아무튼 이 기념할 만한 순간은 영원이자 시작이 되었다.

그런데 무엇의 시작이냐고? 그걸 알아보자면 얘기가 더 진행되어야 한다.

다음 날, 눈을 뜬 나는 날 꼭 껴안은 채 뚫어져라 바라보고 있던 로만과 눈이 마주쳤다.

"깼어? 아!"

나는 로만의 높은 코를 아프지 않게 물었다.

"……?"

"아프지 않게 하겠다면서."

내 말에 로만은 귀를 추욱 늘어뜨렸지만 입가엔 웃음을 숨기지 않았다.

'귀여워.'

그렇게 행복해 보이는 로만의 표정을 이때까지 본 일이 없었다.

하지만 한 3일이 지나고 나자, 나는 좀 걱정이 되었다.

'이제 어쩌지?'

물론, 프러포즈 자체를 후회하는 건 아니다. 그렇지만 부모님이 걱정하실 것 아닌가.

'지금은 방학이겠지? 아무래도 칼리드와 엠마도 어리둥절하고 있을 테고. 음, 다다음 주 대학 시험 신청도 했는데.'

당시 밖의 상황을 전혀 모르고 있어서 할 수 있던 태평한 생각이었다. 3일 동안 나는 마음을 단단히 먹었다.

'슬슬 돌아가자.'

이제 별로 겁이 나지 않았다. 로만의 마음도 알았고, 나의 마음도 알았다. 그러니 돌아가자.

'무슨 일이 일어나든 이겨 나가자.'

앞으로 무슨 반대와 역경과 고난이 있더라도 후회하지 않겠다고 생각했다. 하지만 이 도피의 반향이 그렇게 클 줄은 몰라서 한 생각이었다.

……그래, 아무리 그래도 며칠 후 로만이 감옥에 갈 줄은 몰랐지…….

"로만! 로만! 대체 얠 어디로 데려 가시는 거예요!"

그걸 내가 어떻게 알았겠는가?

그동안 레오파르디 가문은 어떤 태도를 취하고 있었느냐면.

아무 태도를 취하고 있지 않았다. 정확히 말하자면, '루시가 하루 빨리 가족의 품으로 돌아오길 바란다'는 성명서를 발표한 것 외에 아무 태도도 취하고 있지 '못' 했다.

바스커빌이 날린 폭탄이 아침 뉴스와 함께 레오파르디가에 투하되었을 때, 처음엔 난리도 그런 난리가 없었다. 바스커빌가는 레오파르디가와 이 일에 대해 얼마든지 소통하겠다는 태도였지만, 정보가 있어야 이 일이 어떻게 된 것인지 파악할 것 아닌가.

레오파르디가는 그들 나름의 루트로 뒤에서 상황을 파악한 뒤, 침묵에 빠져들었다. 가족이 함께 모인 자리에서 제일 먼저 발언권을 행사한 것은, 그러니까 길길이 날뛴 것은 루이였다.

"이게 말이 되는 일이에요? 뒤에서 누날 숨겨 놓고 뭔가 꾸미는 게 분명해! 그 교활한 늑대들이 뭘 계획하고 있는진 모르겠지만!"

일을 칠 줄 알았다. 처음부터 막았어야 했는데. 루이는 모든 것이 후회되었다.

그런데 이상한 것은 부모님의 반응이었다.

"루이, 진정하렴. 둘이 그냥 친구 사이는 아니었다고 하지 않니."

"누나는 속은 거예요!"

"그도 아니면 사랑에 빠진 것일 수도 있겠지."

루시의 부모님은 그러고 한참 동안 말이 없었다. 그 말에 루이는 입을 다물었다. 상황이 이상하게 돌아가고 있었다.

루시의 어머니, 샌디 레오파르디는 커피 한 잔을 마시고 손수건으로 입을 닦았다.

"난 이게 루시한테 반강제적으로 시켰던 맞선의 여파일 수도 있다는 생각이 드는구나."

그리고 어깨에서 흘러내리는 가운을 끌어 올리며 금발을 쓸어 올렸다.

"자, 생각해 보자."

그녀는 판사였다. 그건 많은 이들의 주장을 아우르는 역할을 지금까지 해 왔다는 것을 뜻했다.

"우리 모두가 루시의 말을 제대로 들어 주지 않았기 때문 아닐까? 루시가 우리한테 많은 일을 소명하지도 않고, 거친 태도를 취한 이유는 말이다."

"납치고 유괴라니까요! 들을 필요가―."

"루이."

루이는 다시 입을 다물었다. 한 정당의 총수인 그의 아버지, 발자크 레오파르디가 말했다.

"앞으로 정치를 하고 싶다면, 사람이 하는 말의 진의를 파악하는 법을 배워야 한단다. 정말로 이게 유괴라면, 바스커빌가가 입이라도 열었을까?"

루이는 다시 입을 열려다 다물었다. 부정하고 싶었지만 그 말엔 분명 일리가 있었다. 정치. 정치적으로.

정치란, 각자가 그들다운 삶을 영위하게 하고, 상호 간의 이해를 조정하며, 사회 질서를 바로잡는 역할을 하는 행위를 뜻했다. 정당이란, 정치적인 주의나 주장이 같은 사람들이 정권을 잡고 정치적 이상을 실현하기 위하여 조직한 단체였다.

레오파르디가가 속한 정당은 '특성 밑에 특성 없고 특성 위에 특성 없다'는 캠페인으로 대중의 지지를 얻고 있었다. 그러니 정확히 말하자면, 그들보다 '낮거나 열등하다 느껴지는' 특성이라서 둘의 사이를 반대한 것은 아니다.

하지만 정황상 둘이 가문의 반대를 피해 '사랑의 도피'를 한 이 상황에 무어라 말한들, 대중이 어떻게 반응할지 알 수 없었다. 부모로서도, 정치적 지위를 가진 정치인으로서도 말이다.

"우리가 못 미더웠을까?"

발자크와 샌디는 루시의 생각보다 더 좋은 사람들이었다.

"우리에게 고민을 털어놓을 수 없었을 정도로?"

같은 피가 흐르는 혈연지간이라 한들 완벽한 이해란 불가능할지도 몰랐다. 그 사이를 메우는 것은 오로지 노력이었다.

"루시가 하고 싶은 말을 다 할 수 있게 했다고 생각했는데. 우리의 말이 오로지 강요로만 들렸던 것일까?"

"……."

루이는 부모님의 말에 아무런 반박도 할 수 없었다. 할 말이 생각이 나지 않아서가 아니라, 예전에 들었던 루시의 말이 목에 걸려서였다.

"네가 만약 사랑하는 사람을 만나게 된다면, 지금 나한테 한 일이 얼마나 큰 폭력인지 알게 될 거야."

그게 루시와 제대로 나눈 마지막 대화였다.

"……."

루이가 보기에, 데미안과 루시는 완벽한 한 쌍 같았다. 루이는 아직도 루시가 잘못된 선택을 내렸다고 생각했다.

하지만 마지막 만남에 누나가 한 말을 생각하면, 뭔가…… 자신이 없었다.

"로만, 우리 나가자. 괜찮을 거야. 봐. 설령 우리 집과 너희 집이 우릴 반대한다고 해도, 함께라면 이겨 낼 수 있을 거야."

"……."

"게다가 부모님께 말씀도 안 드리고 나왔잖아. 지금쯤이면 너희 형님들도 이 가출을 아셨을 텐데, 얼마나 걱정하시겠어."

"……."

"응? 나 못 믿니?"

섬 생활 일주일째.

커다란 별장의 발코니에서 루시가 로만을 설득했지만, 그는 사실 나가고 싶지 않았다. 왜 그래야 하는가? 여긴 천국인데? 라이벌도 방해꾼도 없는 둘만의 세상 말이다.

"엠마랑 칼리드는? 나 새벽에 나오느라 상황 설명도 못 했어. 얘넨 또 얼마나 걱정하겠니? 납치 신고라도 하지 않았을까 걱정이야."

물론 나오기 전에 제가 저지른 일도 있으니, 적어도 바스커빌가는 한 차례 난리가 났을 것이다. 하지만 루시에게 알리고 싶지 않던 로만은 웅얼웅얼했다.

"그냥 우리 여기서 평생 살면 안 돼? 텃밭 가꾸고 과일이나 재배하면서……."

"왜? 우리가 뭘 잘못한 것도 아닌데. 나 결혼 허락받고 싶어. 너와 떳떳하게 살고 싶어."

그때였다.

위이이잉—.

어디선가 발코니를 날려 버릴 듯한 굉음이 들려왔다.

"……?"

저 멀리서 헬리콥터 몇 대가 경비행장에 착륙하는 것이 보였다. 몇 분 되지 않아 발코니로 진입한 무장 경찰들이 로만을 체포했다.

"대체 누구세요? 로만을 어디로 데려가는 거예요!"

그나마 특종의 냄새를 맡은 언론사 헬리콥터가 따라붙어서 다행이지.

"예? 로만! 로만!"

그리고 방송사 카메라에 루시가 울며불며 로만의 이름을 부르는 것이 찍혀서 다행이지. 하마터면 로만은 루시의 유괴범으로 낙인찍힐 뻔했다.

"뭐 하는 사람들인데! 미쳤나 봐! 우리 로만을 어디로 데려가는 거야!"

루시가 엉엉 울며 로만을 따라가다 모래사장에 엎어졌다. 시청률은 수직 상승했다. 이런 시청률은 역대 대통령 선거 개표 방송도 기록하지 못했다.

"당신들은 뭐야! 왜 찍는 건데요! 애가 잡혀가는데 도와주지도 않고!"

루시는 서럽게 울면서 말했지만, 이 장면이 찍힌 게 로만으로선 정말 다행이지 않을 수 없었다.

"아무리 내가…… 그랬다지만, 어떻게 날 유괴범으로 만들어?"

며칠 후 구치소에 갇힌 로만은 면회실의 수화기를 들고 면회를 온 형들한테 말했다.

"너희 정말 제정신이냐?"

로만은 구치소 안에 들어와서야 사건의 전말에 대해 알게 된 것이다.

"제정신?"

가문의 변호사를 대동하고 온 해롤드는 대놓고 어이없어했다.

"야, 제정신이 아닌 건 너지? 너 정말 앞으로 우리 얼굴 안 볼 생각이었냐?"

"그런데 로만, 네가 가지고 간 건 어디 있니? 그거 중요한 건데. 루시한테 넘긴 건 아니지?"

알렉산더가 자상하게 덧붙였다.

"내가 그걸 내놓을 거 같아?"

"너 진짜 감옥에서 300년 정도 살고 싶어? 로만, 너 이러다 유골도 밖에 못 나오는 수가 있어."

"사람 협박해?"

로만은 유리 한 장을 사이에 두고 형들한테 으르렁거렸다.

"너희는 악마야!"

"하 참, 나."

해롤드가 코웃음 쳤다.

"그러니까 누가 도둑질을 하래? 그리고 로만, 우리가 아무리 너를 사랑해도 너 하나 때문에 레오파르디가와 전쟁을 벌일 순 없다고."

알렉산더는 만면에 미소를 숨기지 않으며 말했다.

"그러니까 이제 우릴 믿고 긴 법정 싸움을 시작하거나, 레오파르디가에서 탄원서를 쓴 뒤 꺼내 주길 바라는 수밖에 없단다."

로만은 그 말에 꿀이라도 먹은 듯 입술이 달라붙었다.

"……."

해롤드가 말했다.

"그래도 뉴스 보니까 그림은 잘 나왔더라. 너 혹시 거기서 루시랑 싸운 건 아니지? 이제 네 목숨은 네 여친한테 달렸어."

로만이 구속된 건 너무 충격적인 사건이었다. 나는 집으로 돌아가는 헬리콥터 안에서 이 상황에 대해 들었다.

"……유괴라고요? 로만이 절요?"

따뜻한 남국의 섬에 있다 공항에 도착하니, 칼바람이 부는 동시에 전파가 터졌다. 휴대전화의 비행기 모드를 풀자마자 메시지와 부재중 전화가 쏟아졌다. 상황을 파악한 나는 정말 정신이 아찔했다.

"그래서 로만은 어떻게 되는 건데요?"

일주일의 가출이 이렇게 큰일로 번질 거라곤…….

부모님을 기다리는데 난 정말로 도망가고 싶었다. 이 상황을 뭐라고 설명해야 할지 겁이 났던 듯하다.

"……엄마?"

하지만 막상 도착한 엄마는 말없이 나를 끌어안아 주었다. 나는 엄마가 나를 끌어안아 주기 직전의 표정을 보았다.

"…….."

그제야 나는 내가 엄마를 정말 걱정시켰다는 걸 깨달았다.

"이제 다 괜찮아."

이제껏 한 번도 엄마가 그렇게 울 것 같은 표정을 지을 수 있을 거라 생각해 보지 않았다. 나는 그동안 많은 걸 착각하고 의심했던 것 같다.

예를 들면 나를 향한 가족의 사랑. 나는 늘 의심했다. 우리 가족이 마음 한구석으로는 날 짐처럼 여기지 않을까 하고.

"……정말 죄송해요."

그러니까 내 감정을 숨겨야 한다고 생각했다. 왜냐면 내가 느끼는 이 고독과 외로움을 이해받지 못할 것이라고 지레짐작했으니까. 그래서 나는 늘 부모님께 내 생각을 숨겨 왔다.

"전 처음부터 그 애가 좋았어요……."

다 잘못된 생각이었다.

"정말 잘못된 일이지만 모든 게 다 합의였어요. 유괴라니, 가당치도 않은 말이에요. 사실 우리가 떠났던 이유는……."

나는 이 일이 오히려 부모님과의 거리를 좁히는 계기가 될 줄은 생각지도 못했다.

"……정말 죄송해요. 일이 이렇게 커질 줄은 몰랐어요."

나는 모든 걸 말했다. 그동안 내가 어떤 생각을 했는지, 무엇을 가족에게 숨겨 왔고, 또 무엇을 두려워해 왔는지를. 나중에 내 아이가 이런 사고를 친다면, 나는 내 부모님처럼 아이를 대할 수 있을까? 솔직히 자신이 없었다.

"로만이 좋아요. 그 애의 가문이나 성, 그리고 그 밖의 모든 것이 아니라 그 애가 그 애이기 때문에……."

이름이 바뀌어도 장미가 여전히 장미이기 때문에.

"로만은 처음 만났을 때부터 나를 레오파르디로 보지도 않았고, 돌연변이처럼 대하지도 않았어요."

나는 로만을 사랑했고, 로만도 나를 사랑해 주었다.

"나는 그래서 그 아이가 좋아졌어요. 이 세상에 많은 사람들이 있고, 또 그중 누군가를 사랑할 수도 있겠지만……."

말하면서 떨렸다. 나는 내 생각을 매번 스스로 검열해 왔다. 부모님에게서 '네가 사랑에 대해서 무엇을 아느냐'는 대답이 들려올 것 같았다.

"로만과 평생 함께하고 싶어요……. 이런 제가 치기 어리고 아무것도 모른다고 생각하시죠?"

말을 다 마치고 나는 무엇에 북받쳤는지 울었다. 한 번도 내 솔직한 심정을 부모님께 드러낸 적이 없었기 때문일까?

내 이야기를 다 들은 부모님은 아무 말도 없이 나를 꼭 안아 주셨다.

집에 도착한 후, 얼마 지나지 않아 루이가 방으로 찾아왔다.

"난 솔직히 아직도 반대야."

"알아."

내가 말했다. 그럴 줄 알았다. 아마 로만은 이 일로 루이에게 점수를 더 잃었을 것이다.

"바스커빌은 미친놈이라고 생각해. 경찰들이 못 찾아냈으면 그놈은 누나를 평생 섬에 데리고 있었을걸?"

"루이."

내 말에 루이는 풀죽은 표정을 지었다.

"누나."

한참을 우물쭈물하다가 두 팔을 벌렸다.

"그래도, 누나의 고민을 들어 주지 못해서 미안해."

나는 대답 대신 그 품에 안겼다.

아무튼 우리 가족 안에선 극적인 화해가 이루어졌는데……. 문제는 여전히 남아 있었다.

'나 때문에 로만이 감옥 생활을 하게 되다니……'

로만의 구치소 살이였다. 알고 보니 그 문제는 바스커빌에서 신고한 건이기 때문에, 우리 쪽에서 어떻게 할 방법이 없단다.

"로만, 거기…… 밥은 잘 나와?"

"넌 아무 걱정하지 마. 난 괜찮아."

"아니, 어떻게 괜찮을 수가 있겠어…… 흑."

나는 구치소 면회실만 오면 눈물이 났다. 남자친구 때문에 이런 곳에 오게될 거라곤 한 번도 생각하지 못했는데. 인생이란 정말 알 수가 없었다.

"울지 마. 루시. 응? 내가 여기선 네 눈물을 닦아 줄 수가 없잖아."

로만이 서글픈 목소리로 말하곤, 이내 빠드득 이를 갈았다.

"이게 다 미친 형들을 둔 대가지. 루시, 아직도 우리 형제 사이가 좋아 보이니?"

그러게, 정말 너무하다. 섬에서 일주일을 보낸 대가치곤 이 상황이 너무 혹독했다.

나는 정말 정말 긴 탄원서를 썼다. 얼마 뒤, 로만은 보석으로 풀려났다.

드디어 로만이 풀려나던 날.

"케이크…… 먹을래?"

"케이크?"

마중 간 나는 구치소에서 터덜터덜 걸어 나오는 로만한테 조그만 케이크 상자를 보여 주었다.

"내가 어디서 봤는데, 어느 나라에선 감옥 갔다 돌아오면 다신 거기 들어가지 말라고 희고 부드러운 걸 먹는다더라."

"응."

"그래서 말인데 생크림 케이크……."

"감옥 아니야. 구치소야. 재판까지 가도 기각됐을 거라고."

"응, 그래그래. 힘들었지?"

며칠 전, 나는 바스커빌가에 전화를 했었다.

"로만에게 면회를 가려고 하는데, 같이 가지 않으실래요?"

[단둘이 있는 게 좋지 않을까?]

하하 웃으며 대답한 것은 해롤드 씨였지만, 옆에서 알렉산더 씨의 웃음소리도 들려왔다.

'면회도 꼬박꼬박 오시고 꽤 거액의 보석금을 내 주시긴 했는데. 사이가 좋은 건지, 나쁜 건지…….'

초췌한 얼굴로 구치소에서 나온 로만의 첫 말은 이러했다.

"형들은 진짜 쓰레기야……."

난 그 말에 뭐라 할 대답을 찾지 못했다.

"그래도 이렇게 빨리 나온 건 형님들이 힘써 주셔서 그런 걸 거야."

"X발, 동생을 유괴범으로 신고하는 형이 어디 있어?"

"로만, 예쁜 말 해야지."

"그런 형이 어디 있냐고요."

웅얼웅얼한 로만은 나를 답싹 끌어안았다.

"나 거기서 너무 무섭고 외로웠어. 루시, 보고 싶었어. 우리 다신 떨어지지 말자."

"응, 그러자. 로만, 생크림 케이크 어디서 먹을까?"

케이크 상자가 로만의 허그에 찌그러졌다. 어쨌든 하얗고 맛만 좋으면 됐지. 나는 로만을 근처 벤치로 데려갔다. 거기에 앉아 로만은 뚝뚝 울면서 찌그러 진 케이크를 먹었다.

"맛있어?"

"응…… 너무 맛있어."

"천천히 먹어."

나는 이 상황의 로만이 너무 불쌍하고 그랬다.

'얼마나 고생했을까. 나 아니면 거긴 평생 구경도 못 했을 도련님인데…….'

나는 손수건으로 로만의 눈물을 닦아 주었다. 그때, 어디선가 찰칵찰칵 소리 가 났다. 아마 숨어 있는 파파라치일 테지. 한 달 새 엄청난 유명인이 된 나는 그 소리를 무시했다.

"로만?"

"응."

"우리 있잖아."

훌쩍이며 케이크를 먹는 로만의 귓가에 속삭였다.

"우리 부모님이 허락하셨어."

"응?"

무슨 말인지 이해하지 못한 듯, 로만은 고개를 들어 올려 나를 그저 빤히 바 라보았다. 나는 로만의 입가에 묻어 있는 케이크를 엄지로 훑으며 설명했다.

"우선은 약혼부터 하자고 하셔. 너와 너희 가문만 좋다면……. 마음이 변하 지 않는다는 전제하에 대학 졸업하고 나서……."

189

많이 놀랐는지 로만이 먹던 케이크를 그대로 바닥에 떨어뜨렸다.

"진짜?"

"응, 진짜. 아마 결혼식은 졸업하고 나서가 될 테지만……."

로만은 내가 마지막 말을 마치기도 전에 날 꼭 끌어안고, 그대로 생크림 맛이 나는 입을 맞췄다.

"그래서…… 좋아?"

"좋고 말고 할 게 뭐가 있어?"

"……."

"나는 좋지, 너무 좋아."

로만이 내 어깨에 제 머리를 비볐다. 그 장면을 나란히 담은 사진이 다음 날 신문에 올랐다. 뭐, 세기의 사랑 어쩌고저쩌고하는 타이틀로 말이다.

아, 맞다. 그 사진이 올라온 곳은 칼리드네 언론·미디어 그룹에 속한 신문사였는데 말이지.

칼리드는 로만을 만난 날.

"억!"

인사도 하기 전에 배에 주먹부터 날렸다.

"칼리드!"

나는 비명을 질렀다. 하지만 칼리드는 멈추지 않았다.

"사람 엿을 먹여도 정도가 있지!"

"야! 참아, 참아!"

"엠마? 너라면 참겠어? 어?"

"그래도 폭력은 안 돼."

하지만 엠마는 말과 달리 칼리드를 건성건성 말렸다.

"넌 진짜 내가 생명의 은인인 줄 알아라? 내가 너 납치범이라고 인터뷰했음 너 그대로 납치범 되는 거였어!"

"아니, 잠깐……."

"이 빚은 나중에 꼭 갚게 할 거야! 알았어?"

사실 나도 이미 이런 식으로 혼나고 난 뒤였다. 그 당시, 로만은 구치소에 있었지만 말이다.

"어떻게 튀어도 그런 데로 튀어? 일주일 내내 전 국민이 너 찾는다고 난리였어. 너 진짜 잡힐 생각 없었지?"

한참 로만을 짤짤이 한 칼리드가 땀을 닦으며 카페테라스 의자에 앉았다.

"……잡힐 생각이면 도망을 왜 쳐? 만약 나음이 있다면 좀 더 치밀하게……."

맞은편 의자에 앉은 로만은 고개를 돌리고 중얼중얼했다.

"저 새끼가……."

칼리드가 진짜 뱀처럼 쉭쉭거렸다.

"이제 참아 줘. 많이 맞았잖아……. 막 감옥에서 나온 애야. 얼마나 마음고생을 했는데. 반성했을 거야."

로만의 옆자리에 앉은 내가 말렸다.

"감옥 아니고 구치소인데……."

"반성했지?"

"……."

"고개 끄덕여야지."

끄덕끄덕.

"자, 뭐 먹을래?"

곧 내가 사죄의 의미로 시킨 음료와 각종 디저트들이 4인 테이블을 꽉 채웠다.

"그래서 왜 불렀는데?"

엠마가 아름나운 디저트의 자태에 눈을 빛내다 물었다.

"아, 맞다."

나는 가방에서 칼리드와 엠마한테 줄 물건을 꺼냈다.

"우리 약혼식 청첩장이 나와서 말이야."

"……."

"……."

칼리드와 엠마는 서로의 얼굴을 바라보았다. 나는 우물쭈물하며 물었다.

"부담 가질 필요 없고, 그냥 정말 조촐한 행사거든. 양가 가족들이랑…… 너희만 초대하고 싶은데, 어때?"

나중에 칼리드가 날 따로 불러냈다.

"루시, 너 나한테 이 일로 빚 진짜 많이 졌어. 알아?"

"알지."

안다. 새삼 왜 묻는가? 나는 어리둥절했다.

"나중에 너희 약혼식 사진 찍은 거, 우리 쪽에서 배포해도 돼?"

"……."

"포토그래퍼는 안 쓸게. 그냥 내가 폰카로 찍어서? 관계자 유출이라 할게."

"칼리드."

나는 한숨을 내쉬었다.

"너 진짜 기브 앤드 테이크가 확실하구나."

약혼식은 생각보다 조촐하지 않았다. 일단 섬에서 열렸고…….

"섬?"

"나 그때 그 섬에서 열고 싶어. 우리 기념도 되고…… 무엇보다 파파라치가 붙을 일이 없으니까."

"……."

로만의 말에 나는 생각했다.

'칼리드가 말 안 했구나.'

복수 겸 로만의 뒤통수를 치고 싶은 모양이었다. 나는 입을 다물기로 했다.

"우선 예식, 본식, 피로연에 입을 우리 의상은 지금부터 디자인해야 하니까……."

딴죽을 걸기엔 로만이 너무 행복해 보였기 때문이었다.

아무튼 우리는 양가 부모님과 형제, 이 일에 알게 모르게 협력해 준 친구들을 증인으로 약혼했다.

"루시, 오늘 왜 이렇게 예뻐?"

엠마와 칼리드는 개인 비행기로 날아왔다. 나는 두 사람에게 약혼식을 위해 특별히 준비한 드레스와 턱시도를 보냈다.

"너도 정말 예뻐, 엠마. 와 줘서 고마워, 칼리드."

그리고 예식에 앞서 친구들을 부모님께 소개하는 시간을 가졌다.

"우리 부모님께 너희를 소개하고 싶어. 나 있잖아, 너희를 소개할 수 있게 되어서 정말 기뻐."

로만은 대체 어떻게 했는지 이 섬을 타오르는 장미로 채웠다.

'로맨틱하기는.'

아마 내가 로만에게 준 꽃의 대응인 것 같았다.

우리는 우리를 축하해 주는 사람들 가운데에 섰다. 그리고 서로를 바라보았다.

"루시……."

로만이 찌잉— 한 얼굴로 내 손가락에 약혼반지를 끼우며 속삭였다.

"난 널 처음 본 순간부터 이렇게 될 줄 알았어……."

불과 몇 달 전에, 널 위해서라면 세상을 버려 버리겠다 말해 놓고선 말이다. 나는 웃음이 나오려는 걸 꾹 참았다.

"로만, 울지 말고 말해."

얘는 아무튼 감동적이기만 하면 눈물부터 글썽인다니까.

"루시, 나 정말 너무 행복해."

"나도."

나도 진심을 가득 담아 말했다.

"이보다 더 행복할 순 없을 거야."

행커치프 대신 흰 장미로 슈트를 장식한 로만은 정말 가슴이 찌잉 아릴 정도로 멋있었다.

"루시, 사랑해."

"나도 그래."

내가 좋아하는 사람들이 모여 우리의 앞날을 축하해 준다는 게, 로만 말대로 믿기지 않을 정도로 행복했다.

"정말 사랑해."

나도 로만의 손가락에 반지를 끼워 주며 말했다.

"그 누구도 아닌 너와 영원을 약속하게 되어서 기뻐."

우리는 서로의 양손을 깍지 끼고 입을 맞췄다. 바로 그 사진도 칼리드 쪽의 뉴스와 신문에 사용되었다.

약혼식이 끝난 후 어느 날, 나는 데미안이 불현듯 떠올랐다. 잊어버린 것은 아니고, 너무 큰 사건이 많이 일어나서 생각할 시간을 갖지 못했다. 아마 일련의 사건들은 미디어를 통해서 보았겠지.

나는 그에게 긴 편지를 썼다.

「데미안 씨에게.」

미안함을 알리는 편지였다. 며칠 후 나는 답장을 받았다.

「루시 양의 앞날에 행운과 행복을 빌어요.」

한 장짜리 편지는 담담한 고별문이었다.

「그리고 루시 양의 말대로 제 앞날에도 꼭 특별한 상대가 나타나기를. 그런데 있잖습니까. 이 일과는 별개로 루시 양이 정말로 유전공학에 관심이 있다면, 괜찮은 대학을 추천해 드리고 싶습니다.」

'어?'

그 편지의 말미에 적힌 글은 나를 지금껏 생각해 본 적 없는 새로운 길로 인도해 주었다.

"시간은 많아. 상황은 언제든 바뀔 수 있어."

"루……."

"아무리 열정적인 사랑이어도 유통기한이 3년이라니까. 누나, 약혼은 그냥 계약금 거는 거랑 똑같은 거야. 5년 안에, 언제든지 물러도 괜찮아."

"루이, 나 걱정해 주는 거지? 악담하는 거 아니지?"

약혼식 이후, 루이는 서슬 퍼런 눈으로 내게 '약혼은 언제든지 깨어질 수 있다'고 고지해 주곤 했다.

"그럼, 누나는 언제든지 돌아올 수 있어."

난 동생이 언제쯤 현실을 인정할 수 있을지 가늠해 보고 나선, 고개를 절레절레 저은 뒤 꼭 끌어안아 주었다.

"⋯⋯그래. 고마워."

언젠간 되겠지 하는 게 내 생각이었다.

'아무리 현실을 부정해도 5년 안에는 되지 않겠어?'

루이의 말처럼, 우리의 약혼과 결혼 사이에는 5년이라는 유예 기간이 있었다.

'그즈음이면 부모님도 세상도 우릴 다른 눈으로 바라볼 테고 말이야.'

우리 일로 한차례 전국이 들썩이고 난 뒤, 비판 여론도 꽤 있었다. 어린아이들의 장난에 온 국민이 놀아났단 것이었다.

'의도한 건 아니지만 맞지, 뭐.'

그러니까 아마 약혼식과 결혼식 사이에 간격을 둔 건, 부모님의 배려일지도 모른다고 난 생각했다. 머리를 좀 더 식히고, 네 결정에 대해 찬찬히 생각해 보라는 의도가 조금은 섞여 있긴 하겠지만 말이다.

하지만 세상일은 마음대로 되는 게 아니다. 훗날, 우린 양가의 합의에 따라 작성된 약혼 계약서를 수정해야 했는데⋯⋯. 그건⋯⋯.

"⋯⋯우욱."

약혼식으로부터 약 4년 뒤, 내가 입덧을 시작했기 때문이었다.

때 이른 임신이라니⋯⋯. 누가 알았겠는가? 그때 나는 대학교 4학년생이었고, 로만과 함께 살고 있었다.

Chapter 18.

늑대지만
해치지 않아요

약혼식 이후, 우여곡절이 많았다.

그동안 많은 변화가 있었는데, 그중의 가장 큰 변화는 로만과 내가 대학생이 되었다는 것이었다. 내가 대학을 선택한 데는 데미안의 편지가 큰 역할을 했다.

「퍼시벌 대학의 리체 교수는 제가 아는 학자 중 가장 뛰어난 사람입니다. 그 대학으로 진학을 원하신다면 제가 추천장을 써 드릴 수 있습니다. 물론 우선 대학 자격 능력 시험에서 좋은 성적을 받아야겠지만요.」

나는 그 대학과 교수님에 대해 알아보았다. 그리고 심사숙고한 뒤 진로를 정했다.

"퍼시벌?"

로만은 내 말을 듣고 발등에 불이 떨어진 듯한 얼굴을 했다. 그러더니 결국······.

"따라갈래."

······하고 처량한 목소리로 말했다.

"칼리지는? 형님들 다 거기 나왔다며."

"알게 뭐야? 난 정말 롱디는 싫어."

헤어질 수 없다며 내 허리를 꼭 끌어안는데, 나는 로만이 이럴 때면 자주 크

나큰 의문에 휩싸였다.

"……너 대체 나 전학 갈 땐 어떻게 헤어진 거야?"

"그래서 싫은 거야. 우린 다신 헤어질 수 없어."

그래서 로만이 내 대학을 따라오게 되었다. 아참, 칼리드와 엠마는 어떻게
되었느냐고?

"……이게 옳은 선택일까? 루시?"

우리가 약혼식을 올린 이듬해 여름. 카페테리아에 앉은 엠마는 입술을 삐죽
이다 한숨을 내쉬었다.

"그럼."

"아휴……. 내가 제대로 선택하는 건지 모르겠다."

원래 주립대를 생각하고 있던 엠마가 지망 대학을 옮겼다. 칼리드와 같은 대
학은 아니고, 그 근처의 아트 스쿨로 말이다.

"아트 스쿨?"

나는 놀랐다. 엠마가 그쪽에 관심이 있는 줄은 전혀 몰랐다.

"디자인 쪽을 공부해 보고 싶어. 이왕 멀리 가는 김에 말이야."

둘은 대학도 가까운 김에 집을 합치기로 했다고 한다.

"합리적이지?"

엠마 옆에 앉은 칼리드는 내내 싱글벙글했다.

"얼마나 좋아. 원래 사람은 큰물에서 놀아야 되잖아."

그 옆에서 커피를 티스푼으로 휘휘 젓고 있던 엠마는 한숨을 내쉬었다.

"정말 이게 잘하는 건지……."

"후회 안 하게 할게."

칼리드의 말에 엠마는 눈을 가늘게 떴다.

"나는 벌써부터 후회되는걸……."

그리고 후룩 커피를 마시고 난 뒤 입을 손등으로 닦으며 말했다.

"그런데 넌?"

"응? 나?"

"같은 학교잖아. 동거 안 해?"

그 말에 이번엔 소리 없이, 그러나 입이 찢어져라 로만이 웃기 시작했다.

"아, 그게…….."

나는 한숨을 내쉬었다.

그렇지 않아도 바스커빌가에 놀러 갔다가 제의를 하나 받았다.

"약혼 선물로 해 줄게!"

"루시 네 명의로 말이야. 우린 가족이니까."

"부담 가지지 마. 정말 정말 약소한 선물이거든. 진짜 작아. 요만하다니까?"

로만의 형들, 그러니까 이제 가족이 되는 알렉산더 씨와 해롤드 씨에게 말이다.

'가지지 말라고 하셔도…… 너무…… 부담스러워요.'

두 사람이 '요만하다'고 말한 대학 근처의 집 선물은 너무 부담스러웠다.

'그만한 집이 어디 있어요.'

나는 두 손에 식은땀이 다 났다.

"아, 그게…… 부모님과 상의를…….."

"성인이니까 혼자 결정할 줄도 알아야지, 루시."

"그 조그만 기숙사에서 어떻게 살겠어? 그것도 모르는 사람과? 생각보다 힘든 일이란다."

나는 로만을 바라보았다.

'어떻게 좀 해 봐!'

하지만 로만은 전혀 알아듣지 못한 듯이 고개를 갸웃했다. 아니, 정말 알아

듣지 못한 게 맞을까?

"우선…… 일주일 뒤에 연락드리겠습니다."

나는 우선 이 제안을 우리 집에 알렸다.

"미쳤어! 미쳤어! 결혼도 안 한 여자가 어떻게!"

알리자마자 루이가 난리가 났다.

"어떻게 심지어 그 늑대 새끼랑!"

"루이, 그 늑대 새끼가 내 약혼자란다."

"난 허락 못 해! 못 해! 안 해!"

의외로 얕은 한숨을 내쉰 부모님은 서로를 바라보더니, 내게 말했다.

"루시."

"우릴 걱정시키지 않겠다고 약속할 수 있지?"

"어머니!"

"네!"

결과적으로…… 난 그 약속을 지키지 못하게 되지만 말이다.

아. 정말 난 나 같은 딸 낳는 게 너무 무서웠다. 너무 말도 안 듣는 데다가, 좀 파란만장해야지.

"원래 동거하면 아무리 친한 사이라도 다 헤어진대."

"루이, 그걸 정말 원해?"

"같이 살고 나면 그 늑대놈도 본색을 드러낼 거야."

"늑대놈 아니고 로만, 로만 바스커빌이라니까……."

루이는 그날 밤 악담을 퍼부었다.

아무튼 우리는 동거하게 되었고, 또 같은 대학에 다니게 되었다. 세기의 커플이 캠퍼스 커플이란 타이틀까지 달았으니…….

'헤어지면 '너희도 유난 떨더니 드디어……!'라고 하겠구나.'

한동안 난 유명세에 시달렸는데, 그것도 1년이 지나자 꽤 익숙해졌다. 사실 중학교 시절에 비하면, 대학 안의 사람들은 타인을 신경 쓰지 않았다. 대학은, 칼리드의 말대로 큰물이었다.

나는 대학에서도 꽤 쉽게 친구를 사귀었다.

"루시, 맞지? 옆자리에 앉아도 되니?"

내가 유전공학과를 선택한 건 정말로 다행인 일이었다. 훗날 돌아보면, 나는 어릴 때부터 생각이 많은 아이였다.

나는 왜 태어났을까? 어떻게 태어났을까? 이 세상의 모든 것이 궁금했다. 1년이 순식간에 흘렀고, 나는 이 학문이 점점 더 재미있어졌다.

그리고 2년이 더 지난 어느 날 봄.

'어?'

어느 날 나는 문득 내게 일어난 두 번째 변화를 알아차렸다.

두근.

마음 혹은 상황이 아니라 몸의 변화였다.

'이게 무슨 일이지?'

그 변화를 처음 깨달은 장소는 학생 식당이었다.

'내가 지금 왜 이러지?'

나는 한참이나 스테이크 앞에 서 있었다. 폭력적인 향기에 머리가 어지러울 지경이었다. 나는 홀린 듯이 육식 특성 식사 코너를 바라보았다.

'……맛있어 보여.'

말도 안 되는 일이었다. 과일도, 샐러드도, 시리얼도 아닌 스테이크라니. 나는 너무 놀라서 가슴이 다 두근거렸다.

'이게 무슨 일이야?'

그 와중에 입 안은 난리였다. 입만 벌리면 뚝뚝 흐를 정도로 군침이 고였다.

'미쳤나 봐.'

그렇게 생각하면서도 발걸음이 떨어지질 않았다.

"루시?"

날 의아하게 바라보던 로만이 내 어깨를 짚었다.

"어?"

"갑자기 멈춰 있길래. 무슨 생각해?"

"아니, 음……."

나는 애써 눈을 질끈 감고 스테이크를 외면했다. 하지만 눈을 감는다고 해결되는 일이 아니다.

'어떻게 한 번도 못 먹어 본 게 맛있어 보일 수가 있어?'

나는 로만을 바라보았지만, 로만은 채식을 한 지 오래되어서 그런지 아무렇지도 않아 보였다.

"갑자기 써야 할 소논문이 떠올라서……."

"밥 먹는데도 그런 생각이 나?"

꼴깍…….

나는 계속해서 새어 나오는 침을 꼴깍꼴깍 삼키며 고개를 끄덕였다.

그날, 늘 먹던 음식을 먹는데 마치 모래를 씹는 듯이 맛이 없었다. 오히려 좀…… 역하기까지 했다.

'내가 몸이 안 좋은가?'

같은 메뉴를 오히려 로만은 맛있다며 먹고 있는데 말이다.

나는 근처에 앉은 다른 사람들이 먹는 음식에 너무 눈길이 가서 정말 죽을 것 같았다. 특히 고기, 고기, 고기……. 이게 무슨 일인가?

'시험 준비 때문에 며칠 밤을 새웠더니 제정신이 아닌가 봐.'

나는 애써 눈앞에 놓인 샐러드를 포크로 집어 입에 넣었다. 마치 다이어트를 하는 느낌이었다.

'맛없어……!'

난 이게 무슨 일인지 영문을 몰랐다. 생각해 보면 이것이 가장 확실한 전조 증상이었는데도 말이다.

그래, 전조.

되짚어 보자면 이 일이 일어난 이유는 간단했다. 하늘을 봐야 별을 따는데, 우린 그동안 하늘을 엄청 많이 봤다. 물론 별도 좀 따고.

시작은 그 섬에서부터였다.

나는 그때 로만과 평생을 함께할 수 있고, 그럴 수밖에 없다는 강렬한 예감으로 불타고 있었다. 그건 로만도 마찬가지였던 것 같다. 게다가 대학 시절, 양가 어른의 공인까지 받고 결혼을 전제로 같이 살게 되었으니 뭐 어떻겠는가?

물론 안전하게 했다. 그러긴 했는데……! 같이 살게 되자마자 로만은 날 침대에 쓰러뜨리고 놓아주려 하질 않았다.

'잠깐, 잠깐만……!'

둘만 있으니까 날 완전 잡아먹으려 들었다. 심지어 둘만 있을 때가 아닐 때도 그랬다. 로만은 경영학부 건물보다 우리 생명공학부 건물에 더 자주 출몰하는 명물이 되었다.

"너…… 경영학 수업 제대로 듣고 있는 거지?"

"그럼."

로만이 아스팔트에 붙은 껌딱지처럼 내 곁에 붙어 다닌 지 장장 2년.

"로만, 우리 사귀는 거 세상 사람들이 다 알거든? 그러니까 굳이 나 따라다닐 필요 없어. 너희 학과는 종강 파티 안 해? 응?"

애는 그동안 경영학과면서 내 OT에도 따라오고, 우리 학과 개강 파티랑 종강 파티에도 참석하고……. 몇 명은 로만을 유전공학과 학생으로 착각까지 했을 정도였다. 그럴 만도 했다. 나라도 그러겠다.

"난 어떻게 될지 모르겠지만, 넌 정말 사회 나가자마자 전공 살려야 되잖아? 응? 회사 안 들어갈 거야?"

로만은 자기 학과 아웃사이더를 자처하는 주제에, 내가 뭐라고 하면 귀를 축 늘어뜨리고 웅얼거렸다.

"하지만 넌 나한테 말도 안 하고 선봤잖아."

"내가…… 그건 정말 미안해."

"나 몰래 네가 미팅이라도 하면 어떡해?"

매번 불리하면 꺼내 드는 레퍼토리였다.

'로만, 생각을 해 봐. 누가 날 미팅 자리에 끼워 주겠어? 나랑 너랑 약혼한 거 전 국민이 다 아는데. 우리 헤어지면 기사 나, 기사.'

하지만 나는 아무 말도 하지 못했다. 그래, 선본 내가 죄인이다, 죄인.

"내가 그때 말 안 하고 선본 거 정말 잘못했어. 하지만 그건 정말……. 아냐, 내가 미안해. 그래서 그분 있는 대학엔 원서도 안 넣었잖아."

"뭐? 그럼 그 일 없으면 거기 넣으려고 그랬어?"

멀리 떨어져 있던 그 일주일 동안 한이라도 맺혀 있었는지, 로만은 밤이며 낮이며 나와 붙어 다녔다.

밤에는, 아니 가끔은 아침에도 날 쪽쪽 발라 먹었다.

'좋은데, 아파……. 살점 다 뜯어지겠다.'

아무튼 스테이크의 폭력적인 향기를 느꼈던 그날, 난 밤을 꼴딱 새웠다.

꼬르르륵…….

'배고파…….'

강렬한, 하나 대체 무엇으로 채워야 할지 알 수 없는 배고픔 때문이었다. 물론 그날 밤도 로만은 날 가만 놔두지 않았다. 거의 다음 날 아침까지 말이다.

"아, 잠깐, 키스마크! 키스마크 남기지 말랬잖아!"

다음 날 아침 거울을 보며 드라이기로 머리를 말리고 있는데, 로만이 슬금슬금 내 허리를 끌어안았다.

"루시…… 오늘따라 향기 좋다."

"악!"

내 목에 제 입술을 묻고 하는 키스가 마치 뼈에 붙은 살점을 발라 먹으려는 듯했다.

"나 멍들어!"

나는 로만의 귀를 콱 잡아당겼다.

"너 때문에 스카프하고 다녀야 한다고."

거울 속 로만이 홀린 듯한 얼굴을 하고 있다 흠칫 놀라서 사과했다.

"앗, 미안, 미안. 요즘 너한테 너무 맛있는, 아니, 아니, 달콤한 냄새가 나서……."

'달콤? 맛?'

성욕은 식욕과 연결되어 있다는데…….

'배고파서 그런 거 아냐?'

나는 가끔 로만이 채식을 하는 거랑 내 살을 쪽쪽 빠는 게 무슨 연관이 있진 않은지 무서울 지경이었다.

"내가 머리 말려 줄까?"

나를 끌어안고 아쉬운 표정으로 입맛을 다시던 로만은 나를 풀어 주었다.

"말려 줄게, 응?"

내 눈치를 보다 얼른 빗과 드라이기를 뺏어 들었다.

"혼자 하면 뒤엔 손질 잘 안 되잖아."

로만이 나의 길고 곱슬곱슬한 머리에 컬을 넣으며 말려 주기 시작했다.

"루시, 향수 바꿨어?"

로만이 내 머리칼에 코를 묻으며 킁킁거렸다.

"요즘 정말 단내가 나. 우유 냄새 같기도 하고 분유 냄새 같기도 하고……."

그러더니 애교를 부리듯 내 머리칼에 머리를 대고 비비적거렸다.

"머리 다 말리고 팬케이크 먹을까? 메이플 시럽이랑……."

로만은 머리를 다 말려 주고 난 후, 정말 몽실몽실해 보이는 수플레 팬케이크를 만들어 주었는데……. 이상하게 나는 포크를 쪽쪽 빨고 있었다.

'뭔가 부족해.'

살찌려고 그러나? 먹고 있는데도 배에서 꼬르륵 소리가 났다.

'먹고 있는데 더 허기져…….'

배 속에서 뭔가를 달라고 마구 외치고 있는 듯했다. 나한테 뭐가 부족한지 전혀 몰랐다.

'왜 이렇게 배가 고프지?'

……아니, 모르는 척하려고 했다. 그도 그럴 게 너무 말이 안 되었던 것이다.

'배고파.'

나는 아무리 먹어도 배가 고프기 때문인지, 점점 예민해졌다.

'공부 때문에 그런가? 너무 스트레스 받아서?'

기분 탓인지, 아무리 먹어도 오히려 살이 빠지는 것 같고 말이다.

'내가 원래 스트레스를 받으면 배가 고파지는 타입이었나?'

나는 그 시기, 한 학기의 점수를 결정짓는 중요한 합동 과제 중이었다.

"으아, 너무 배고파."

"다 먹고살자고 하는 짓인데 밥 먹고 하자!"

실험실에서 가운을 팔락거리며 누군가 외쳤고, 동기들이 웅성거리며 피자 메뉴판을 펼쳤다.

"뭘 보고 있어? 넌 이거!"

"아? 응응."

나는 뚫어져라 스테이크 피자 사진을 바라보고 있다가 자칼 특성인 나오미한테 메뉴판을 빼앗겼다.

"베지터블 포테이토 미디움으로 시키면 되지?"

"난 쉬림프로 먹을래."

"그럼 우리 반반 할까?"

나오미와 같은 특성의 윌이 이야기를 나누는 가운데, 나는 가운 소매로 입을 닦았다.

'군침……'

요즘 왜 이렇게 침이 고이지 말아야 할 때 고이는 건지.

"아, 맛있겠다!"

30분 후 피자가 왔을 때도 상황은 마찬가지였다. 나는 내 몫의 채식 피자 한 조각을 들고서도 나오미에게서 시선을 뗄 수 없었다.

'맛⋯⋯.'

어쩌면 저렇게 맛있게 먹을까? 나는 홀린 듯이 나오미의 윤기 나는 입 안으로 사라져 가는 스테이크 조각을 바라보았다.

'⋯⋯있겠다.'

한 번도 먹어 본 적 없는데, 맛을 상상할 수 있을 것만 같다.

"나오미⋯⋯."

입 안에 군침이 잔뜩 고여서 발음하기조차 어려웠다.

"어?"

내가 이름을 부르자 나오미는 두 귀를 쫑긋 세웠다. 그녀는 이내 앗, 하는 얼굴을 했다.

"이거 냄새가 조금 역하지? 우린 나가서 먹고 올게."

그러더니 피자 박스를 번쩍! 들어서 우르르 밖으로 나갔다.

'아앗!'

나는 순간 소리 지를 뻔했다. '가지 마!' 하고 말이다.

'한 조각만 줘!'

하지만 그들은 나갔고, 여긴 채식 피자와 비슷한 특성의 친구들만 덩그러니 남았다.

"왜? 루시? 냄새가 좀 그랬어? 너 원래 냄새 같은 거 예민하지 않았잖아?"

다람쥐 꼬리 무늬 머리칼을 귀 뒤로 넘기며 미나가 물었다.

"왜? 난 좋은데. 사실 여기 밀폐되어 있어서 난 좀 그랬어."

사슴뿔을 흔들며 하디드가 말했다.

"아니⋯⋯ 좋, 나쁘지 않았는데."

나는 채식 피자를 입에 물었다. 무엇 때문인지 늘 먹던 맛이 그 맛이 아닌 것 같고, 울 것만 같은 느낌이 들었다.

우물우물 피자를 씹고 있던 내 눈에, 테이블 위에 아무렇게나 놓인 전공책의 타이틀이 들어온 건 그때였다.

〈모성 태아 의학〉

나는 멍하니 표지의 글귀를 읽다 갑자기 눈이 번쩍 떠졌다.

「태아를 잉태한 모체는 신체에 어떤 변화를 겪는가?」

신체의 변화, 예를 들어 혈액량, 체중, 호르몬 수치와 소화, 비뇨, 호흡, 피부, 근골격계, 가장 크게는 입덧과 입맛의 변화…….

'헉.'

설마 이 변화는? 거기까지 생각하자마자 나는 파르르 떨면서 고개를 절레절레 저었다.

'설마…….'

그러나, 그러고 보니?

'나, 생리를 언제 했더라? 아니, 주기가 늘 불규칙해서…….'

하나둘씩 퍼즐이 머릿속에 맞춰져 가기 시작했다. 아니, 맞추고 싶은 생각도 없었는데 말이다. 나는 눈을 깜박깜박 떴다.

'피임은 확실하게 하고 있는데? 어떻게 그럴 수가 있어? 이중삼중으로…….'

하지만 머릿속에, 주기가 불규칙할 경우 호르몬 변화에 의해 피임약의 피임 확률이 떨어질 수 있다는 지식이 떠올랐다.

'몇 주 전에…….'

더불어 며칠 밤샘 과제를 하느라 깜박해서 약의 시간을 잘못 맞췄던 것도 말이다.

'아니, 그래도 그것만 한 게 아닌데…….'

만약 내가 생각한 게 맞는다면 그야말로 거의 0, 신의 확률을 뚫었다고밖에 할 수 없었다. 마치 인간이 아무리 노력한다 한들 운명을 피할 수 없듯이 말이다.

'할 수 있는 건 다 했는데? 어떻게? 아닐 거야.'

거기까지 생각한 순간이었다.

"……우욱!"

나는 피자를 먹다 말고 땅에 떨어뜨렸다.

"루시, 왜 그래?"

황급히 입을 틀어막고 화장실로 달려갔다. 속이 너무 울렁거렸다. 마치 먹지도 않는 술을 마시고 난 다음 날에 오는 숙취 같은 울렁거림이었다.

"우웩!"

나는 급히 빈 화장실 칸으로 들어가 먹던 걸 다 게워 냈다.

"……어?"

화장실 칸 안에서 망연자실했다.

그날 저녁.

나는 로만이 돌아오기 전에, 집에 얼른 돌아와 드러그스토어에서 산 물건을 꺼냈다. 간이 임신 테스트기였다. 혹시나 표본 이상이 있을까 봐 두 개나 사 왔다.

"꼴깍."

이 불안감을 얼른 지우고 싶었던 나는 테스트기의 포장을 모두 벗기고 화장실에 들어갔다.

몇 분 뒤.

화장실 거울 앞에서 두 개의 동일한 결과를 받아 든 난, 중얼거렸다.

"엄마야……."

진짜 눈물이 다 났다.

'나 이제 어떡해?'

아침에 하는 게 가장 정확하다고는 하지만, 테스트기에 그려진 것은 두 개 모두 선명한 두 줄이었다. 더 확인할 필요도 없이 말이다.

예전에 로만과 나눴던 말들이 머릿속에 떠올랐다.

"있잖아, 로만. 난 사실 아이를 낳는 게 무서워."

"……."

"아이가 무엇으로 태어나도 괜찮지만, 아이가 자기 자신을 사랑할 수 없을까 봐. 사실…… 내가 아이를 사랑할 수 있을까?"

"루시."

"내 배로 낳은 아이지만, 내가 아이를 사랑하지 못한다면 어찌지?"

그때 나를 토닥이며 로만이 말했다.

"그런 불안감은 나한테도 있어."

"……."

"네 아이면 난 사랑하지 않고는 견딜 수 없겠지만, 사실…… 내가 좋은 아버지가 되지 못하면 어떡할까 하고."

그건 연애할 땐 전혀 듣지 못했던 로만의 불안감이었다.

"난 아버지의 사랑이 무엇인지 잘 몰라. ……배워 본 적이 없어."

책에 적힌 '모성 면역' 파트의 내용은 이러했다.

「태아의 신체는 모체에 속해 있으면서도, 신체와 혈액형 또는 특성이 모와 전혀 다를 수 있으며, 이 때문에 모체는 큰 변화를 겪는다.」

나는 한참 동안 테스트기를 바라보다 씻고 화장실에서 나왔다. 소파에 앉아 아까 읽었던 책에서 프린트해 가져온 부분을 다시 읽어 보았다.

「이 중 모와 자의 특성이 같지 않은 경우, 생체의 내부인자가 항원인 태아에 대항하여 형질의 변화를 겪을 수도 있으며」

나는 프린트를 읽으며 바스커빌가의 가계도를 문득 떠올렸다.

「이는 식성의 변화로 나타나기도 한다.」

생각해 보니 그 집안에선 아내가 누구이든 오로지 남자인 늑대밖에 태어나지 않았다. 지금 내 몸은 누구 때문에 무슨 변화를 겪고 있는 것일까?

'내가 정말 임신한 거라고?'

오늘 시간표대로라면, 로만은 세 시간쯤 후에 집에 돌아올 것이다. 이럴 때 전화를 걸 사람은 단 한 사람밖에 생각나지 않았다.

'엄마야……'

난 진짜 너무 겁이 났다. 갑자기 울고 싶었다.

'어떡하면 좋아.'

불도 켤 생각을 하지 못하고 소파에 가만히 앉아 있는데, 머릿속에 떠오른 여러 가지 생각들을 차마 말로 표현할 수가 없었다. 나는 휴대전화를 만지작거리다가 결국 전화를 걸었다.

[루시?]

"지금 통화 괜찮아?"

[괜찮지!]

다행히 엠마가 전화를 받았다.

[이 시간에 웬일로 전화했어?]

"나 임신했어."

[뿌우―!]

내가 고백하자마자 저 멀리서 뭔가를 뿜는 소리가 났다.

[헉, 대박. 축하해.]

"……."

이게 축하를 받아야 할 일일까? 내가 아무 말이 없자, 엠마는 조심스럽게 말했다.

[축하해? 축하해야 할 일 맞지?]

"……잘 모르겠어."

나는 웅얼거렸다.

"계획한 것도 아니고, 정말 피임 잘했는데…… 어떻게 이렇게 된 걸까? 나 어떡해?"

[야, 차 좀 세워 봐.]

통화 내용을 듣자 하니, 엠마는 칼리드와 함께 있던 모양이었다. 옆에서 뭐라 뭐라 하는 소리가 났지만 잘 들리지 않았다.

[뭘 어떡해?]

"……."

내가 말이 없자 한참 뒤 엠마가 조심스러운 목소리로 물었다.

[로만…… 애 맞지?]

난 그 말에 깜짝 놀랐다.

"당연하지!"

[아! 너무 무게 잡아서 혹시나 했잖아! 왜! 뭐가 문제인데!]

엠마가 말했다.

[너희 약혼도 했잖아. 지금 3년이 넘었는데, 얼마 전 우리 넷이 만났을 때만 해도 꿀이 뚝뚝 떨어지던데, 왜?]

"……."

[생각 한 번도 안 해 봤어? 아주 조금쯤은 해 봤을 것 아냐. 결혼할 사이니

까……. 당황스럽긴 하겠지만…….]

엠마가 점점 더 조심스럽게 말했다.

[왜? 때가 아닌 것 같아?]

그런 것보다도…….

"엠마."

[응?]

나는 코끝이 시큰해졌다.

"난 내가 어떤 애를 낳을지 몰라서 무서워……."

생각을 안 해 본 건 아니었지만, 그 생각이란 게 모두 무서운 것이었다. 내 안에 새 생명이 자라고 있는 것 같은데, 나는 무서웠다.

"나 때문에 이상한 아이가 태어나면 어쩌지?"

[…….]

"제대로 된 아이가 아니면?"

두려움을 마주하기엔 아직 너무 이르단 생각이 들었다. 난 졸업도 하지 못했는데…….

[루시…….]

엠마가 어루만지듯 내 이름을 불렀지만, 나는 이 불안감을 어쩔 수가 없었다.

[로만과는 얘기해 봤어?]

엠마가 물었다. 나는 고개를 도리도리 젓다가 문득 이게 전화 통화라는 걸 깨닫고, '아니.' 하고 말했다.

"아니. 무서워서……."

나는 코를 훌쩍거렸다.

[아니, 넌 걔가 무서워?]

"그게 아니라, 이 상황이……."

[그래, 그래. 무서울 만하지. 우선, 일어나지 않은 일에 너무 많이 걱정하지 마.]

엠마가 위로해 줄 말을 찾으려 웅얼웅얼했다.

[요즘 검사…… 검사도 잘 되고, 그, 의학도 발전되었고 그렇잖아. 결혼할 건데 뭐? 좀 일찍, 일찍 아기가 왔다고 생각해.]

엠마가 바로 곁에서 토닥토닥 달래듯이 말했다.

[내가 아는 로만이라면, 분명 좋아할 거야. 내 전 재산을 걸 수도 있는데?]

나는 그 말에 푸스스 웃었다.

[만약 쓰레기같이 굴면 말해. 내가 패 줄게.]

[그래그래, 패 준다고 해.]

옆에서 칼리드의 목소리도 들렸다.

"알았어. 전화 받아 줘서 고마워."

나는 전화를 끊었다.

"……."

한숨을 내쉬며 주변을 둘러보니 이미 해가 뉘엿뉘엿하다 져 버려서 거실은 캄캄했다. 불을 켜야겠다고 생각하는데, 초인종 소리가 들렸다.

'로만인가 보다.'

현관으로 가 인터폰을 들여다보니 뭔가를 잔뜩 들고 있는 로만이 보였다.

'아직 어떻게 말해야 할지 생각도 못 했는데.'

나는 마당으로 나가 문을 열어 주었다.

"미안해. 나 손에 짐이 많아서."

로만은 한 손엔 와인, 다른 손엔 케이크를 들고 있었다. 아무리 생각해 봐도, 오늘은 아무 날도 아니었다.

"오늘 무슨 날이야?"

"오랜만에 분위기 잡으면 좋잖아."

로만이 말했다.

"요즘 우울해하는 것 같아서. 공부가 어려워?"

그 말에 나는 웃어야 할지 울어야 할지 모르겠어서, 그 와인을 빤히 바라보다 말했다.

"있잖아, 로만. 나 그거 못 먹어……."

"왜?"

내가 술을 안 좋아해서 다행이지. 곰곰이 생각해 보니, 다행히도 요 몇 개월 간 술은 마신 적이 없었다.

"그럼 내일 먹을까?"

어리둥절한 표정으로 로만이 물었다. 그때였다. 로만의 얼굴을 봐서 그런지, 갑자기 다시 눈물이 났다.

"나 너한테 할 말이 있는데……."

거기까지 말하고 나서 나는 쿨쩍쿨쩍 울기 시작했다.

"흑, 어떡하지……."

슬픈 것도 아닌데, 눈물이 고장 난 수도꼭지처럼 콸콸 나기 시작했다.

"루시?"

로만의 표정이 변했다.

털썩, 쨍강.

로만은 손안에 있는 걸 그냥 바닥에 내던져 버리고, 빈손으로 내 허리를 끌어안았다.

"무슨 일이야?"

"크흡, 와인 저거, 깨진 거 같은데……."

"지금 그게 문제야?"

로만이 나를 집 안으로 데리고 들어가며 물었다.

"무슨 일이야? 어? 왜 울어? 누가 널 울린 건데?"

쾅, 하고 문 닫는 소리가 났다. 로만이 내가 아까 앉아 있던 소파에 나를 다시 앉혔다.

"응? 무슨 일인데, 말 좀 해 봐."

로만이 물었는데, 엠마한테 했던 것처럼 '나 임신했어.' 하는 소리가 쉽게 나
오지 않았다.

"왜? 어?"

로만은 소파에 앉지도 못하고 내 앞에 쭈그려 앉아 안절부절못했다.

"응? 울지만 말고……. 집안 문제야? 집에 무슨 일 있었어?"

울다 로만을 바라보니, 마치 화재 현장에서 주인이 쓰러져 함께 빠져나가지
못한 강아지 같은 얼굴을 하고 있었다.

"그게……."

목이 꽉 메어서 말이 잘 나오지 않았다. 내 무릎에 손을 얹고 날 바라보던 로
만이 무슨 생각을 했는지 표정이 창백해졌다.

"너 나랑…… 헤어지려고 그래?"

로만이 신음하듯 물었다.

"어?"

허를 찔린 내가 흠칫했다. 로만의 얼굴이 순식간에 새파래졌다.

"나 말고 좋아하는 사람 생겼어? 너 혹시 나랑 헤어지자 하려고 그래? 이제
와서? 그게 말이 돼?"

로만이 으르렁거리려 했다.

"이제 와서 내가 널―."

"나 임신했어."

내가 말했다.

"이 바보야."

로만은 뭔가 말하려던 걸 그대로 삼켰다.

"나 임신했다고―. 이 미친 애가, 우리 약혼한 지 3년이나 되었는데 아직도

다른 남자를 들먹이네."

맞선 그거 언제까지 들먹일 거야! 내 서러움이 폭발했다.

"야, 내가 맞선 본 거 진짜 미안한데, 내가 남자가 너 말고 어디 있어어—!"

나는 훌쩍이는 와중에 화도 나고 어이가 없었다.

"……."

로만은 입을 벌리고 그대로 굳어 석상처럼 나를 바라보았다.

"우리 피임도 잘했는데, 어떻게 이렇게 돼? 나도 믿기지가 않아……."

너도 어이없지? 내가 두 손으로 얼굴을 가렸다.

"일단 테스트기 사서, 혹, 아니, 내일 아침에 또 사서 해 볼 거긴 한데…… 두 줄이야. 나 어떡해?"

"잠깐, 잠깐, 잠깐만……."

로만이 거의 뛰어오르듯 소파 옆자리에 앉아 내 두 손을 얼굴에서 떼어 냈다.

"임신?"

"……."

"세상에……."

로만이 무심코 내 배를 만지려 들었다.

"지금 그럴 때야?"

내가 먼저 로만의 머리칼을 콱 잡아 뜯었다.

"아야! 아야! 아! 미안!"

그러더니 로만이 완전히 꼬리를 내렸다.

"앗, 루시, 악, 고마워, 아, 고마워. 어떡하긴 뭘 어떡해."

그러더니 다짜고짜 내 손을 붙잡았다.

"낳아 줄 거지?"

"……."

"고마워, 응? 낳아 줄 거지?"

꼬리를 흔들며 로만이 말했다.

"……."

"우리…… 조금 이르고 계획이 안 되었긴 하지만, 루시, 응?"

로만이 내 손등에 마구마구 입을 맞췄다가 내 눈을 바라보기를 반복했다.

"내가 잘할게……."

로만이 애원했다.

"잘할게. 정말 잘할게. 지금껏 했던 거랑은 비교도 안 되게 잘할게."

"……."

나는 아랫입술을 꾹 깨물고 아무 말도 하지 않았다. 그러자 로만의 말이 졸 아붙었다.

"네가 지금 걱정하는 거 다 알아. 루시, 미안해. 계획했다면 더 좋았을 거야."

나는 입술을 삐죽삐죽했다.

"그렇지만…… 응? 아이가 우리한테 와 준 거잖아. 희박한 확률에도 불구하고, 응?"

로만이 애걸했다.

"루시, 공부 때문이면 내가 휴학할게. 나 네가 원하면 자퇴도 할 수 있어. 낳아만 주면 내가 키울게. 육아도 내가 하고, 응?"

나는 풋, 하고 웃었다.

"내가 임신을 했는데, 네가 왜 자퇴를 해?"

"……낳아 줄 거지?"

로만이 살랑살랑 꼬리를 흔들며 눈치를 봤다. 겁먹은 얼굴이었다.

"내가 다 책임질게……. 응?"

로만이 내 손등에 다시 마구 입을 맞췄다.

"우리 결혼할 사이잖아. 좀 이르긴 하지만…… 루시."

그렇게 말하는데 내가 무슨 힘이 있어……. 나는 어깨를 축 늘어뜨렸다. 그러자 로만이 나를 꼭 끌어안으려다가…….

"아차, 아차."

살짝 안고는 날 놓아주었다. 나는 로만을 바라보다 중얼거렸다.

"아침에 확인한 건 아니라서 정확하진 않아."

"정확한 결과였음 좋겠어……."

로만이 내 눈치를 보다가 말했다.

"그렇게 좋아?"

내가 물었다.

"안 좋을 리가 있겠어?"

로만이 즉답했다.

"너랑 내 아이인데?"

내가 가만히 있자 로만이 물었다.

"만져 봐도 돼?"

뭘 만지려는진 모르겠지만, 내가 고개를 끄덕이자 로만이 고개를 수그렸다.

"……믿기지가 않아."

그러자 로만이 내 배에 귀를 가져다 대었다.

"여기 우리 아이가 있는 거지?"

로만이 배에 얼굴을 묻으며 말했다.

"나는 언제나 이 순간을 꿈꿔 왔어……."

"정확한 건 아니야."

"알았어, 난…… 그냥 좋단 말이야."

나는 그제야 한숨을 내쉬었다.

"휴……."

긴장이 풀렸던 것이다.

"잠깐만 있어 봐!"

로만이 한참 그러고 있다가 내 배에서 머리를 떼고 나를 올려다보았다.

"축하해야지! 케이크, 케이크 다시 사 올게."

"사 오긴 뭘 사 와. 아까 그거 가져와."

"찌그러졌을 텐데?"

"찌그러져도 괜찮아."

내 채근에 로만은 마음에 들지 않는다는 듯 입술을 우물우물하면서도, 얼른 밖에 나가 케이크 상자를 들고 왔다. 초코 케이크였다. 귀퉁이가 흐물흐물해져 있어도 맛있었다.

"이거로 괜찮아? 내가 뭐라도 만들까? 라자냐라거나…….."

"괜찮아. 이렇게 있으니까 좋다."

나는 포크로 케이크를 떠먹으며 빈손으로 로만을 쓰다듬어 주었다.

'꼬르륵…… 거려.'

지금 내 배는 케이크를 원하는 게 아니었다. 난 여전히 배가 고팠다.

하지만 아직도…… 스테이크를 먹을 엄두는 나지 않았다.

로만은 당연히도 그날 밤, 잠이 오지 않았다.

제 어깨에 코를 파묻은 루시는 벌써 한참 전에 꿈나라로 간 것 같은데. 그는 뜬 눈으로 천장이나 바라보고 있었다.

'임신!'

한때 루시를 임신시키느냐 마느냐로 형들과 싸웠던 때가 있었다. 그런데 이렇게……. 로만은 정말 정신이 하나도 없었다. 기쁘다. 동시에 무척이나 믿기지 않았다.

'그게 언제 된 거지?'

전에 하다가 찢어진 것 같은데 확인할 겨를이 없었던 그때인가?

아직도 흥분이 가라앉지 않아 심장이 콩닥거렸다. 로만은 속으로 루시가 알면, '야! 이 미친 새끼야!' 하며 머리를 죄 잡아 뜯어 놨을 생각을 했다.

생각해 보니 전조 증상이 있었다. 무척이나 많았다. 그건 로만이 오늘 와인과 케이크를 산 이유기도 했다.

"잠 잘 못 잤어?"

"……으응."

우선, 요새 루시는 무척이나 피곤해했다. 일찍 집에 돌아오는데도, 소파에 쿠션을 껴안고 잠들어 있는 경우가 많았다.

"루시? 루시?"

로만은 심심해서 몇 번 루시를 흔들어 깨워 보려 했지만, 좀처럼 일어나지 않았다.

'학교생활이 힘든가?'

로만은 루시를 빤히 내려다보았다.

'이렇게 보니까…… 잠자는 숲속의 공주 같다. 요새 너무 달콤한 냄새도 나고, 마치 아기 냄새같이…….'

루시가 너무 귀여워서, 쭈압쭈압 뽀뽀하다가 그녀의 볼에 멍 자국을 만들었다. 또 그것뿐이 아니었다.

"왜? 배 안 고파?"

루시가 샐러드를 먹다 말고 남기는 날이 늘어 갔다.

"입맛이 없어?"

입맛이 뚝 떨어진 듯했다. 걱정스러워 물으면 루시는 고개를 흔들기만 했다.

"으응, 그건 아닌데……."
"……."
"요새 속이 안 좋은가 봐."

로만은 걱정이 깊어져 갔다.

'우울한가?'

루시는 걱정이 생기면 혼자 앓는 경향이 있다. 로만은 와인을 고르며 생각했다.

'혹시 나 때문은 아닐까? 그리고 보니 요즘 제대로 된 데이트도 별로 못 했지. 술의 힘을 빌려 허심탄회하게 이야기라도…….'

그런 생각으로 케이크와 와인을 사 집으로 돌아왔더니, 루시가 자기 얼굴을 보고 갑자기 훌쩍훌쩍 우는 것이다. 로만은 심장이 덜컹했다. 감추어 뒀던 불안감이 고개를 불쑥 들었다.

'얘가 나 말고 다른 남자가 생겼나?'

루시가 자신을 언제든지 떠날지도 모른다는 불안감 말이다.

"야, 내가 맞선 본 거 진짜 미안한데, 내가 남자가 너 말고 어디 있어―!"

하지만 알고 보니 임신이었다.

'세상에…….'

루시가 임신했다고 말하고 나서도 로만은 믿기가 힘들었다.

'전혀 생각을 안 한 건 아니었는데…… 루시를 닮으면 얼마나 귀여울까? 딸이면…….'

거기까지 생각하던 로만은 흠칫했다. 바스커빌가에선 대대손손 늑대에 아들만 태어나는 경향이 있었다.

'날 닮으면 어떡해?'

누굴 더 닮고 덜 닮느냐는 룰렛이나 마찬가지다. 게다가 자기를 닮으면 그나마 낫지, 해롤드나 알렉산더를 닮으면? 로만은 자신도 모르게 두 손을 꼭 쥐고 빌기 시작했다.

'루시 닮아라…… 루시…… 루시.'

그리고 루시를 바라보려다가, 그녀와 눈이 마주쳤다.

"헉?"

로만은 마치 나쁜 짓이라도 저지른 것처럼 놀랐다.

"루시? 안 자고 뭐 해?"

226

루시의 두 눈이 말똥말똥했다. '언제 깼지?' 하고 생각하는데, 루시가 고개를 로만의 팔뚝에 묻었다.

"나⋯⋯."

루시는 또 훌쩍거렸다. 로만은 깜짝 놀랐다.

"왜 어디 아파?"

자연스럽게 배로 손이 가는 걸 어쩔 수가 없었다. 순간 루시의 배에서 커다란 소리가 났다.

—꼬르륵!

뱃고동 같은 배곯이 소리였다.

"흑!"

로만은 또 깜짝 놀랐다. 루시가 울음 섞인 숨을 삼켰다.

"나⋯⋯ 고기 먹고 싶어."

"어?"

때는 새벽 3시.

"어떡해, 미쳤나 봐. 나 너무 고기가 먹고 싶어!"

루시가 엉엉 울기 시작했다.

"울지 마! 울지 마! 내가 사 올게! 웅?"

정신 차리고 보니, 로만은 슬리퍼를 신은 채 집 밖에 뛰쳐나와 있었다. 아니, 근데. 때는 새벽 3시라니까?

"내가— 제대로 들은 게 맞나?"

게다가 이제 로만은 약간, 꿈을 꿨나 싶었다.

'루시가 고기를 먹고 싶어 한다고?'

그래도 되나? 몸에 안 좋은 건 아닌가? 로만은 일단 지갑을 쥐고 터덜터덜 걸었다. 그 와중에 뭘 사긴 살 거라고 지갑을 들고 나오긴 했는데…….

"어떡하지?"

이 와중에 어디서 고기를 얻겠는가? 편의점?

'미쳤다, 그 먹는 것 같지도 않은 걸 루시한테 어떻게 먹여?'

로만은 깊은 한숨을 내쉬었지만 지금 자존심을 찾을 때가 아니었다.

"빨리 회사 들어가서 한자리해야지, 원……."

쓰레기 같아도 이때 믿을 건 형밖에 없었다.

로만은 다시 집 앞으로 돌아와, 깨진 와인 병을 손으로 하나하나 치우면서 전화를 걸었다.

[개새끼야, 우리 시차 두고 사는 거 아니잖아. 이 시각에 전화ㅡ.]

받자마자 속사포처럼 욕설부터 내뱉는 해롤드에게 로만이 말했다.

"나 지금 고기가 필요해. 당장, 가능한 빨리."

로만의 말에 해롤드가 어이가 없다는 듯 저 너머에서 헛웃음을 흘렸다.

[드디어 다이어트 끝났냐? 어휴, 오래도 참았다. 근데 뭐? 네가 고기 먹고 싶은 걸 나더러 어쩌라고?]

고기 맡겨 놨냐고 해롤드가 물었다.

'X발. 욕하면 안 돼, 로만 바스커빌.'

로만은 생각했다.

"아니, 내가 아니라 루시가 먹고 싶대."

[꿈꿨니? 다이어트를 하다가 돌아 버린 거야?]

입씨름을 하고 있는 와중에도 시간은 흐른다. 결국 로만은 빽, 하고 소리를 질렀다.

"루시 임신했어! 임신한 애가 지금 고기가 먹고 싶다 한다고!"

로만은 거기까지 말한 뒤 아랫입술을 꾹 물었다. 이 새끼한테 제일 먼저 알릴 생각은 아니었는데…….

[⋯⋯대박.]

해롤드가 말했다.

[네가 고자인 줄 알았더니, 드디어 한 건 했구나?]

로만은 당장 전화를 끊고 싶었지만, 그럴 수가 없었다.

[지금 어딘데?]

"집 앞."

[축하한다, 야. 이럴 게 아니라 파티 해야 하는 거 아냐?]

"나 입씨름하기 싫거든?"

[차갑기는. 내가 너 감방 넣었던 게 아직도 분해? 아무튼 20분, 아니 15분만 기다려.]

들뜬 목소리로 해롤드가 전화를 끊었다.

"휴⋯⋯."

정말 방법이 이것밖에 없었을까? 로만은 자괴감에 빠졌다.

그러나 정확히 15분 후. 두 사람의 집 앞엔 아닌 밤중에 신선식품 배달 트럭이 도착했다. 바스커빌가 로고가 찍힌 트럭 말이다.

"사인은 여기 하시면 됩니다."

"네."

그리고 로만은 아이스박스에 든 15킬로그램짜리 고기 모둠을 받았다. 배달 완료 연락이 갔는지 해롤드에게 곧장 전화가 걸려 왔다.

[받았어?]

"응, 고마워, 형."

[일단 루시가 뭘 좋아할지 몰라서 다 준비해 봤는데―.]

"응."

[그래도 양고기는 뺐어. 아무리 생각해도 그건 아닌 거 같아서.]

"응, 고마워."

고맙긴 고마웠기 때문에, 로만은 고개를 끄덕이며 말했다.

[야, 루시 배 속에 있는 애가 바스커빌은 바스커빌인가 보다. 고기를 다 찾고. 고기 먹어도 되나? 입에 당긴다고 하니까 되겠지?]

해롤드가 들뜬 목소리로 말했다.

[아침에 꽃바구니 보내 줄까? 화환 같은 거? 아니다. 너희가 집에 올래?]

"형은 모른 척해. 아직 알릴 단계는 아냐. 루시는 지금 형이 아는 거 몰라."

[왜지? 대학에 현수막 걸어야 하는 거 아니냐? 내가 아까 말했잖아, 파티─.]

"끊는다."

[야, 이 개새끼야─.]

'은혜도 모르는'까지 듣고 로만은 전화를 끊었다.

집으로 들어온 로만은 아이스박스를 식탁 위에 올려놓자마자 휴대전화 전원을 껐다. 그리고 다시 침실로 돌아갔다.

"루시─ 밥 먹을까?"

이불을 덮어쓰고 웅크려 누운 루시를 조심스레 흔들어 깨웠다.

"어떻게 벌써 왔어?"

어둠 속에서 루시가 글썽글썽한 눈으로 물었다.

"다 방법이 있어."

로만은 루시의 이마에 입을 맞추며, 뒷일은 나중에 생각하기로 했다.

"하몽 먼저 썰어 줄까? 먹고 있을래?"

"─응."

루시는 한밤중에 로만이 하몽을 써는 동안, 희고 얇은 지방질이 낀 돼지 뒷다릿살을 황홀한 듯이 바라보았다.

'진짜 먹고 싶어 하네.'

로만은 '내가 아까 잠결에 잘못 들은 건 아닌가 보다.' 하고 생각했다.

'혹시 꿈꾼 건가 했는데.'

로만은 안에 든 고기를 요리조리 확인해 본 뒤에 몇 가지는 냉동실, 또 몇 가지는 냉장실에 넣었다.

'스테이크부터 굽자. 가니시는 포테이토로 하면 되려나? 그레이비소스 없어서? 그런데 지금 냉장고에 그레이비소스 재료가 있나?'

너무 오랜만에 하는 고기 요리라, 로만은 올리브유에 고기를 재우면서도 정신이 없었다.

지글지글.

밤중에 버터를 듬뿍 넣어 고기를 굽고 있는데, 로만은 이 상황이 너무도 신선했다. 잠은 예전에 다 깼다. 아니, 애초에 오지도 않았다.

"이 집에서 고기 냄새가 나네."

"흐윽……."

별생각 없이 말했는데, 등 뒤에서 훌쩍이는 소리가 났다. 황급히 뒤돌아보니, 식탁 의자에 앉은 루시가 고개를 숙이고 훌쩍이고 있었다.

"왜? 배고파? 아니면, 하몽이 많이 짜?"

로만은 얼른 불을 끄고 루시에게 다가갔다. 이 와중에 하몽을 얇게 썰어 두었던 그릇은 깨끗했다.

"그게 아니라……."

루시가 울먹였다.

"어쩌지, 내가 완전히 다른 사람이 된 거 같아."

그리고 로만의 어깨에 머리를 묻었다.

"나 솔직히 무서워……."

"루시, 괜찮아. 응?"

"갑자기 내가 너무 변한 것 같고…… 내가 누군가의 엄마가 될 수 있을까? 정말 너무 무서워……."

로만은 임신을 하면 호르몬 변화가 일어난다는 상식이 떠올랐다. 게다가 루시는 자기 몸에서 일어나는 변화를 직접 겪고 있는데, 얼마나 당황스러울까?

로만은 루시의 등을 쓰다듬으며 토닥토닥 달랬다.

"괜찮아. 아이 때문에 그러는 거야."

머리를 거치지 않은 말이 마구마구 나왔다.

"네가 아니라 날 닮은 아이. 응?"

그 말에 루시가 고개를 들어 로만을 바라보았다.

"널 닮은?"

"응, 날 닮은. 내가 무서워, 루시?"

루시는 그 말에 고기를 절레절레 저었다.

'귀여워.'

스테이크는 여열로 다 익었을 것이다.

"우리 아이를 위해 고기 먹는 거 나쁜 거 아냐. 먹자. 응?"

토닥토닥토닥, 로만이 루시를 끌어안으며 말했다.

'이 안에 날 닮은 아이가 있어서 루시가 지금 이러는 거구나.'

말하고 나서 로만은 새삼 깨달았다.

"왜 접시가 하나야?"

그레이비소스를 듬뿍 얹은 매시트포테이토와 거대한 스테이크가 담긴 접시를 보더니 루시가 말했다.

"어?"

"너도…… 먹어."

"뭘?"

"고기…… 반 줄게."

루시가 웅얼거렸다.

"나만 고기 먹는 거 이상하잖아. 너도 같이 먹자."

그건 이른바 공범이 되란 소리였다.

"널 닮아서 우리 애가 먹고 싶어 하는 거잖아."

"……."

"그러니까 너도 먹자."

로만 바스커빌, 이 세상에서 가장 강력한 늑대 특성을 가지고 있는 그는, 현재 7년차에 접어든 페스코 베지테리언이었다. 나무 열매와 아몬드 우유와, 가끔은 달걀과 생선을 먹는 삶의 방식 말이다.

"……음."

그 방식을 고수하게 된 건, 일부 특성의 사람을 해치지 않겠다거나 고기가 입맛에 맞지 않는 등의 이유 때문이 아니었다.

오로지, 루시 때문이었다.

꼴깍.

'평생 참을 수 있을 줄 알았는데…….'

로만은 자신도 모르게 입맛을 다셨다.

"그래도 돼?"

루시가 고개를 끄덕였다.

"진짜?"

"……응, 나도 먹는데 네가 안 먹으면 너무…… 섭섭할 것 같아."

그 순간 로만은 갑자기 아직 이름도 짓지 못한 아이에게 너무 고마워졌다.

"맛있어?"

"응…… 정말…… 너무 맛있어……."

두 사람은 함께 포만감 넘치는 식사를 했다.

"로만."

"응."

"나 좋은 엄마가 되어 주지 못하면 어쩌지?"

스테이크를 썰다 루시가 툭, 하고 내뱉은 말에 로만은 자신도 모르게 답했다.

"그럼 내가 좋은 아빠가 되어 주면 되지."

답하고 나니 그게 정답이라는 생각이 들었다. 로만도 사실 살짝 무서웠었다. 자신의 아버지처럼, 루시의 아이한테 사랑을 주지 못할까 봐.

"루시, 우리 같이하면 되는 거야."

갑자기, 로만은 제 안에서 얼음덩이가 사르르 녹아내리는 듯한 느낌이 들었다. 로만은 루시를 바라보다 오랜만에 웃었다.

"왜 웃어?"

루시의 입가에 묻은 그레이비소스를 엄지로 닦아 주며 로만이 말했다.

"네가 오랜만에 뭘 맛있게 먹는 모습을 보니까 참 행복해서."

이 모든 게 갑작스럽고 당황스러운 일이었지만, 로만은 동시에 어제보다 더, 무척이나 행복해졌다.

'너무 귀여워, 네가…… 어제보다 더 사랑스러워.'

어제보다 더 행복할 순 없으리라 생각했는데.

다음 날 아침.

확인해 보니 임신 테스트기는 여전히 두 줄이었다. 한참 동안 임신 테스트기를 바라보다 로만이 루시의 손을 꼭 쥐고 말했다.

"그럼 이제 병원 갈까?"

"응……."

로만의 말에 루시는 고개를 끄덕였다.

뜬눈으로 밤을 새운 둘은 일단 두근거리는 마음을 꾹 억누르고 산부인과에 가기로 했다.

"로만, 나 배고파."

우선 아침을 먹은 다음에 말이다.

"맛있어? 천천히 먹어. 고기 얼마든지 있으니까. 꼭꼭 씹어서 천천히 먹어, 응?"

로만은 또 아침부터 고기를 구웠다. 루시는 먹다가 말고 코를 훌쩍거렸다.

"어떡해……."

"왜?"

"너무 맛있어……."

귀여웠지만 '이래도 되는 걸까?' 하는 걱정도 들었다.

'물어보자.'

몸에 문제는 없을까?

'루시의 건강에 대한 건 다 물어보자.'

로만은 일단 의사 선생님을 만나면 물어볼 수 있는 걸 다 물어보기로 했다.

'무엇보다도 루시 건강이 제일 중요한 거니까.'

병원 예약을 잡으려 휴대전화를 켜자, 해롤드와 알렉산더에게 앞서거니 뒤서거니 전화가 걸려 와 있었다.

'입 싼 새끼 같으니. 전화 끊자마자 알릴 수 있는 사람한텐 다 알렸겠고만…….'

로만은 휴대전화를 들여다보다 말했다.

"루시."

"응?"

"병원은 이 근처가 다니기 편하겠지?"

"응응."

로만은 우선 가문의 연줄을 이용하지 않고, 근처 병원에 가기로 마음먹었다.

'도움 안 받을 수 있는 부분은 도움 안 받고 싶어.'

형들과 연이 있는 곳으로 갔다간, 어떤 루트로든 결과를 알게 된 그들이 얼마나 호들갑을 떨지 다 예상이 되었기 때문이었다.

"우선 아침에 병원 갔다가……."

"응."

"……결혼할까?"

로만이 마른 침을 꼴깍 삼키며 물었다. 그 말에 루시가 로만을 빤히 바라보았다.

"이렇게 멋없게 말해서 미안한데, 빨리 말하고 허락받고 싶어서……."

사실 어젯밤 내내 생각한 것이었다.

"프러포즈는 정말 멋있게 다시 할게. 그런데 우선 네 의사를 알고 싶어."

루시는 여전히 아무 말이 없었다.

"우리 이미 약혼했지만…… 하루 빨리 우리 애 아빠가 되어 주고 싶어서 그래. 너와…… 우리 아이의…… 보호자가 되고 싶어."

로만은 대답을 듣고 싶어서 마음이 바싹바싹 타들어 갔다.

역시 너무 멋이 없었나? 꽃 한 송이 없이 이러면 안 되는 거였나? 거기까지 생각했을 때 루시가 나이프와 포크를 내려놓았다.

"……응."

조용히 고개를 끄덕였다.

"그럼, 내가 프러포즈 링 준비할게. 결과 확실해지면 양가 부모님께도 알리고……."

로만은 그 조그만 움직임에 마음이 벅차올라 심장이 터질 것만 같았다.

"그래야겠지?"

"응."

"나…… 조금…… 걱정된다."

루시가 조그만 목소리로 속삭였을 때, 로만은 정말 진심으로, 단 한 톨의 거짓도 없이 말했다.

"나만 믿어. 내가 다 알아서 할게."

결과는 당연하다면 당연하게도…… 임신이었다.

"음, 우선 임신 축하드려요. 지금이, 보자…… 8주 차예요."

로만은 저보다 두 배는 빠르게 콩닥콩닥 뛰는 심장 소리를 그날 바로 들을 수 있었다. 검은 공동 속에 콩알만 한 생명체가 내는 심장 박동을 로만은 홀린 듯 바라보았다.

"심장 박동이 너무 빨리 뛰는 거 같은데요, 괜찮은 건가요?"

아직 형체도 다 만들어지지 않은 아이를 말이다.

"원래 이 시기엔 태아의 온몸이 만들어지기 때문에 혈액 공급이 성인보다 빨라요."

루시는 가만히 있는데 로만은 궁금한 게 정말 많았다.

"선생님, 애 엄마가 보다시피 양인데, 어제부터 갑자기 고기를 먹거든요. 육식을 해도 산모 몸엔 영향이 없을까요?"

"네."

"아, 애 엄마 부모님께선 육식을 하는─."

이건 정체를 술술 부는 것이나 다름없었다. 일부러 근처 병원에 온 이유가 무색해지는 질문 공세가 이어지자.

"……로만!"

하반신을 커튼으로 가린 채 얼굴이 새빨개진 루시가 로만을 탁탁, 쳤다.

"음, 내가 보기에도 참 건강한 산모 같은데요? 자궁도 건강하고 혈색도 좋고. 입덧을 하면 원래 식성이 바뀌는 경우가 아주 많습니다."

의사 선생님은 이런 경우를 아주 많이 겪은 듯했다.

"괜찮습니다. 몸이 필요한 걸 원하는 거예요. 다시 한번 말씀드리지만 축하드립니다."

두 사람은 주의사항을 적은 프린트물, 산모수첩과 함께 영양제 몇 통을 받아 들고 병원 밖으로 나왔다. 무음으로 해 둔 로만의 휴대전화엔 차곡차곡 메시지와 부재 중 전화가 쌓여 가고 있었다.

"루시."

차에 탄 로만이 식은땀을 흘리며 조수석에 앉은 루시한테 말했다.

"응?"

"오늘…… 시간…….."

"응?"

"장인어른하고 장모님, 시간 있으실까?"

쇠뿔도 단숨에 빼랬다고…….

꼴깍.

이제 정말 중요한 관문이 남았다. 허락. 루시의 임신 소식을 알림과 동시에 때 이른 결혼 허락을 받는 것 말이다.

'……죽거나…….'

로만의 긴장감은 극에 달했다.

'죽는 것 외에 무슨 일이 일어날지 모르겠다…….'

자신이 태아였을 때도 심장이 이렇게 뛰진 않았을 것 같았다.

'태어난 애 얼굴을 과연 내가 볼 수 있을까?'

이 불쌍한 늑대는, 오해가 있긴 했지만 몇 년 전 사자 집안 딸의 유괴범으로 몰린 적도 있었다. 그런데 이젠 그 딸이 혼전임신을 했다며 결혼을 좀 일찍 하게 해 달라고, 사자 굴, 아니 아가리에 머리를 밀어 넣어야 하는 상황이었다.

"무서워?"

루시가 물었다.

"응? 아니? 응, 미안, 조금…… 아니, 아주 많이…….."

차에 탄 로만은 횡설수설했다.

"날, 나를…… 죽이시겠지?"

"괜찮아."

루시가 말했다.

"죽이기야 하겠어? 우리 이미 약혼한 사이인걸. 부모님도 언젠간 일어날 일이라고 생각하셨을 거야."

아니었다.

"요즘…… 어, 그러니까 혼수라고도 하잖아. 오히려 좋아하실지도 몰라……."

루시가 애써 긴장을 풀어 주려고 노력했지만, 아니었다. 딸 가진 부모가 그런 일을 옳다, 하고 좋아할 리가 있겠는가?

그날, 로만은 죽을 뻔했다. 기분 탓이 아니라 정말 물리적으로…….

"어머님, 아버님 저희가……."

몇 년 전 전국을 들썩이게 한 사건이 있을 때조차 이성을 잃지 않은 루시의 부모님은 그날 저녁, 로만의 말에 깊은 침묵에 잠겨 들었다.

"저걸 그때 죽였어야 했는데……."

나직이 중얼거리는 루시의 남동생 목소리가 로만의 귓가에 들렸다.

"내가 말했잖아요? 그때 죽였어야 했다니까?"

점차, 로만을 향한 살기가 응접실에 가득 찼다.

"……."

로만은 목이 졸리는 것 같았다.

'무릎을 꿇고 시작했어야 했을까?'

……지금이라도 꿇을까? 타이밍을 재고 있는데, 먼저 행동을 옮긴 것은 장인 어른이셨다. 벌떡 일어나시더니 응접실 밖으로 나가 버리신 것이다.

"……."

장모님께선 한 손으로 얼굴을 가리고 계셨다. 이윽고 장인어른께서 돌아오셨는데, 손에 총이— 총이—!

"아빠—!"

로만은 급히 의자에서 내려와 카펫에 무릎을 꿇었다.

"자, 장인어른……."

총구는 정확히 로만의 미간으로 향했다.

"자네가 그러고도 인간인가?"

"제가 죽을죄를 지었습니다!"

그런 말이 있다. 소설이든 영화든, 우선 이야기에 총이 등장하면 반드시 쏘아져야 한다는…….

"누가 네 장인어른이야? 난 자네 같은 사위 둔 적 없네!"

……법칙 말이다.

"아빠! 장인어른이 아니면 뭔데요! 약혼까지 시켜 놓고."

"루시, 너는 조용히 해라."

장모님이 말씀하셨다.

"쏴요, 아빠."

처남이 말했다.

"저것도 목숨 걸고 들어온 거 아냐? 쏜 다음에 어디 사유지에라도 묻어 버리면 되지."

"루이!"

"누나, 괜찮아. 아이 아빠가 없어도, 대부는 내가 돼 줄 테니까."

"처남!"

"저 매형 둔 적 없습니다."

로만은 그 싸늘한 목소리를 듣자마자 처남이 진심이란 것을 깨달았다.

"루이, 미쳤니?"

루시는 그 말에 기겁했다.

"뭐가 괜찮아! 다들 정말 왜 그래. 어?"

"자네가 죽을죄를 지은 건 자네도 알고 있지?"

로만을 겨누며 장인어른이 말씀하셨다. 로만은 허벅지 사이로 꼬리를 만 지 오래였다.

"아, 알고 있습니다. 장인어른, 살려만 주신다면……."

자기가 생각해도 죽일 놈이긴 했다. 합의는 했다지만 유괴에, 이른 임신에…… 딸 가진 부모라면 자기도 똑같이 했을 것 같았다. 아니? 자기였으면 말도 듣지 않고 총 쐈다, 진짜.

"허락, 아니 살려만 주신다면, 제가 정말 따님을 여왕님처럼 모시겠습니다! 평생 러그가 되어 살겠습니다! 배 속의 아이를 생각해서서라도 거둬 주십시오!"

그 사실을 아는 만큼 로만은 정말 절박했다. 진짜 죽을지도 모른다.

"장인어른! 아이 아버지는 필요하지 않습니까!"

로만은 그때 정말로 죽는구나 싶었다. 그가 왕왕 울며 외치자, 장인어른이 말씀하셨다.

"자네 정말 우리 딸을 행복하게 해 줄 수 있나?"

"예! 예!"

장인어른은 눈을 감은 채 숨을 고르셨고, 총은 다행히 거두어졌다. 영화가 아니라 현실이라서 정말 다행인 일이었다.

"정말 다들 왜 그래요!"

루시가 뒤늦게 로만을 껴안아 일으키며 말했다.

"놀란 것 좀 봐! 뭘 그렇게 잘못했다고 애 아빠한테. 차라리 화를 내려면 나한테 내요!"

로만은 고개를 저었다.

'아냐, 내 편 들어 주지 마, 루시.'

역효과였다.

"어떻게 사람한테 이렇게 겁을 줄 수가 있어요!"

루시가 빽, 하고 소리를 질렀지만, 로만은 장인어른이 겁을 주려고 총을 들이댄 것이 아니라고 생각했다. ……진심이었지.

"진심이 아니었을 거야."

나중에 루시는 로만을 달래며 말했지만……. 그때 로만이 느꼈던 살기는, 진심이 아니고서야 나올 수 없는 기운이었다.

'잘하자.'

로만은 마른침을 꼴깍 삼켰다.

'정말 잘하자.'

잘해야겠지만 더 잘하자. 로만은 사자 아가리에서 간신히 빠져나오며 다짐했다.

Chapter 19.

늑대지만 해치지 않아요

딸 가진 집안과 아들 가진 집안은 입장이 다르다고, 다음 날 바스커빌가에
서는……

"루시, 몸은 괜찮니?"

"요즘 입덧을 좀 한다면서. 먹고 싶은 건 더 없고? 로만이 괴롭히진 않니? 이
건 내 직통 번호란다."

"그래그래. 괴롭히면 우리한테 말하렴. 대신 지옥을 선사해 줄 테니까."

"우린 이제 정말 한 식구야."

서른 명도 앉을 수 있는 거대한 식탁에 산해진미를 깔아 놓은 두 형은, 팬케
이크 위 녹아내리는 버터 같은 눈으로 루시를 바라보았다.

'너희가 뭐 그렇지.'

평소에는 완벽하게 컨트롤하던 꼬리들을 살랑살랑 흔들어 보이며 말이다.

편을 들어 주길 바란 건 아니었지만, 로만은 어쩐지 자기편이 없는 이 상황
이 조금은 쓸쓸해졌다.

물론 두 형이 어제 자신의 당한 일의 100분의 1이라도 루시한테 했다면, 난
리를 쳤을 테지만.

그건 그거고 이건 이거였다.

그래서 이런저런 논의 결과, 혼인 신고부터 하기로 했다.

"로만, 나 사실 학기 중에 결혼하고 싶진 않아. 아이 있는 것만 해도 걱정되는데, 결혼 준비하려면 스트레스도 많이 받을 테니까……."

루시의 말엔 일리가 있었다. 이 논의를 하다가 한 번 더 레오파르디가 사람들한테 죽을 뻔하기는 했지만, 어쨌거나 애 아빠는 필요하니까…….

"우리 아직 학생이잖아. 약혼반지도 정말 큰걸. 너무 커서 잘 끼지도 못하고. 결혼반지는 나중에 우리 정말 식 올릴 때 하자."

루시가 로만의 손을 꼭 잡고 말했다.

"내가 진짜 잘하려고. 너한테……."

로만이 말했다.

"넌 이미 잘하고 있어."

루시가 로만의 허벅지를 토닥였다.

"루시……."

'그래, 내 편이 누가 있겠어, 너밖에 없지.'

큰 산은 한 고비 넘겼다.

로만은 나중 태어날 아이를 위해서라도, 대학 때 산 스포츠카를 6인승 SUV로 바꿔야겠다는 생각을 했다. 그런 생각을 하느라 문득 침묵이 차 안을 가득 채웠다.

"루시."

로만이 말했다.

"하나만 약속해 줘."

"뭔데?"

루시가 물었다.

"건강해야 해?"

로만이 가장 겁내는 것.

'죽지 말고.'

사랑의 변질, 혹은 죽음. 이제 가장 걱정되는 건 그것이었다.

"네 건강이 그 무엇보다 제일이야, 약속해 줘."

루시가 갑자기 시름시름 앓다 죽는 것. 마치 그의 어머니처럼.

"아프지 않겠다고."

불안감이 왜 없었으랴. 로만이 기뻐했던 것은, 그것 외에 아무런 선택지가 없었기 때문이었다.

불안해하는 루시를 안심시켜 주고 싶었다. 그러나 그다음에는?

'만약 루시가 어머니처럼 나를 두고 일찍 떠나면?'

루시는 너무 작고 연약했다. 처음 만났을 때와 똑같이. 로만의 눈엔 첫 만남부터 지금까지, 루시가 하나도 자라지 않은 것처럼 보였다.

'난 루시를 잃는 건 상상도 할 수 없어.'

루시를 잃지 않기 위해서라면 무슨 일이든 하겠다. 그런데 루시가 아이를 낳다가 목숨을 잃으면?

"산모는 괜찮나요?"

로만이 루시와 함께 병원에 가 묻는 것은 언제나 그녀의 건강이었다.

"앞으로도 괜찮을까요?"

산부인과 선생님은 불안감에 몸을 떠는 예비 아빠를 물끄러미 바라보다 웃음을 터뜨렸다.

"산모는 건강해요. 이런 케이스는 보기 드물 정도예요."

그 말에 로만은 안심했다.

하지만 아이는 아직 눈에 보이지 않았고, 로만의 세상에 중요한 건 제 반려뿐이었다. 아직은.

'……이건 너무 큰 변화야.'

만약 루시를 잃어도 내가 제대로 된 삶을 살 수 있을까?

'난 못 살아.'

모두 잠든 새벽, 로만은 불러 오기 시작한 배를 옆으로 누인 루시를 끌어안고 생각했다.

'난 제정신으로 살 수 없을 거야.'

아버지는 아직도 그 충격에서 헤어 나오지 못했다. 로만은 형들이 자신을 괴롭히는 한편, 잘 대해 주는 이유도 사실 알고 있었다.

'루시는 지금 건강하다지만.'

인정하기 싫을 뿐이다. 형들이 그 자리를 대신해 주긴 했지만, 제대로 된 아버지도, 어머니도 경험하질 못했다는 것.

'루시의 아이라면 분명 귀엽겠지만, 그 아이가 루시를 빼앗아 간다면?'

내가 아버지처럼 되지 않고 살 수 있을까? 로만은 자신이 없었다.

로만은 어느 날, 루시의 손을 붙잡고 정말로 진지하게 말했다.

"나 너 죽으면 따라갈 거야."

"뭐?"

"그러니까 죽지 마."

루시가 푸스스 웃더니 로만의 머리칼을 쓰다듬었다.

"바보 같기는."

248

"……."

"내가 얼마나 건강한데. 솔직히 말하면 네가 더 잔병치레 많았잖아."

루시는 아직 그 열병을 단순한 홍역으로만 알고 있는 모양이었다.

"난 괜찮아. 가만 보면 네가 더 걱정이 많아."

로만은 그 말에 안심했다.

두 사람의 결혼식은 심히 약소했다. 시청에 가서 서류에 사인을 했을 뿐이다. 오랜만에 만난 칼리드와 엠마가 증인이 되어 주었다.

약혼식보다 훨씬 간단했던 결혼 서약이 끝나고, 네 사람은 카페에 함께 모였다.

"정말 이렇게 하게?"

"응, 좋잖아. 간단하고. 드레스는 이미 입어 봤고. 난 너희한테 축하받는 게 참 좋아."

허브티를 마시면서 루시는 빙그레 웃었다.

'……난 성대하고 화려한 게 좋은데.'

사실 로만은 좀 불만스러웠지만…… 그 과정을 거쳐 오늘 살아남은 것만으로도 만족해야 했다.

"어차피 대학 졸업하면 한 번 더 할 거고. 그치?"

"응응."

결혼식은 아무리 그래도 급하게 진행할 수는 없는 일이었다. 대학을 다 마쳐야 한다는 게 루시네 가문의 입장이니 어떻게 하겠는가?

"몸은 불편하지 않고?"

"응, 생각보다 괜찮아. 아직은 체중 변화도 없고."

"로만, 잘해라."

칼리드가 흰 눈을 뜨고 말했다.

로만은 '솔직히 말해 봐, 계획적인 거 아냐?' 하고 눈으로 묻는 그의 시선을 피했다.

'야, 이제 와서 내가?'

억울했다. 2년만 더 버티면 어차피 결혼하는 거였는데, 그 고생을 다 하고 왜 그러겠는가?

"왜 다 쟤한테 저런 말만 하지? 로만 나한테 잘해. 옆에서 봤으니까 알면서. 나도 괜찮고 로만도 괜찮아."

루시가 로만의 손을 꼭 잡으면서 말했다.

실제로 루시는 괜찮았다. 눈에 띄게 두드러지는 변화도 없고, 전처럼 학교도 다니면서 친구들도 만나고, 과제도 하고. 모든 게 똑같았다. 잠이 점점 늘고 입덧을 하는 것 빼고는 말이다.

'진짜 잠자는 공주 같다니까.'

로만은 요즘 들어 잠든 루시 곁에서, 전공책보다 육아 서적을 더 많이 읽게 되었다.

'다음 생엔 내가 여자로 태어나야지.'

책을 읽다 보니, 다음 생에 루시가 남자로 태어나서 저와 결혼해 준다고 한 것도 아닌데, 로만은 다음 생 걱정을 하게 되었다.

'뭐 이렇게 변화가 많아?'

임신에 관한 책을 읽으면, 무서운 이야기만 잔뜩이었다.

'산후 우울증, 임신 중독증, 임신 당뇨……?'

아무리 생각해도 루시가 짊어지는 리스크가 너무 많다.

로만은 루시의 안에서 무럭무럭 자라고 있을, 그러나 보이지 않는 아이보다 지금 눈앞에 있고 사랑하고 있는 루시가 걱정되었다.

그러면 안 된다는 걸 알면서도…….

'아버지의 피가 대물림되어 내게도 흐르고 있지.'

그런 생각을 하면 로만은 우울해졌다.

'내가 루시의 아이를 사랑해 주지 못하면 어떻게 하지?'

한 번도 깊게 생각해 보지 못한 불안감이 고개를 쳐들었다.

'좋은 아빠가 될 수 있겠지?'

그런 불안감이 덮쳐 오는 밤이면, 로만은 뜬눈으로 밤을 새웠다.

'내가 불안하면 루시가 더 불안할 테니까…….'

루시한텐 차마 알릴 수 없는 종류의 불안감이었다.

'혹시나 나 때문에 루시가 임신한 걸 후회할지도 모르니까…….'

곧 방학이 되었다.

루시의 배는 조금 볼록해졌다. 임신도 임신이지만, 3개월간 루시에게 그야말로 산더미만 한 고기를 날라다 먹인 결과물이라 할 수 있겠다.

"정말 나 이렇게 먹어도 괜찮을까?"

"왜? 선생님이 그러셨잖아. 애한테 필요한 거라고."

"아무리 그래도."

루시는 어찌나 복스럽게 먹는지 몰랐다.

'어떻게 저게 저 몸에 다 들어갈까?'

로만은 루시를 반짝반짝 빛나는 눈으로 바라보았다.

"얼마든지 더 있으니까 참지 말고 먹어. 뭐 더 먹고 싶은 고기는 없어? 소, 돼지, 닭, 멧비둘기, 메추리……."

"고기 먹어 본 적이 없어서 모르겠어."

"그럼 이참에 하나씩 다 먹어 보자. 그럼 되지, 그렇지?"

"그런데 나 진짜 이상하지 않아? 난 양인데……."

"괜찮아, 괜찮아. 이뻐, 이뻐."

정말 진심이었다. 로만은 손가락을 쪽쪽 빠는 루시를 행복한 표정으로 바라보며 말했다.

"걱정하지 마. 네가 아니고 우리 애가 먹는 건데 뭘."

속으로 생각했다.

'잘 먹는 거, 그거 하난 좋네.'

루시를 임신시켜야 하나 걱정하던 때 로만은 이런 경험을 해 보고 싶긴 했다. 임신한 부인을 위해 산더미 같은 음식을 사다 나르는 일 말이다.

매일 밤 파인트 아이스크림이나 신선한 딸기와 귤과 자몽을 사다 바치는 것이 아니라, 소도둑놈처럼 정육점을 털어야 할 줄은 예상하지 못했지만 말이다.

그러나 다정도 과하면 병이라고…….

"산모님이 워낙 저체중이셨어서 살이 붙은 건 다행스러운 일이지만—."

의사 선생님이 걱정스러운 얼굴로 초음파 영상을 바라보았다.

"아이가 너무 살이 쪘네요. 영양 상태가 너무 좋아서 그런가? 이런 상태라면 출산 때 산도가 좁아서 힘이 들 수가 있어요."

영양 과다란 소리였다.

'헉.'

로만은 그 말에 가슴이 철렁했다.

"우리 루시는 괜찮을까요?"

"아휴, 괜찮죠. 지금부터 먹는 것 좀 줄이시고, 산책도 하시고, 요가도 하시고, 격렬하지만 않으면 다른 운동들도 좀 하시면—."

"생명엔 지장이 없는 거죠?"

"남편분이 걱정이 많으시네."

의사 선생님이 웃으며 말했다.

산부인과를 나오면서 루시가 말했다.

"로만, 이런 말 하긴 좀 그런데—."

얼굴이 새빨갛게 익은 루시가 로만의 등을 쳤다.

"나 너 데리고 나올 때마다 부끄러워."

"왜, 산도가 좁다잖아. 우리 오늘 저녁부터 산책할까?"

"그래, 안 그래도 요새 살이 쪘더라. 바지가 하나도 안 맞아."

루시가 고개를 끄덕였다.

로만은 자신도 모르게 루시의 행동을 따라하려다 흠칫 놀랐다. 〈아빠가 먼저 알아야 하는 임신·출산〉이라는 책에 따르면, 산모가 체형 변화에 스트레스를 받으니 이런 말에 절대로 동조하지 말라고 했다.

"아냐. 네가 얼마나—."

"쉬."

루시가 입에 검지를 대었다.

"옷…… 사러 갈까?"

로만은 눈치를 보다가 말했다. 루시가 웃었다.

"그래, 잔뜩 사러 가자."

그날 둘은 루시의 옷뿐만 아니라 배 속의 아이에게 읽어 줄 만한 동화책도 잔뜩 샀다. 의사 선생님이 '이제 배 속의 아이가 엄마 아빠의 말을 들을 수 있을 거예요.’ 하고 말했기 때문이었다.

“로만, 너는 좋아하는 동화책 있어?”

“아니.”

“그래? 난 어릴 때부터 이 책을 가장 좋아했는데.”

그날 밤, 로만은 아이에게 처음으로 동화책을 읽어 주었다. 루시가 고른 동화책이었다.

“소피는 아름다운 달빛 담요를 짰어요.”

읽어 주다 깨달은 건데, 그는 한 번도 누군가가 자신에게 동화책을 읽어 주는 것을 들어 본 적이 없었다.

‘그런데 나는 이걸 루시 아이…… 아니, 우리 아이한테 해 주는구나.’

이상하게도 그 순간 로만은 가슴이 쩡하면서, 뭔가가 또 녹아내리는 듯한 기분이 들었다.

“루시.”

책을 읽어 주다 말고, 로만은 침대에 비스듬히 누워 꾸벅꾸벅하는 루시한테 물었다.

“……응?”

“너는 아이한테 혹시 바라는 게 있어?”

그 말에 루시는 느릿하게 눈을 깜박이다 배시시 웃었다.

“음. 사실은…… 있어.”

그러더니 마치 비밀 이야기라도 하는 듯이 로만에게 속삭였다.

“우리 아이가 건강하게 태어나는 거.”

로만은 어째서 그 말에 놀랐는지 몰랐다.

“생각해 봤는데, 그것 말곤 더 바랄 게 없을 것 같아. 우리 부모님도 그러셨을 것 같고.”

루시가 말했다.

"예전엔 엄마 아빠 마음을 내가 잘 몰랐어. 내가 이렇게 태어나서 부모님 마음이 아프셨을 수도 있다고 생각했지. 그런데 그게 아닌 것 같아."

루시가 로만의 손을 쥐어 자신의 배 위에 얹었다.

"아이와 함께 있으면서 알게 된 건데, 건강하게만 태어나 줘도 엄청난 효도인 게 아닐까? 어떤 아이로 태어나도……."

로만은 이상하게 머리가 뜨거워졌다.

그가 조심스럽게 배를 쓰다듬자 루시가 물었다.

"너는?"

로만은 고개를 갸웃했다.

"……나?"

로만은 말을 하려고 했는데, 갑자기 목이 메었다.

"난…… 네가 건강하기만 하면 돼. 그것 말곤 아무것도 바라지 않아."

진심이었다.

"네가 아이 낳을 때…… 많이 아프지 않으면 좋겠어."

로만은 이럴 때, 루시가 남자이고 자신이 여자였으면 싶었다.

'그건 내가 아무리 노력해도 대신 해 줄 수 없는 거니까…….'

진심으로, 루시가 조금이라도 아픈 게 싫으니까.

"야, 애 섭섭하게 왜 그래. 듣겠다."

루시가 웃으며 로만의 머리칼을 살살 쓰다듬었다.

"루시."

로만이 루시의 이름을 불렀다.

"응?"

"날 두고 어디 가면 안 돼?"

로만의 말에 루시는 고개를 갸웃했다.

"그럼. 왜 그런 말을 해?"

루시는 웃었지만, 로만은 정말, 정말 진심이었다.

"나랑 우리 아이만 두고…… 그럼 안 돼? 약속?"

"그래, 약속."

루시는 로만이 새끼손가락을 내밀자, 별 물음 없이 웃으면서 거기에 손가락을 걸었다. 나중 이 일을 회상하면 로만은 오싹해졌다.

'완전 사망 플래그 아냐?'

플래그, 특정 사건을 발생시키기 위한 완벽한 전제 조건 말이다.

예를 들면 전쟁 영화에서 애인의 사진을 꺼내 들며 '전쟁이 끝나고 고향으로 돌아가면 결혼할 거야.' 하는 것. 공포 영화에서 '난 너희 모두 믿을 수 없어, 이제부터 혼자 행동할 거야.' 하는 것, 등등.

이게 현실이어서 망정이지. 소설이나 영화였으면, 그 장면은 짠 듯이 완벽한 사망 복선이었다.

임신. 처음에 그 사실을 알게 되었을 때 난 무서웠다. 계획했어도 무서웠을 것 같은데, 아무 예고도 없이 일어난 일이었다. 닥쳐오는 몸의 변화들이 너무나 당황스러웠다.

혹시 내 아이가 나처럼 너무 많은 눈길을 받게 될까 봐, 또 왜 저를 낳았느냐고 날 원망하게 될까 봐 겁이 났다.

기쁘기만 했다면 거짓말이다.

'내 안에 누가 있다고?'

콩닥콩닥.

오히려 불안했다.

'그것도 점점 자라고 있다고?'

임신을 깨닫고 몇 달 안 있어 방학이 된 덕분에, 나는 로만과 꼭 붙어 있게 되었다. 그러면서 내 생각을 바꾸는 몇몇 사건들이 있었다.

그중 하나는 로만이 우리 아빠한테 총 맞아 죽을 뻔한 일이었다. 진짜 쏘려고 했겠느냐마는…….

우리 가족은 내 선택을 그 무엇이든 존중해 주었지만, 로만은 예외였나 보다.

"놀란 것 좀 봐! 뭘 그렇게 잘못했다고 애 아빠한테. 차라리 화를 내려면 나한테 내요!"

아빠가 총을 거둔 다음 나는 넋이 나간 로만을 쓰다듬었다.

'나 임신 초긴데, 미쳤나 봐.'

놀랐지만, 사실 이해가 안 되는 바는 아니었다.

"루시, 내가 죽는 그 순간까지 널 사랑했다는 걸 기억해 줘."

로만은 우리 집에 가기 전, 백화점에서 선물을 고르면서도 이런 말을 해 댔으니 말이다.

"어차피 우리 결혼할 사인데."

그 말에 우리 가족 중 루이가 가장 큰 한숨을 내쉬었다.

257

"저걸 그때 죽었어야 했는데."

걔는 진심처럼 보였다. 나는 로만을 꼭 껴안고 말했다.

"그래서 말인데, 우리 혼인 신고 먼저 할까 해요. 로만이 내 보호자가 되어 주고 싶다고 했으니까…….."

그래서 일은 그렇게 되었다. 다행히 로만네 가족은 쌍수를 들고 환영했다.

혼인 신고를 한 날 밤, 로만은 평평한 내 배를 한참이나 어루만졌다.

"네가…… 루시 바스커빌이 되었다니 믿기지가 않아."

이 일로 자연스럽게 내 성이 변했다. 그렇다고 레오파르디가 내 긴 이름에서 영영 사라진 건 아니라, 레오파르디 뒤에 로만의 성이 붙게 된 것이다.

"너 이 일 절대로 후회하지 않게 할게."

로만이 내 귓가에 속삭였다.

"절대로 네가 이 선택을 한 걸 후회하지 않게 할게. 내 이름과 성을 걸고 약속할게, 루시…….."

그러는 동안에도 그 납작한 배에선 새 생명이 자라고 있었다.

'그런데 내가 좋은 엄마가 되어 줄 수 있을까? 우리 부모님처럼……?'

꼬르륵―.

나는 심각한데 배가 울었다.

'남들은 다 토한다는데.'

왜 난 먹고 싶은 게 이렇게 많아지는 건지 모르겠다. 그런 걱정을 하는 밤도 엄청 먹었다.

나는 이전엔 배가 고프다는 느낌조차 몰랐다.

음식은 그러니까, 살기 위해서 먹을 뿐이었다. 임신하고 나니, 먹고 싶어 먹는 모든 게 놀랄 정도로 맛있었다.

배가 부른 이후에 로만은 내 안에 있는 아이를 확인하듯이 자주 만졌다. 신기한 모양이었다. 사실 나도 신기했다.

'신비로워.'

시간이 지남에 따라 나는 점차 이 변화를 달리 생각하게 되었다. 지금 우리에게 갑작스럽게 온 이 아이는 선물이 아닐까?

"있잖아, 루시."

신이 있다면⋯⋯ 우리를 아득히 뛰어넘는 어떤 절대적인 존재가 만약 존재한다면. 아이는 그분의 선물이 아닐까?

"응?"

어느 날 밤, 내 배에 대고 동화책을 읽어 주던 로만이 문득 혼잣말처럼 말했다.

"난 이전엔 동화를 읽거나 들은 적이 없어."

"왜?"

"난 부모님이 안 계셨잖아. 정확히 두 분 다 안 계셨던 건 아니지만⋯⋯."

로만이 나를 바라보았다.

"적어도 나한테 동화를 읽어 줄 사람은 없었어. 내가 읽은 것들은 다 성인서였어."

마치 고백하는 듯했다.

"나는 그동안 동화가 마냥 유치하다고만 생각했어. 그런데 생각보다 재미있다."

그 순간 내 심장이 다 떨렸다. 나는 로만의 그 말에서 오래된, 깊은 상처와 외로움을 느꼈다.

"그럼 지금부터 하면 되지."

내가 로만의 손에서 책을 가져왔다.

"내 배에 귀를 대고 누워 봐. 내가 너한테 동화를 읽어 줄게."

로만은 순순히 내가 시키는 대로 했다. 나는 소리 내어 책을 읽었다.

어렸을 때 동화를 많이 읽고 자랐다. 엄마가 매일 밤 몇 편이고 읽어 주었다. 내가 스스로 글을 읽을 수 있게 될 때까지.

'응?'

로만한테 내가 엄마가 해 주었던 것처럼 책을 읽어 주는데, 이상한 소리가 났다. 내 안에 있는 두 개의 심장에서 나는 소리였다.

나는 동화책을 덮었다. 로만은 어느새 내 배에 머리를 올려놓고 새근새근 잠들어 있었다.

나는 로만의 은빛 머리칼을 쓰다듬었다.

'얘를 닮았으면 괜찮을 거 같아.'

문득 그런 생각이 들었다.

'나도 닮고 얘도 닮은 아이면, 나는 정말 많이 사랑해 줄 수 있을 것 같아.'

그건 정말 아무 근거가 없는데도, 뚜렷하게 드는 확신이었다.

밤이 지나고 아침이 되자마자, 나는 아주 오랜만에 엄마한테 전화를 걸었다.

[루시. 무슨 일이니?]

그러고 보니 엄마한테 내가 언제 먼저 전화를 걸었더라.

"엄마."

나는 엄마한테 말했다.

"엄마는 한 번도 일을 쉰 적이 없었죠?"

[응? 그렇지.]

엄마가 무슨 소리를 하느냐는 듯이 의문을 가득 담고 답했다. 내가 말했다.

"근데 어릴 때, 밤늦게까지 책을 정말 많이 읽어 주셨잖아요. 동화에서부터……."

거기까지 말하는데 부끄럽고 목이 또 메었다. 나도 내가 무슨 말을 하는지 몰랐다.

"그거 고맙다고 말하려고 전화했어요. 나 낳아 줘서 고마워요."

[갑자기 무슨 소리니?]

"그냥. 아이가 우리한테 오니까, 엄마 아빠 마음을 이제야 알 거 같아서요."

내 목소리가 떨렸다. 수화기 너머에선 한참 동안 말이 없었다.

[그건 내가 할 말이지. 네가 나한테 와 준 거, 그게 너한테 고맙지. 무척…… 무척이나.]

엄마가 눅눅한 목소리로 말했다.

[넌 언제나 나의 사랑스러운 공주님이야. 알지? 그놈이 너한테 못되게 굴면 말하렴. 정말 묻어 버릴 테니까.]

"엄만 농담을 왜 그렇게 무섭게 해요?"

[……아무튼, 우리 집에 자주 놀러 와. 엄마랑 아빠 외로워. 그리고 루이도.]

그러겠다고 답하고 나는 전화를 끊었다. 어쩐지 마음이 무척이나 따뜻하고 가벼워졌다.

"로만."

"응?"

"우리 할아버지와 할머니 이야기 알아?"

또 어느 날 밤, 나는 동화 대신 마치 동화 같은 우리 할머니와 할아버지의 이야기를 들려주었다.

"……그래서 아주 오랜 시간이 지난 후에 내가 태어나 너를 만나게 된 거야."

"로맨틱하다."

"그렇지? 어쩌면 동화보다 더."

불안감은 로만의 말에 씻은 듯이 녹아내렸다.

그래. 아이가 그 누구로 태어나든, 나는 이 이야기를 우리 아이한테도 해 주기로 결심했다.

"루시 있잖아."

우리 경험에 대해서, 또 대대로 거슬러 올라가 용기 있는 사랑을 한 할머니와 할아버지에 대해서 말이다. 혹시 나처럼 자기 자신을 싫어하게 되었을 때, 큰 힘이 될 수 있도록 말이다.

"응?"

로만은 눈을 빛내더니 말했다.

"우리 아이 이름을 그분들에게서 따서 지으면 어떨까?"

"어?"

"아들이면 프란츠, 딸이면 소피로."

한 번도 생각해 보지 못한 일이었다.

"그래도 괜찮을까?"

"그럼."

내가 말했다.

"그거 너무 좋은 생각 같다."

나는 배를 쓰다듬었다.

가을 학기가 시작되었다. 나는 또 한 번 관심을 받게 되었는데, 숨길 수도 없

이 부른 배 때문이었다.

동기들을 만났을 때도.

"아앗."

"맞아."

선배들을 만났을 때도.

"앗……."

"맞아요."

교수님마저도 내 배를 보더니 놀라셨다.

"헉."

"네네."

나는 한동안 나만 보면 신음을 토해 내는 사람들한테 '네네.' 하고 다녔다.

"나 궁금한 게 있는데 물어봐도 돼?"

도서관에서 과제를 하던 중에 나오미가 물었다.

"뭔데?"

"그럼 배 속의 아이는……."

그녀가 내 눈치를 보며 말끝을 흐렸다. 유전공학도다운 질문이었다. 나는 웃었다.

"양이냐고, 늑대냐고?"

그리고 어깨를 으쓱했다.

"아직 나도 몰라."

가계도에 따르면, 그 누구와 결혼하든 로만의 집안엔 대대손손 남자 늑대만 태어난다고 했다. 그러니까 아마 늑대겠지만…….

"혹시 아이의 성별이나 특성에 대해 알고 싶으신가요?"

의사 선생님이 조심스럽게 물었을 때, 우린 그걸 선물로 남겨 두기로 했다.

깜짝 선물.

선물은 포장지를 풀기 전에 미리 엿보면 안 되는 법이니까 말이다.

"그럼 아들인지 딸인지도 모르는 거야?"

나는 그 말에도 빙그레 웃었다.

"그건 우연히 알게 됐는데, 우리 아이 이름은 소피인 것 같아."

나오미는 어리둥절했다.

"딸이란 뜻이야."

로만의 집안은 여자애가 검은 백조처럼 귀했다. 어째서인지 로만은 아들이든 딸이든 좋다고 했으면서도, 초음파를 통해 그 사실을 알게 되었을 때 도저히 웃음을 숨기질 못했다.

배는 점차 불러 갔다.

가을, 파랗던 잎사귀가 얼굴을 울긋불긋 붉혔다 땅으로 져 버리고 시험을 치렀다. 첫눈이 펄펄 나리고, 다가온 겨울, 그리고 다시 방학.

크리스마스가 다가오던 어느 날, 나는 아랫배로부터 시작된 작은 진동을 느꼈다.

'……어?'

나는 아랫배에 두 손을 가져다 대었다.

처음엔 잘못 느꼈나 했다. 그런데 다시 무엇인가 포르르 느껴졌다. 나는 그것이 신호라는 걸 깨달았다. 아릿하기도 하고, 숨을 흡 하고 들이켤 정도로 아프기도 했다.

이내 무언가 내 안에서 따뜻한 것이 흘러내렸다. 툭, 하고 터진 것 같았다.

‘와…… 이제 왔구나.’

예정일을 2주쯤 남겨 둔 때였다. 나는 잠시 심호흡을 했다.

"로만."

그리고 로만을 흔들어 깨웠다.

"……으응."

이 순간, 너무 놀라지 않기 위해 우리끼리 하기로 한 말이 있었다. 나는 잠에 겨운 로만의 귓가에 그 말을 속삭였다.

"선물의…… 포장지를 풀 때가 온 것 같아."

우리한테 온 깜짝 선물 말이야.

"……!"

그 순간 로만은 두 눈을 번쩍 떴다.

로만은 그다음, 마치 프로세스가 입력된 기계처럼 행동했다. 머릿속에 이 상황을 너무 많이 그려 봤는지, 아주 군더더기가 없었다.

"루시, 우선 물 한 잔 마실래?"

로만은 일어나더니 나한테 물 한 잔을 따라 주었다. 그리고 내가 물을 마시는 동안 내 옷가지를 챙겨 왔다. 코트며 목도리며 양말을 가져와 내 몸으로 바람 한 점 들 새 없이 꽁꽁 싸맸다.

"넌 옷 안 입어?"

"나 추위 안 타."

그러더니 자기는 대충 긴 코트 한 벌을 걸치고 차 키를 집어 들었다.

"가자."

차에 타자 통증이 심해졌다. 안심해서일지도 모른다.

"헉, 허으……."

점차 숨이 거칠게 나왔다.

그러지 말았어야 했는데…….

그 순간부터 로만은 패닉에 빠졌던 것 같다.

"어떡해, 루시, 아파? 많이 아파?"

"야, 안 돼. 진정해. 운전대 쥔 거 너잖아."

"아냐, 나 괜찮아."

"로만, 라마즈 호흡법 배웠잖아. 심호흡해 봐."

차가 신호등 신호에 멈춰 섰다. 로만이 나를 바라보더니 떨리는 목소리로 말했다.

"루시, 약속 기억하지?"

"약속?"

"건강하겠단 약속 말이야."

로만의 두 눈이 흔들렸다.

"우리 두고 가지 않겠다는…….."

"야, 나도 무서워 죽겠는데, 왜 그런 말을 해?"

로만이 불길한 소리를 했다. 순간 나는 내가 병원이 아니라 총탄이 빗발치는 전장에 나가는 거였나 싶었다.

검진은 집 근처 병원에서 했지만 출산은 레오파르디가와도, 바스커빌가와도 연이 있는 큰 병원에서 하기로 했다.

"나랑 약속한 거 잊지 마? 응? 기억해, 기억해……!"

아무튼 나는 점점 흥분하는 로만을 안정시키려 애썼다.

"로만, 건강하게 빨리 나올게, 알겠지?"

병원에 도착해 내진하러 들어가는데, 갑자기 로만이 간호사 선생님을 붙들고 말했다.

"산모 목숨만은 살려 주세요!"

울부짖는 로만을 바라보던 나는 창피해서 손으로 머리를 짚었다. 내진실에서 의사 선생님이 말했다.

"벌써 자궁 문이 많이 열렸네요. 한두 시간 정도 있으면 완전히 열리겠는데요."

"헉."

그 말과 동시에 로만의 머리 뚜껑도 열린 모양이었다.

"산모는 괜찮은 거죠?"

"로만, 나한테 물어봐. 내가 산모야."

"산모 건강을 최우선으로!"

휠체어를 타고 분만실로 들어가며, 나는 내 휠체어를 밀어 주는 간호사 선생님한테 말했다.

"저기…… 제 남편한테 진성제 좀 놔 주세요."

진심이었다.

'미치겠다.'

창피해서 살 수가 없었다.

"아니면, 마취제, 수면 유도제라도……."

자기가 애를 낳는 것도 아니고. 나는 점점 아찔할 정도로 아파 오는 와중에도, 로만이 너무 호들갑을 떠는 통에 이제 겁은 하나도 나지 않았다.

'쟬 어쩜 좋니?'

오히려 나보다 로만의 정신 건강이 더 걱정되었다.

'내가 애 낳기 전에 쟤가 먼저 기절하는 거 아냐?'

이게 내가 분만실로 들어가는 소감이었다.

사실 그다음엔 너무 정신이 없어서 잘 기억이 나지 않는다. 무척 아프고

정신없고, 밖에선 왜인지 여기 들어오겠단 로만의 고함이 들리는 거 같기도 하고…….

초산인데 아이 성격이 급했던 건지, 빨리 나가겠단 약속을 지키기 위해 내가 급했던 건지. 출산 과정은 아픈 대신에 빨랐다.

"이렇게 빨리…… 요?"

두 시간 정도밖에 걸리지 않았다. 그래서 허둥지둥 양가 가족이 병원 문턱을 밟았을 때, 난 이미 포대기에 싸인 아이를 바라보고 있었다.

"……음?"

그저 아이가 건강하게 태어나는 것 외엔 아무것도 바라지 않던 난, 탯줄을 자르고 내 품에 안겨 우는 아이를 보고 정말 깜짝 놀랐다.

"저기 로만—."

와, 너무 작고, 빨갛고, 그런데 진짜 귀엽고, 사랑스럽고, 예쁜데…… 그게…….

내가 말했다.

"아니, 남편 좀 불러와 주세요."

아픈 걸 다 잊을 정도로 정말 깜짝 놀랐다. 사실 그 자리에 있는 모두가 놀라고 있었다.

아이는 은회색 눈에 은발을 하고 있었다. 그리고 머리엔, 그 머리엔……. 아무리 봐도 늠름한 사자 귀를 달고 있었다.

"……!"

그렇다. 격세유전.

"귀……?"

아무리 봐도, 그래, 요리 보고 조리 봐도 사자 귀였다. 난 기절할 뻔했다. 곧 수술복을 입은 로만이 헐레벌떡 달려왔다.

"루시, 고생했어. 어떻게? 몸은 괜찮아?"

아니, 낳은 건 난데 왜 네가 눈물범벅이야? 로만은 얼마나 울었는지 얼굴이 새빨갰다. 나는 우리 딸을 로만한테 안겨 주었다.

"우리 소피야."

로만이 허겁지겁 소피를 안아 들었다. 그렇게 한참 동안 입을 벌리고 소피를 바라보더니…… 갑자기 뚝뚝 울며 감동스러운 얼굴로 내게 말했다.

"너무…… 예쁘다."

"그 말…… 밖에 할 말이 없어?"

아니, 보면 뭐가 다르지 않니? 로만은 내 말에 한참 어리둥절하다 흠칫했다.

"앗! 왜 손가락이 열 개지?"

그건 원래 열 개다.

"그거 말고. 귀, 귀."

나는 내 뿔 부분을 가리켰다.

"헉."

뒤이어 로만도 놀랐다.

"우와……."

그게 이 분만실에 있는 모든 사람들의 감상이었다.

'학계에 발표해야겠다.'

이 와중에 난 졸업 논문 주제를 미리 정했다.

'은사자라니…….'

그렇게 고기가 먹고 싶더라니. 이렇게 될 줄 어떻게 알았겠어.

"……소피."

나와는 달랐지만 전례가 없는, 지극히, 지극히 희박한 확률이었다.

소피는 탄생부터 놀라움을 일으키는 아이였다.

그래, 부모인 우리도 놀랐으니 당연히 가족들도 놀랄 수밖에. 그러니까 친정도 시댁도 말이다.

"앗……!"

"아……!"

"세상에……!"

그다음 나는 회복실로, 아이는 신생아실로 옮겨졌다. 나중에 로만의 말을 들어 보니, 신생아실에서 소피를 본 가족들은 난리가 났다고 했다.

그러니까 당시 우리들은 생각도 못 했던 '성(姓)'을 가지고 말이다.

긴장감이 풀려 점점 힘이 빠져 가는 내가, 로만과 잠깐 작별 인사를 하고 회복실로 옮겨진 사이의 일이었다.

"저희 아이가…… 사자입니다!"

로만은 이 소식을 분만실 앞 복도에 모여 초조하게 기다리고 있던 양가 식구들한테 전했다.

"예쁜 딸이고요!"

"그게 말이 돼?"

"설마…….."

처음엔 아무도 믿지 않았다.

"아이! 아이는!"

하지만 곧 양가 식구들은 머리에 느낌표를 띄웠다. 믿기지 않으면, 직접 확인하면 되지 않는가?

소피의 친가, 외가 할 것 없이 모두가 신생아실로 달려갔다.

"엇……!"

그리고 유리벽 안에서 막 아이 침대로 옮겨지는 소피를 발견하고 숨을 들이삼켰다고 한다. 하기야, 우리 소피가 좀 예뻤어야지.

"예쁜 게 문제가 아니었어. 전쟁 나는 줄 알았다니까."

로만은 뿌듯했다.

"우리 애 귀엽죠?"

루시를 닮은 딸이다. 자랑하지 않곤 견딜 수 없었다. 양가 친척이 유리벽에 달라붙어 빨간 입으로 쩍─ 하품하는 소피를 바라보았다.

"우리 조카…… 너무 작다."

가슴을 움켜쥐며 루이가 말했다.

"조카가 여자애야."

"……."

"400년 만의…… 대박……."

알렉산더는 해롤드의 말에 참으로 드물게도, 아무 할 말을 찾지 못했다.

"……어떡하지? 소피 이름으로 된 인공위성을 띄워 올려야 하나? 오늘 자로?"

한참 뒤, 알렉산더가 겨우 한 말은 돈지랄이었다. 이 집안은 사랑을 돈으로 표현하는 데는 아주 유구했다.

"진정해, 형."

로만이 말했다.

"그래, 진정해. 별은 아무 도움이 안 돼. 섬을 사 주자. 이름은 '소피 바스커빌'이라고 짓고, 휴양지로 만드는 거야……."

"형도 진정해."

"매년 생일 파티는 거기서 열자. 굉장할 거야."

해롤드는 소피 아빠의 말은 듣지 못한 듯이 오늘 태어난 조카의 생일 파티까지 예약했다.

"소피 바스커빌이라니요?"

그때였다. 심장에 무리가 갔는지 가만히 가슴 부근을 움켜쥔 채 유리벽을 뚫어져라 바라보고 있던 루이가 고개를 돌렸다.

"소피 '레오파르디'겠죠?"

그 말에 바스커빌 셋이 실눈을 뜨고 루이를 바라보았다.

"그렇죠? 어머니, 아버지?"

레오파르디 부부 또한 바스커빌 형제를 바라보았다.

파직—.

순간 로만은 그들의 눈에서 튀는 전류를 보았다.

"바스커빌이지?"

"레오파르디겠죠?"

"지금 저 머리에 피도 안 마른 게 미친 게 아닐까."

해롤드가 루이 들으라는 듯이 중얼거렸다. 알렉산더가 마치 꼬마를 어르듯이 고개를 숙여 루이를 바라보았다.

"루이 군. 루시는 이제 우리 집안 식구가 아닌가요? 성부터가 바스커빌인데?"

쳐다보는 것은 루이였지만, 레오파르디 부부더러 들으라는 말이었다.

"우리 소피한테 바스커빌의 특징이 어디 있어요?"

보통 이런 때는 특성을 강하게 물려받은 집안, 혹은 세가 더 강한 집안의 성을 물려받는다. 그게 살아가는 데 더 유리하기 때문이었다.

자존심 싸움.

바스커빌 대 레오파르디니 그 누구도 쉬이 물러설 수가 없다.

"……."

레오파르디 부부는 말을 아끼고 있었지만 호락호락한 눈빛이 아니었다. 상황이 점점 이상하게 돌아가고 있었다.

"그렇게 말하면 루시도 레오파르디가 아니었어야지."

해롤드가 우선 선을 밟았다.

"자네."

"해롤드."

알렉산더가 해롤드를 타일렀다.

"예상치 못한 상황이네요. 저희는 로만과 루시의 아이인 소피에게 저희 성을 꼭 물려주고 싶었답니다. 하지만 이렇게 되었으니……."

그리고 루시의 아버지이자 가문의 수장인 발자크 레오파르디에게 제안했다.

"자, 루시의 성을 따라 레오파르디 바스커빌. L을 태어난 우리 조카의 미들네임으로 정하는 게 어떨까요? L. 바스커빌 말입니다."

"하핫!"

루이가 레오파르디가를 대표해서 헛웃음을 뿜었다.

"참 재치 있으시네요. 정말 잘 웃었습니다. 레오파르디를 미들로요? 그런 식으로 하면 B. 레오파르디겠죠."

누가 미들, 즉 하위 패밀리 네임으로 들어가는가가, 갑자기 거대한 정치적 쟁점으로 등장하고 있었다.

"로만!"

"로만 바스커빌 군!"

알렉산더와 레오파르디 부부는 동시에 고개를 돌렸다.

"예?"

이걸 정할 사람이 여기서 누가 있겠는가?

"자네는 어떻게 생각하나?"

발자크 레오파르디, 장인어른이 물으셨다.

"L이지?"

바스커빌가의 장남, 로만의 큰형 알렉산더가 그 뒤를 빠르게 이었다.

"자네 생각은 어떤가? B여야 하지 않겠나?"

"……."

일순간 딸내미 아버지에서, 가문 싸움에 낀 가련한 늑대가 된 로만은 식은땀을 줄줄 흘렸다.

'루시!'

루시가 참 보고 싶고…… 그랬다.

"그래서?"

내가 물었다.

난 사실 아무래도 좋았다. L이든 B든, 우리 소피는 소피인 거지. 하지만 이 상황이 어떻게 해결되었는지는 궁금했다.

"어떻게 하기로 했어?"

왜냐하면 방금 전 병문안을 왔던 부모님과 루이는 내가 괜찮은지만 걱정했을 뿐, 이 사건에 대해선 한 마디도 해 주지 않았기 때문이었다.

"응?"

내 물음에 로만이 웃으며 답했다.

"사실 그게 뭐가 중요해? 장미의 이름이 무엇이든 장미는 장미인데, 그래서……."

"B로…… 하겠습니다."

별수 있나. 바스커빌이 졌지.

"탁월하신 선택이네요."

루이의 말을 필두로 레오파르디가 사람들이 우르르 루시를 보러 회복실로 발걸음을 옮긴 뒤, 해롤드가 로만한테 다가왔다.

"악!"

그리고 로만의 조인트를 깠다.

"야, 이 새끼야! 넌 우리 가문에 대한 예의가 있니, 없니?"

로만은 억울했다.

"내가 아빠인데, 형들이 왜 이래라 저래라야?"

로만 나름으로는 합리적인 결정이었다.

"아니, 사자잖아? 딱 봐도 우리 애가 사자인데, 왜 바스커빌이야?"

"너 호적 파일래?"

"그럼 좋지. 난 내 성 미련 없어."

로만의 말에 두 형은 머리를 감쌌다. 해롤드가 으르렁거렸다.

"야, 이 사랑에 가문을 팔아넘긴 새끼야! 넌 바스커빌의 수치다, 수치."

"어차피 성인데 순서가 뭐가 중요하다 그래? 바스커빌을 아예 뺀 것도 아니고."

"안 중요하면 다시 순서 바꿔 달라 그래! 아직 호적에 잉크 안 묻었으니까!"

"아이 안아 볼래?"

"어!"

이 와중에 알렉산더가 얼른 답했다.

"참 나……."

해롤드가 알렉산더와 로만을 번갈아 가며 바라보다, 어이가 없다는 듯 한숨을 쉬었다.

"하…… 오늘 안아 볼 수 있어?"

그러고는 잠시 후, 조심스레 물었다.

"사진 찍어도 되니?"

이건 알렉산더가 한 말이었다. 이후 둘은 투덜거리면서도 면회 카드를 작성한 뒤 소독을 마치고 아이를 안아 보는 시간을 가졌다.

"대박, 진짜 작아."

"눈 좀 봐. 로만, 너도 어릴 땐 이렇게 귀여웠는데……."

"지금은 저렇게 커 가지고. 소피, 넌 아빠 닮지 말고 꼭 엄마 닮아라?"

"성은 커서 고쳐도 되지, 뭘. 넌 분명 레오파르디보단 바스커빌을 마음에 들어 하게 될 거란다."

팔불출이 하나에서 셋으로 늘어나는 순간이었다.

"……."

로만도 아이를 안아 보며 안심했다.

아직 초점이 맞지 않을 텐데도, 로만은 아이가 제 품에 안겼을 때 저를 바라보며 방긋, 웃었다고 확신했다. 루시와 자신을 반반씩 닮은 아이가 말이다.

'우리에게 와 줘서 기뻐.'

로만은 충만해졌다.

'네가 우리 아이가 되어 주어서─ 그 무엇이라도 기뻐.'

한편으론 아이의 머리에 불쑥 솟은 것이 반달형의 사자 귀여서 더더욱 안심했다. 어째서인지 자신의 대에 이르러서야, 그를 사로잡고 있던 바스커빌가의 피, 저주라 불리는 특성이 풀린 것 같은 기분이 들었던 것이다.

'네가 사랑스럽고, 이렇게 잘 태어나 준 것만으로도 자랑스러워.'

이 바스커빌-레오파르디가 공주님은, 태어나서부터 부모뿐만 아니라 나란히 팔불출인 삼촌들을 덤으로 얻었다.

어느 날 밤, 바스커빌가 저택의 발코니에 나온 알렉산더가 아직 말도 잘 못하는 소피를 안고 말했다.

"소피. 자, 저기 반짝이는 거 보이지? 내가 널 위해 마련한 인공위성이란다."

"까르르."

"이름은 '소피-바스커빌'이야. 네가 태어났을 때 저 하늘에 쏘아 올렸지. 우린 널 위해 별자리도 만들어 줄 수 있어."

"그래, 레오파르디는 못 하는 것들 말이지."

알렉산더와 해롤드의 말에 루시가 별을 바라보며 웃었다.

"로만, 정말 형님들이 위트가 넘치셔."

"위트?"

그야말로 공주님께는 꽃길만 깔려 있었다.

'위트가 아닐 텐데……'

그러나 몇 년이 지나지 않아 로만은 알게 된다.

눈에 보이는 것이 전부가 아님을. 바스커빌가와 레오파르디가가 나란히 둥기둥기하며 키운 이 귀여운 공주님의 가장 큰 특성은, 바로 심장 속에 숨겨져 있음을 말이다.

그래, 루시의 귀여운 외모, 로만의 머리와 눈의 색을 빼닮은 특징들, 소피의 머리 위에 솟은 당당한 사자의 귀가 아니라. 심장, 바스커빌의 불타는 심장 속에 있음을.

루시가 바로 자신의 심장 속에 사자를 숨기고 있었듯이, 언제나 겉으로 드러나 눈에 보이는 것만이 전부는 아니었다.

하지만 그건 아직 먼 먼 이야기였다.

여기 다른 이야기들이 있었다.

예를 들면 알렉산더와 마르셀, 해롤드와 로하네스였다.

〈끝〉

늑대지만 해치지 않아요 3

초판 1쇄 인쇄 2023년 3월 6일
초판 1쇄 발행 2023년 3월 15일

지은이 우유양
펴낸이 김선식

경영총괄 김은영
IP개발 윤보라 **상품개발** 정예현
엔터테인먼트사업부장 서대진
웹소설1팀 최수아, 김현미, 심미리, 여인우, 장기호
웹소설2팀 윤보라, 이연수, 주소영, 주은영
웹툰팀 이주연, 김호애, 변지호, 윤수정, 임지은, 채수아
IP제품팀 윤세미, 정예현
디지털마케팅팀 김국현, 김희정, 이소영, 송임선, 신혜인
디자인팀 김선민, 김그린
해외사업파트 최하은
저작권팀 한승빈, 김재원, 이슬
재무관리팀 하미선, 김재경, 안혜선, 윤이경, 이보람 **제작관리팀** 이소현, 김소영, 김진경, 양지환, 이지우, 최완규
인사총무팀 강미숙, 김혜진, 지석배 **물류관리팀** 김형기, 김선진, 양문현, 전태연, 전태환, 최창우, 한유현
외부스태프 E-HO 이호(디자인)

펴낸곳 다산북스 **출판등록** 2005년 12월 23일 제313-2005-00277호
주소 경기도 파주시 회동길 490
전화 02-702-1724 **팩스** 02-703-2219 **이메일** dasanbooks@dasanbooks.com
홈페이지 www.dasan.group **블로그** blog.naver.com/dasan_books
종이 아이피피 **출력·인쇄·제본** 한영문화사 **코팅 및 후가공** 평창피앤지

ISBN 979-11-306-9785-7(03810)

다산북스(DASANBOOKS)는 독자 여러분의 책에 관한 아이디어와 원고 투고를 기쁜 마음으로 기다리고 있습니다.
책 출간을 원하는 아이디어가 있으신 분은 다산북스 홈페이지 '원고투고'란으로 간단한 개요와 취지, 연락처 등을 보내주세요. 머뭇거리지
말고 문을 두드리세요.